WINDRUSH - BIRMÂNIA

SÉRIE JACK WINDRUSH LIVRO 1

MALCOLM ARCHIBALD

TRADUÇÃO POR

EVIE DIANE

Publicado em 2022 por Next Chapter

Capa de http://www.thecovercollection.com/

Para Cathy.

PRELÚDIO

CHILLIANWALA, RIO JHELUM, ÍNDIA, 14 DE JANEIRO DE 1849

— Os seus homens estão prontos, Sr. John?

— Está tudo pronto, Sr. Hugh. — O coronel Murphy sondou as patentes do 113°. Eles permaneciam atentos ao longo da margem da selva escassa, ouviam as baticas e o uivo da artilharia e tentavam não vacilar quando a ocasional bala sique aterrissava em frente à sua posição.

— É a primeira ação deles, não é? — O General Sir Hugh Gough olhou para a direita e para a esquerda, onde o seu exército estava se preparando para a batalha à frente. Ele tinha 12.000 homens, cansados após uma marcha de três dias pelo calor do Punjab, enquanto Shere Singh comandava pelo menos 32.000 siques, bem colocados e apoiados por sessenta e duas peças de artilharia.

— Sim, senhor; somos um novo regimento, e essa é a nossa primeira vez fora da Inglaterra — Murphy sentiu aquela agitação familiar, como um trompete tocado ao longe à sua direita. Ele escondeu o sorriso.

— Mas não é a sua primeira, não é? — Gough controlava seu cavalo impaciente enquanto a artilharia sique sondava o alcance. — Creio que já conhecia a península.

— Sim, Sr. Hugh; Talavera, Salamanca e Cabul no Afeganistão mais recentemente.

Gough acenou com a cabeça. — Boa sorte, Sr. John; sangre bem os homens e traga honra à bandeira. —Com o seu casaco de combate branco, distinto naquela variedade de soldados britânicos e indianos escarlates e colocado contra o verde-escuro da Índia, Gough bateu os calcanhares e se moveu para falar com o coronel do 24º regimento. Um grupo de abutres circulava acima deles, à espera de se deleitar com a carnificina à vista.

— Os malditos pássaros sempre sabem quando uma batalha está para acontecer — disse o Major Snodgrass. — São um prenúncio da morte. — Ele tirou um frasco de prata de dentro do casaco e bebeu o conteúdo. — Eu odeio eles.

— Guarde a bebida, Snodgrass — ordenou Murphy —, os homens estarão nervosos o suficiente sem verem os oficiais balançando bêbados.

— O brandy ajuda. — Snodgrass deu outro gole antes de obedecer. — Aqui vamos nós.

O 113º estava em três linhas - oitocentos combatentes em formação, com os seus sargentos colocados em cada seção e os oficiais liderando a partir do fronte. No centro, penduradas no calor terrível, as cores da Rainha e as cores regimentais agiam como um talismã e ponto de encontro, como as cores britânicas haviam feito em cem batalhas na Índia no passado e fariam em cem batalhas no futuro. Um sopro de ar quente quanto o de qualquer fornalha balançava a cor regimental, de forma que o número "113" foi parcialmente exibido contra um campo virgem amarelo.

— Está na hora de colocar a honra da batalha nas nossas cores — rugiu Murphy para o seu regimento. — Atenção rapazes: os siques *Khalsa* têm a reputação de serem corajosos e guerreiros engenhosos, mas eles nunca nos conheceram antes! Mantenham-se juntos, alinhem-se, não se preocupem com o barulho e ganhem glória para vocês, para o regimento e para a Rainha. Em frente, 113º!

A maioria dos homens olhava para o fronte, como exigido pela disciplina e tradição. Outros deslizaram os olhos para o seu coronel ao lado; alguns engoliram seco, alguns mastigavam tabaco ou sugavam uma pedra para combater a sede sempre presente na Índia. Um homem estava rezando, as palavras um murmúrio baixo debaixo do barulho e do rugido das armas.

Na frente, o 24º marchava corajosamente, flanqueado de um lado pelos sipaios da 25ª Infantaria Naval e, do outro pelos seus colegas do 45º. O sol do meio da tarde era como bronze no céu acima, trazendo gotas grossas de suor para rostos ainda não acostumados ao calor indiano. Os casacas vermelhas desapareceram na selva.

— Mantenham distância! — rugiu Murphy. Ele olhou para as patentes do seu regimento. — Mostrem a eles as suas cores, 113º!

— Só as baionetas! — Oficiais superiores passaram as palavras para oficiais subalternos que gritaram as ordens aos sargentos e aos soldados — As ordens do General Gough são para não disparar, apenas usam a baioneta.

Murphy olhou para o Major Snodgrass e levantou as sobrancelhas. Ele não fez nenhum comentário adverso sobre o seu oficial superior, mas olhou para sua infantaria inexperiente e se perguntou como eles conseguiriam lidar. Os siques provaram ser o inimigo mais duro que os britânicos já haviam enfrentado na Índia, e o General Gough havia agora incapacitado ainda mais os soldados britânicos já em menor número e cansados.

Os homens mais próximos a Murphy estavam marchando firmemente com seus mosquetes no ângulo correto e botas batendo no chão duro de tijolo. O suor brilhava em rostos vermelhos que descascavam com queimaduras solares, enquanto seus uniformes restringiam os seus corpos em faixas apertadas de sarja vermelha. Eles pareciam desconfortáveis, quentes e nervosos enquanto marchavam à frente para enfrentar os inimigos da Honrosa Companhia das Índias Orientais e, por associação, inimigos da Rainha.

— Os siques vão lutar? — perguntou Snodgrass. Ele voltou a buscar o frasco, mas retirou a mão quando Murphy fez uma careta. — Lutamos e os vencemos tantas vezes que sem dúvida devem saber que não têm chance?

— Eles são os Khalsa — Murphy parou, acenando em aprovação enquanto um sargento rugia para fazer a sua seção endireitar a linha. — O exército sique é a melhor força de combate nativa da Índia, profissionais resistentes com treino Europeu, artilharia tão boa quanto a nossa e uma história ininterrupta de vitória. Eles também estão em maior número e em uma forte posição defensiva. Sim, eles vão lutar.

À medida que entravam na selva, os britânicos precisavam romper a formação para cuidar de matagais emaranhados e densos espinhos de árvores e vegetação rasteira. À frente houve uma forte explosão de mosquetes e novamente o mais profundo e selvagem som de artilharia.

— Começou — disse Murphy. — Atenção 113º! Em frente para a vitória!

Houve uma onda de comoção quando os britânicos entraram em contato com o inimigo, e o bombardeio aumentou. O cheiro acre de fumo em pó deslizava através dos arbustos, fraco porém mais forte a cada passo que davam.

— É a infantaria sique disparando contra os 24º — disse Snodgrass. — O 24º talvez precise do nosso apoio em breve.

— Acelerem o ritmo, rapazes! — ordenou Murphy. — Não queremos encontrar o Khalsa em grupos separados. — Ele olhou para a direita e para a esquerda. Nos confins do matagal, ele só podia ver uma fração do seu regimento por vez, mas ele parecia estar estável o suficiente, apesar de algumas seções recuando à medida que se enveredavam na vegetação.

A comoção da direita e da frente se misturou com gritos, e ainda assim, a artilharia Sique rugiu. Havia rajadas de fogo regulares dos mosquetes sique, um sinal seguro de infantaria bem disciplinada.

— O 24º está recebendo uma leva — disse Murphy, e acenou com a cabeça enquanto um mensageiro suado se aproximava.

— Com os cumprimentos do General Gough senhor, e pode mover o 113º para apoiar o 24º o mais rápido possível.

Murphy acenou com a cabeça. — Obrigado, meu rapaz, e por favor diga ao general que o 113º estará em suporte imediatamente. Ele tem a minha palavra. — Ele observou enquanto o Segundo-Tenente se virava e desaparecia no mato. O jovem não podia ter mais de dezessete anos, a mesma idade que Murphy tinha quando foi para a guerra pela primeira vez quarenta anos atrás.

— Vamos, homens! O 24º precisa de nós! — Desmontando, Murphy correu para a frente para liderar o seu regimento. Ele puxou sua espada e a levantou alto no ar, em seguida, balançou-a na direção do inimigo. — Marcha rápida, 113º!

Ele ouviu movimento atrás dele enquanto caminhava em direção às linhas sique. Seus homens o estavam seguindo; um dos dois únicos regimentos do exército britânico que não tinha honras de batalha em suas cores. Os cento e treze virgens, os Matadores de Bebês, os seus homens; o 113º Regimento estava avançando para a batalha.

Murphy passou por uma trepadeira e emergiu em uma grande clareira. Ele viu homens fardados à frente, preparados numa formação apertada. Eles usavam os turbantes amarelos dos artilheiros sique, e estavam atrás de uma linha de canhão. Conforme o 113º emergia da selva aos poucos, uma seção aqui e uma companhia lá, os oficiais sique ladravam ordens, e os artilheiros agachavam aos seus canhões.

Um arrepio atravessou o membros separados do 113º; os

homens olhavam para as bocas perversas da artilharia em alarme ou por cima dos seus ombros para o encobrimento da selva.

— Em frente, rapazes! — encorajou Murphy. — Não há como voltar agora, levem as baionetas até eles, capturem estas armas! — Ele liderou a carga, sabendo que o seu regimento o apoiava, sabendo que a infantaria Britânica sempre reagia melhor quando o perigo estava no auge.

A clareira, a concentração estendida diante dele, com os siques esperando em linhas disciplinadas, acendedores fumegando nas entradas dos seus canhões, rostos barbudos manchados no sol do final da tarde. Murphy brandiu sua espada e correu em direção ao calor. Ele já não gritava, não tinha a energia ou a respiração.

Os oficiais sique esperaram até terem um alvo suficientemente grande antes de darem a ordem para disparar. A linha deles explodiu em uma sucessão de clarões de ponta laranja e fumaça branca jorrou, seguida instantaneamente por uma salva de balas de canhão de 12 e 18 quilos que correu em direção ao desorganizado 113º. Homens caíram em um e dois e seções inteiras, mas Murphy permaneceu intocado.

Ele respirou fundo o fumo e o ar contaminado. — Levem a baioneta até eles, homens!

Os siques dispararam novamente, metralhas e cartuchos desta vez; bolas de chumbo que se espalharam e destruíram homens às dúzias. Murphy sentiu uma pena fazer cócegas no seu braço esquerdo. Ele gritou outra vez: "Em frente!", e deu um passo à frente, mas suas pernas não responderam.

Ele olhou para baixo; o chão estava se levantando para encontrá-lo enquanto ele caia suavemente sob o seu rosto. Ele se virou para ver os seus homens ganharem a glória. — Vá, 113º — ele tentou gritar, mas as palavras saíram como uma divagação sem sentido. — Onde estão os meus homens? Onde está o meu regimento? Onde estão os meus queridos rapazes?

Ele viu apenas corpos no chão e os gritos, feridos se contorcendo; isso e as costas do 113º enquanto eles se viravam e corriam de volta para a selva. Ele viu Snodgrass de pé com lágrimas caindo do seu rosto amassado e o frasco de brandy seguro em uma mão trêmula.

— Meu regimento — disse Murphy. — Meus bravos rapazes, meu 113º — e depois houve apenas escuridão.

CAPÍTULO UM

MALVERN HILLS, INGLATERRA, INVERNO DE 1851

Nuvens cinzentas cobriam o céu, se inclinando para baixo e deprimindo o já sombrio humor da procissão funerária que passava na sombra das colinas. Cavalos negros caminhavam lentamente, cabeças curvadas e plumas balançando enquanto arrastavam o carro funerário ao longo da estrada acidentada e cheia de buracos. Seguiu-se uma procissão de enlutados; alguns em carruagens pretas, a maioria a pé e apenas o ocasional uniforme escarlate adicionava um pouco de cor. Na frente, caminhando com a cabeça descoberta e os ombros curvados, um baterista tocava uma batida lenta para acompanhar o ritmo firme de duzentos pés.

Ninguém falou. Ninguém ouviu a fina chuva que desceu, úmida e insidiosamente miserável, se infiltrando através de mantas de lã e transformando a estrada em uma fita de lama pegajosa sob as encostas arborizadas em volta. Ninguém chorava enquanto o longo comboio se espremia entre postes de portões manchados de líquen e entrava num cemitério onde lápides cinzentas se abrigavam debaixo de árvores chorosas. Ramos nus se viravam para o céu como se agarrassem o perdão de um Deus intransigente.

Com um ranger que parecia um grito de desespero, o carro fúnebre parou. Os cavalos ficaram silenciosamente nos seus rastros, e os enlutados pararam, permanecendo sem se mover sob a chuva cada vez mais forte. Apenas o baterista continuou com o seu toque repetitivo e interminável.

Um homem emergiu do carro funerário, o seu rosto aderiu uma solenidade profissional à medida que a chuva escorria do seu alto chapéu preto. Caminhando lentamente para a parte de trás da carruagem, ele pediu para que os carregadores avançassem.

— Somos nós — Jack sussurrou aos seus irmãos, sabendo que todos os olhos estavam sobre ele. Tomando o seu lugar, ele colocou o ombro debaixo do caixão e tomou o seu peso. Seus irmãos entraram em posição atrás dele, silenciosos, exceto pelo som de botas através da relva lamacenta. Havia seis carregadores de caixão; os três filhos do General William Windrush e três oficiais do seu regimento. Eles avançaram em uníssono enquanto o baterista continuava seu ritmo lento, e o sacerdote, ereto e magro com seu manto negro varrendo o chão, segurava sua Bíblia como se sua alma dependesse disso.

Enquanto eles manobravam em torno de um teixo sombrio, Jack olhou para o seu entorno, da névoa que se arrastava através do longo cume das colinas Malvern até o antigo cemitério centrado em uma igreja cujas paredes estavam lentamente caindo em direção ao solo. As lápides saíam do chão como mãos desesperadas, algumas decoradas com crânios e ossos, outras decoradas por anjos chorosos, porém mais indecifráveis depois que anos e o tempo removeram todos os vestígios dos nomes e declarações piedosas que as mãos mortas há muito lá haviam esculpido. Nessa paróquia, havia apenas um punhado de nomes, mas nenhuma das lápides tinha a denominação Windrush. Os mestres da mansão Wychwood ostentavam uma cripta separada, e foi para lá que os enlutados fizeram o seu lento caminho.

"Windrush", o nome surgiu da laje de mármore que cobria os pilares na entrada. As letras eram largas, intransigentes, e quando as portas de ferro entre os pilares se abriram, lanternas destacaram sete passos levando até a escuridão arrepiante abaixo. Sem hesitar, Jack seguiu em frente, sem se dar conta do peso do caixão que cavava em seu ombro direito.

Além dos degraus, o chão era de pedra, o ar frio e úmido. A luz lançava sombras estranhas, destacando uma série de nomes. Inconscientemente, ele as repetiu para si mesmo:

Coronel William Windrush, morto em Malplaquet. O Major Adam Windrush morreu de ferimentos na Alemanha. O General Adam Windrush morreu de febre na Índia. Coronel William Windrush, perdido no mar.

Quase todos os nomes cristãos eram William ou Adam. Jack se perguntou, como tinha feito muitas vezes antes, porque tinha sido nomeado de forma diferente, quebrando séculos de tradição. Desde a Revolução Gloriosa, o filho mais velho sempre havia sido William, com qualquer homem sucedendo sendo Adam, e depois George. O nome dele era uma anomalia, mas sua mãe ignorou todas as perguntas que ele tinha feito.

O tampo de pedra estava aberto, a tumba esperando para conter o mais recente Windrush a morrer pelo regimento e ao serviço do país. O espaço escuro era amigável de certa forma, acolhendo um Windrush ao lar ao invés de confiná-lo pela eternidade. Essa cripta era onde cada Windrush do sexo masculino esperava repousar; era aqui onde Jack terminaria em dez, vinte se ele fosse sortudo, ou talvez mesmo trinta anos. Com uma pausa difícil, ele ajudou a abaixar o caixão, enquanto os enlutados preenchiam o interior, o seu número enchendo a cripta, a sua respiração ecoando das pedras, os seus pés se movendo em suave harmonia.

A um sinal do padre, o baterista levantou suas baquetas e ficou em atenção. O silêncio os esmagou como um cobertor grosso. Jack estava impaciente, olhando para os seus irmãos;

William o ignorou como de costume, mas Adam deu um sorriso nervoso e disse algo até que o padre começou o serviço. As palavras sonoras rosnaram ao redor da cripta, penetrando em cada canto, reverberando na pedra dura, alcançando todos os lamentadores silenciosos com a sua lembrança da mortalidade inevitável. Jack ouviu impassível. Ele sabia o seu destino; seguiria o seu pai no regimento e morreria a serviço do seu país. Todos os primogênitos Windrush homens se juntaram ao regimento e muito poucos retornaram para casa; ele não seria diferente. Era o que faziam os Windrushes; era tão certo quanto as estrelas no firmamento, tão imutável quanto as marés. Era o destino para o qual ele havia se preparado desde que tinha idade suficiente para andar.

Finalmente, o sacerdote parou de falar, e um a um, os descendentes Windrush avançaram para dar sua despedida final.

— Bem, pai — Jack olhou para a tampa do caixão, já fechada e lacrada. — Eu mal o conheci, mas agora tenho que tomar o seu lugar. Eu teria gostado de ter servido sob o seu comando, mas isso não era para ser. Levarei o nome e a honra da família à frente, como você teria desejado.

Não havia mais nada a dizer. O pai de Jack havia cumprido o seu dever, e ele faria o dele.

Seus irmãos vieram em seguida, murmurando suas despedidas para um homem que nunca haviam conhecido, e então os oficiais do regimento se colocaram à frente. Os bravos uniformes escarlate contrastavam com a pedra cinzenta e o preto do luto, enquanto os oficiais falavam nitidamente, seguindo o seu dever para com um homem do seu regimento, sua casta e sua raça. Não havia emoção.

— Bem, jovem Windrush — O Major Welland se manteve ereto, balançando a espada contra a cintura enquanto segurava o olhar de Jack. — Está pronto para se juntar ao regimento?

— Estou, senhor. — Apenas a solenidade da ocasião impediu Jack de sorrir. — Esperei toda a minha vida para fazer parte do regimento Real.

— Muito bem, é uma boa carreira e o melhor regimento do Exército Britânico. — Welland acenou. — Voltaremos a nos falar mais tarde, assim que você tenha tratado das formalidades. — Ele fez uma pausa e acrescentou como um pensamento posterior — Ah, sinto muito pelo seu pai. Ele era um bom homem.

— É o que eu soube, senhor — concordou Jack. — Ele insistiu que eu completasse a minha educação antes de entrar. — Ele hesitou por um segundo — Houve menção de Sandhurst, senhor.

— Não há necessidade disso, jovem Windrush. O regimento vai lhe ensinar tudo o que precisa saber — Welland acenou novamente. — Nos vemos em breve, e é bom não demorar. O regimento Real não é o mesmo sem um Windrush. — Alto e moreno, o rosto de Welland era desgastado, com apenas o traço de uma cicatriz branca estragando suas feições regulares.

Jack se curvou suavemente. — Tentarei não demorar, senhor.

Welland baixou ligeiramente a voz. — Há alguma jovem na sua vida, Windrush?

— Ainda não, senhor. — Jack se perguntou o que viria a seguir.

— Bom — Bemand parecia satisfeito com a resposta. — Continue assim se está falando sério sobre a sua profissão. Nem pense em casamento, jovem, não até ser no mínimo um major e ter que manter a linha da família viva. As mulheres são para procriação, não para recreação; elas apenas o distraem.

— Jack acenou. — Sim, senhor.

Há pouca possibilidade de qualquer mulher me distrair, Major Welland.

Com o General seguro em sua cripta, os enlutados se encaminharam separadamente para casa, com apenas a carruagem privada dos Windrushes rolando em direção à Mansão Wychwood, a antiga casa ancestral da família. Aconchegada sob os picos de Malvern, era um lugar amplo, centrado em uma mansão do século XIV, mas com adições de dez construtores e proprietários, marcando a passagem do tempo arquitetônico. Relvas rolavam verdes e lisas em ambos os lados da porta de entrada, enquanto séculos do clima inglês haviam praticamente obliterado o brasão dos Windrush esculpido no arco de calcário acima da porta principal.

Enquanto empregados corriam para atender os cavalos, Jack ficou de pé no salão exterior, com as suas colunas coríntias e painéis de carvalho. Ele olhou para a variedade de retratos e fotos que virtualmente contavam a história da sua família ao longo dos últimos cento e cinquenta anos. Com rostos sombrios ou solenes; seus ancestrais olhavam para ele de cima do uniforme escarlate do regimento Real. Alguns estavam sozinhos, outros pintados contra um pano de fundo de batalha, mas todos os homens haviam polido o brilho dos Windrush.

— O tio George ainda está escondido. — Adam apontou para a cortina preta que escondia um dos retratos. — Pensei que a mamãe o tivesse libertado a essa altura.

Apesar da gravidade do dia, Jack sorriu. — Pobre Tio George, sempre condenado a ser a ovelha negra da família. — Ele olhou para trás para garantir que sua mãe não estivesse presente e cuidadosamente afrouxou um canto da cortina. George Windrush o encarou, resplandecente nos seus regimentos e com um brilho diabólico nos olhos que Jack admirava quando era jovem.

— É melhor a mamãe não te apanhar — disse Adam. Ele tentou forçar a cortina a se fechar novamente, mas Jack empurrou sua mão para olhar por mais tempo.

— Imagine se juntar à Companhia John e se casar com uma nativa. — pressionou William. Ele parecia horrorizado com a audácia do tio.

— Terrível — Jack balançou a cabeça em um falso horror. — Ainda bem que ele se afogou no mar.

— Ele era uma praga para a família. — William fechou a cortina. — É melhor o retrato dele ser queimado do que apenas tapado.

— Ah, de fato. — Jack lutou para manter o zombaria da sua voz.

— Aí vem a mamãe. — William recuou do retrato caso a sua proximidade o contaminasse.

— Graças a Deus que a provação acabou. — A Sra. Windrush tirou as luvas pretas e as deixou cair na mesa de cabeceira para que um criado as guardasse. — Os funerais são tão cansativos. — Alta, magra e bonita apesar da idade, ela permaneceu ereta e calma enquanto examinava seus filhos. — Muito bem, rapazes — disse ela calmamente. — Temos assuntos de família para executar. Me encontrem na biblioteca daqui a cinco minutos, por favor.

A biblioteca era o local mais sagrado, uma sala onde a mãe empreendia apenas as decisões mais críticas, e uma sala que Jack tinha visitado apenas poucas vezes em sua vida. Ele sentiu seu coração começar a bater enquanto subia as escadas com os servos quase invisíveis se encolhendo dele enquanto passava. O assunto devia ser vital, e ele adivinhou o que era. A sua mãe os estava chamando até a biblioteca para entregar a ele os documentos da comissão, não podia haver outra razão. À essa hora amanhã, ele seria um Segundo-Tenente nas Malverns Reais; à essa hora amanhã, ele seria um homem seguindo o seu destino.

A sala era grande e fria, com duas janelas altas com vista para o Farol de Herefordshire que empurrava as suas encostas através da névoa baixa. Estantes com portas de vidro revestiam duas paredes e se encaixavam em parte da terceira, enquanto uma grande escrivaninha ficava no centro da sala. A Sra. Windrush acendeu as três velas que estavam nos castiçais de bronze e esperou até que a luz acumulada aumentasse. Sem dizer nada, ela puxou para trás a cadeira de couro e se sentou solidamente atrás da mesa, enquanto seus filhos estavam numa fila à sua frente. Jack notou o impulso determinado do seu queixo e a estranha luz quase triunfante em seus olhos e sabia que ela estava prestes a anunciar algo muito importante. Tirando o tique-taque de um relógio de caixa longa no piso abaixo, e o ocasional barulho distante de uma ovelha que soava através da janela rachada aberta, havia silêncio enquanto a Sra. Windrush abria a gaveta de cima da mesa e puxava uma pequena pilha de papéis.

Jack sentiu seu coração batendo como o trovão dos tambores marciais. Ele podia ver o que parecia um selo oficial no documento de cima e adivinhou que veio do regimento Real. Essa seria a sua comissão de Segundo-Tenente, que abriria a sua vida real. Amanhã ele pegaria o transporte do correio para Londres para comprar seu uniforme, e dentro de duas semanas ele pegaria o navio para a sua nova casa; a única casa que ele jamais conheceria - o regimento Real.

— Fiquem quietos, meninos — comandou a Sra. Windrush, e esperou apenas um segundo até que eles obedecessem. — Com a morte do seu pai, algumas coisas precisam ser ditas, e algumas questões devem ser abordadas. — Ela permitiu que a última palavra ficasse pendurada no ar por alguns momentos, sentada na cadeira com as costas retas, enquanto empurrava lentamente o documento de cima para o lado e abriu os outros, um por um. Ela os colocou numa fila à sua frente.

— Agora, rapazes, o seu pai deixou instruções para cada um de vocês, mas receio que certas circunstâncias me obriguem a modificá-las um pouco. — Quando ela olhou diretamente para ele, Jack sentiu seu batimento cardíaco aumentar ainda mais, os tambores chocalhando em vez de uma marcha rápida. Modificá-los? O que aquilo significava? Ele pensou que havia algo quase malicioso no brilho dos seus olhos, um toque de satisfação que ele tinha testemunhado e temido em cada ocasião na qual ela havia anunciado que ele estava destinado a uma punição. Ele voltou sua atenção para o rosto da mãe. Ela o estava observando, e ele sabia que ela entendia todos os pensamentos que lhe passavam pela cabeça.

— Começarei pelas intenções do seu pai — disse a senhora Windrush, e levantou a folha de papel mais próxima dela. — Você, Jack, devia ter uma comissão no exército, no regimento do seu pai. William, o seu pai pretendia que você cuidasse da propriedade da família. Você, Adam, ou entraria para o exército ou seguiria uma carreira no Direito. Nem o seu pai nem eu pretendíamos que algum de vocês se tornasse um cavalheiro de lazer.

Jack se permitiu um pequeno sorriso. Ele não podia imaginar sua mãe jamais permitindo à um dos seus filhos, ou a qualquer outra pessoa em seu poder, o luxo do lazer.

— No entanto — continuou a senhora Windrush —, tive que fazer algumas alterações. — A voz dela endureceu quando levantou a folha seguinte, olhando diretamente para cada um dos seus filhos em volta, enquanto proclamava o destino deles.

— Jack, você ainda vai entrar no exército, mas não no seu famoso regimento Real. — Ela disse a última palavra como se fosse uma maldição. — Em vez disso, você será comissionado num regimento diferente. —Havia triunfo nos seus olhos.

— O quê? Porque, mãe? — Jack sentiu o choque como um martelo em seu coração. Havia apenas um regimento de família; nenhum outro tinha qualquer apelo.

— Permita que eu termine. — A Sra. Windrush o deixou em silêncio com um único olhar. Ele sentiu todos os seus medos da infância retornarem, embora a ameaça de agressão física tivesse acabado há muito tempo. — William, agora você está destinado ao exército. Ordenei ao advogado da família que lhe comprasse uma comissão no regimento Real.

William se inclinou ligeiramente da cintura para cima, enquanto seus olhos se voltaram de lado para encontrar os de Jack, antes de deslizá-los lentamente de volta. — Sim, mãe. — Ele aceitou a alteração no seu destino tão rapidamente que Jack adivinhou que ele sabia da decisão com antecedência.

— Mãe! — Jack deu um passo à frente e estava tocando na mesa. — Como isso é possível?

— Silêncio! — Essa única palavra partiu como um chicote de caçador. — Adam, agora você assumirá os deveres de William na propriedade.

Com um olhar de desculpas mistas e simpatia por Jack, Adam curvou sua aceitação. — Sim, mãe.

— Agora pode falar, Jack — permitiu a Sra. Windrush. Ela se inclinou ligeiramente para trás em sua cadeira, colocou seus cotovelos na mesa e pressionou os dedos de ambas as mãos. Os olhos dela eram inflexíveis como granito coberto de gelo.

— Mãe, eu preciso me juntar ao regimento Real. O filho mais velho tem sido comissionado para o regimento Real por dois séculos; por que eu deveria estar em um regimento diferente enquanto o segundo filho está no regimento Real? — Ele olhou para William, que tinha uma expressão de presciência presunçosa que Jack achou extremamente perturbadora.

— Você fez uma observação válida, Jack, e fez uma pergunta, mas ambas estão intimamente ligadas. — Exceto para os sulcos profundos em torno dos seus olhos, a Sra. Windrush parecia bastante relaxada. — O seu ponto de vista estava quase correto quando disse que o filho mais velho dessa família tem sido contratado para o regimento Real durante duzentos anos. Teria sido mais correto dizer que o filho legítimo mais velho sempre foi contratado para o regimento Real.

Por um momento, Jack só conseguiu olhar para a mãe. — Legítimo?

O sorriso da Sra. Windrush continha apenas malícia. — E nessa família, o mais velho, ou mais corretamente, o filho mais velho e legítimo é o William, que de fato comissionamos para o regimento Real.

— Mas, mãe... — Jack não sabia o que dizer enquanto seu mundo desabava à sua volta.

— Eu não sou a sua mãe. — O sorriso estava mais apertado agora, o brilho do triunfo quebrando o gelo em torno dos olhos de granito. — E você não é meu filho. A sua mãe era uma empregada de cozinha ou algo assim, e você é apenas o golpe da indiscrição juvenil do seu pai. — O sorriso se ampliou como se essa mulher estivesse, finalmente, revelando algo que ela havia escondido por muitos anos. —Você é uma criança acidental, Jack, nascida do lado errado do cobertor. Resumindo, você é um bastardo indesejado.

Um bastardo?

Jack ofegou diante da desgraça. Cinco minutos antes, ele esperava uma carreira honrosa com o melhor regimento de linha do Exército Britânico. Ele havia pensado em si mesmo como o filho mais velho e herdeiro de uma das famílias mais antigas e honrosas da Inglaterra, mas agora era apenas o filho bastardo de uma empregada de cozinha, e seu futuro estava em farrapos.

— Como um bastardo, é claro, — A sua madrasta estava falando novamente, apreciando o som da sua voz em torno da palavra desonrosa, suas palavras controladas, mas seu tom cheio de satisfação justificada — como um bastardo, você não pode ser comissionado para o regimento Real, ou na verdade em qualquer regimento decente. — Ela se permitiu um pouco de escárnio. — Nenhum cavalheiro concordaria em servir com você. — Ela fez uma pausa para dar um olhar significativo ao seu filho mais velho. — No entanto, prometi ao seu pai que o veria comissionado, por isso comprei para você uma comissão como Segundo-Tenente num dos poucos, um dos poucos regimentos que o aceitariam.

Chocado com essa recessão na sua fortuna, Jack esperou, sem dizer nada. Ele já sentia algo diferente dentro dele, e não queria dar mais satisfação a essa mulher que já não agia como sua mãe. Ele se sentia doente; suas pernas tremiam tanto que ele agarrou a mesa para se manter firme.

— Não quer saber que distinto regimento concordou em lhe receber? — Era uma crueldade deliberada enquanto a Sra. Windrush o via sofrer.

— Sim, mamãe, por favor.

— Não me chame de mãe, Jack. Com a morte do meu marido, o seu pai, não temos mais nenhuma relação. Madame seria melhor, mas senhora Windrush pode ser aceitável.

— Mas mãe... — Jack viu o sorriso ligeiro e sarcástico deslizar até a boca da sua mãe e se forçou a ficar de pé. — Perdão, Madame. — Determinado a dar a essa súbita estranha fria o mínimo de satisfação possível, ele deu uma reverência formal. — Agradeceria que me informasse de qual regimento o dinheiro do meu pai me comprou uma comissão.

O sorriso desapareceu. Levantando o documento ainda selado da mesa, a Sra. Windrush o atirou desdenhosamente para ele. — Aqui está a sua comissão, senhor. O dinheiro do meu marido lhe comprou os uniformes necessários, e a minha generosidade adicionou uma soma única de duzentos guinéus. É tudo. Essa família cuidou de você nos últimos dezoito anos, mas esse é o último, e muito generoso, ato de bondade que faremos por você. A partir de agora, está por sua conta.

Levantando a comissão, Jack deliberadamente não a abriu. Ele tinha que revidar, pois se saísse assim, com o rabo entre as pernas, não poderia se olhar no espelho. — Isso será um escândalo terrível, claro, uma vez que seja conhecido. — Ele permitiu que as palavras ficassem no ar. Ele sabia que não havia nada que a madrasta receasse mais do que uma calúnia envolvendo o nome da família. — As pessoas vão falar, e os seus amigos vão fechar as portas assim que souberem como o seu marido a traiu.

Ele sentiu a raiva da madrasta enquanto ela se levantava. — O escândalo vai recair sobre você — disse ela suavemente.

— Eu tenho menos a perder — lembrou Jack. — Sou apenas um bastardo sem honra. Mas se eu tivesse, digamos, mil guinéus por ano perpetuamente, certamente não teria razão para falar.

— Isso é chantagem — A Sra. Windrush voltou a se sentar.

Jack levantou a comissão. — Você deliberadamente distorceu a promessa do meu falecido pai, o que é um ato tão desonroso quanto.

— Duzentos guinéus por ano e você promete nunca mais voltar.

— Setecentos e cinquenta guinéus depositados no primeiro dia de fevereiro todos os anos e eu nunca mais voltarei à Mansão Wychwood enquanto você viver. — Jack a enfrentou através da largura da mesa, se forçando a agir com uma força que não sentia. — Temos um acordo?

— Assim que você renuncie a sua comissão ou volte a pôr os pés em terras Windrush novamente, o seu dinheiro acaba.

— E a primeira vez que você não pagar o meu dinheiro, eu voltarei.

Levantando-se do seu assento, a Sra. Windrush apontou para ele, com o dedo tremendo de raiva. — Leve esse canalha para fora da nossa casa, William, por favor. Não voltaremos a vê-lo.

— Vou arrumar as minhas coisas primeiro. — Jack manteve a voz fria. — E pegar o meu dinheiro. Quando eu tiver um endereço, pode enviar o resto dos meus pertences. — Ele se curvou de forma ligeira e escarnecedora. — Bom dia, minha senhora, e espero que possa manter o seu próximo marido mais fiel do que o último.

Foi um tiro de despedida que não fez nada para aliviar o desespero doentio que o engolia.

CAPÍTULO DOIS

HEREFORDSHIRE, INGLATERRA, FEVEREIRO DE 1851

Segurando a comissão em mãos que pareciam ter se transformado em garras, Jack endireitou os ombros e saiu da sala. Ele ignorou os olhares dos servos e o rosto desdenhoso do seu meio-irmão, enquanto reunia aqueles dos seus pertences que eram facilmente acessíveis, colocava um punhado de moedas de ouro e prata no bolso e caminhava através do hall de entrada com seus retratos e pilares, suas memórias e grandeza sólida.

A Mansão Wychwood havia sido a casa dos seus antepassados durante séculos, mas agora estava perdida para ele. Ele era tão estranho aqui como qualquer habitante da China ou Hindustão ou das ilhas do mar do Sul. As lágrimas começaram a se juntar atrás dos seus olhos, mas ele as forçou para longe, pois não tinha nenhum desejo de permitir à sua mãe ou a William a satisfação de saber o quão profundamente ele estava ferido.

Foi difícil passar pela porta da frente sob o antigo brasão de armas, difícil descer a escada da entrada pela última vez, difícil fingir arrogância quando tudo o que ele queria fazer era se aconchegar ao seu desespero. No final da entrada, ele olhou para os campos bem cuidados, torres que contavam sobre a sua história, mas William estava na porta, mestre da Mansão Wychwood, zombando dele através de uma ponte de nascimento e sangue que ele não podia atravessar. O sol havia se deitado através das nuvens, refletindo em duas janelas altas e destacando a antiga pedra do que um dia foi a sua casa.

As aventuras amorosas do seu pai haviam fechado aquela porta, e ele não era mais bem-vindo. Não seria bom voltar gritando, para pedir perdão por um pecado que ele nunca tinha cometido, para pleitear e chorar e rastejar, pois a sua madrasta estava tão vinculada pela convenção como estava pela lei. Como bastardo, ele não era o herdeiro legítimo, e isso era inalterável.

E então a triste caminhada para fora da propriedade e para a estrada alta que levava em direção a Hereford, com as montanhas Malvern do seu verde familiar atrás dele e o campo se desdobrando por quilômetros após quilômetros férteis. Aquela não era mais a sua paisagem - ele não tinha lugar com os inquilinos da pequena propriedade do seu pai, ele não pescaria mais no riacho Cradley, não se sentaria mais nos montes verdes e sonharia com glória, não galoparia mais seu cavalo através das colinas ou atiraria em faisões ou aves de caça na floresta agradável. O seu passado se foi, e o seu futuro escrito num pedaço de papel selado ao qual ele se agarrava firme demais.

Após meia hora, a comissão estava queimando um buraco em sua mão; ele tinha que descobrir qual regimento estava destinado a se juntar; ele tinha que saber onde estava o seu futuro. Se o famoso regimento Real não o queria, talvez ele estivesse destinado aos Buffs ou aos Rifles; talvez o 24º, um regimento conhecido por lutar bravamente. Eles serviriam. Ele tinha que descobrir, mas não aqui. Se parasse perto das Malverns, então com certeza alguém iria reconhecê-lo e perguntar o que ele estava fazendo; ele não poderia enfrentar a vergonha. Ele esperaria até chegar a Hereford, a muitos quilômetros de distância.

A pousada ficava na rua Church, a poucos metros da Catedral de Hereford. A sua placa de sinalização a proclamava como Os Braços de Gwynne e o exterior preto e branco era tão convidativo como os sons agradáveis de homens e mulheres conversando juntos. Jack hesitou por apenas um segundo; sua mãe não aprovaria que ele entrasse em tal lugar. *Por Deus, essa é uma boa razão para entrar como qualquer outra.* Ele empurrou a porta. O barulho o envolveu como um braço amoroso, e ele sentou em uma cadeira em um canto poeirento e examinou o selo da sua comissão. Era uma simples bolha vermelha de cera, sem sequer um brasão oficial, quando ele esperava algo muito mais grandioso. Evidentemente, um Segundo-Tenente contava menos do que ele pensava, ou talvez algum escrivão não pôde se preocupar em terminar seu trabalho corretamente. Quebrando o selo, ele desdobrou o pergaminho.

Com quarenta por vinte e cinco centímetros, também era muito menor do que ele esperava, e quando leu o conteúdo, ele sentiu mais uma vez o deslizar doente do desespero. Saltando sobre o título que afirmava que "o Comandante Chefe do Exército depositava especial confiança em sua lealdade," ele veio ao "por meio deste o constitui e nomeia Jack Baird Windrush para tomar patente e posto como Segundo-Tenente no 113º Regimento de Infantaria."

O 113º Regimento.

Jack olhou para o número fatídico e soltou um palavrão calmamente para si mesmo. "Eu vou para o 113º, bom Deus; os Matadores de Bebês, os mais baixos dos mais baixos."

O 113ºRegimento era aquele ao qual ninguém queria se juntar. Havia outros regimentos que tinham o mesmo número; o 113º Escoceses que haviam durado por dois anos antes de serem separados em 1764, e um regimento de infantaria posterior que havia sido criado e dissolvido em 1794. Ambos os regimentos haviam sido excelentes, unidades honrosas sem nenhum estigma atrelado; essa última encarnação não era. Se a sua madrasta queria que a sua vingança contra a ilegitimidade dele fosse tanto prejudicial quanto vergonhosa, ela havia conseguido. Jack sabia pouco sobre o 113º, mas seu apelido de "Matadores de Bebês" foi o suficiente para fazer seu coração afundar. Encostado na parede de gesso da estalagem, ele mais uma vez lutou contra as lágrimas que ameaçavam desonrá-lo.

Ganhar os setecentos e cinquenta guinéus por ano havia sido uma pequena vitória em um dia de derrota catastrófica. De ser proprietário de terras e oficial de um dos melhores regimentos do Exército Britânico e de uma renda de dez mil por ano, ele havia descido para um bastardo indesejado com uma comissão na mais inferior de todas as formações e apenas dinheiro suficiente para sobreviver como um oficial júnior, muito menos como um cavalheiro. Sua mãe o havia banido de casa e do único modo de vida que ele conhecia, e com uma mesada tão pequena, ele nunca seria capaz de comprar o seu caminho para um regimento decente.

113º Regimento!

Ele ouviu a canção através da sua tristeza, as palavras familiares da sua juventude.

"Escudeiro Percy bem montado, para longe ele cavalgou
James descuidado com cães ao seu lado
Depois, para o parque St. Margaret repararam
Já que há muito tempo Reynard lá trabalhava."

— E qual é o seu problema?

— Perdão? — Jack olhou para cima. O orador havia sido uma mulher, com um amplo sotaque de Herefordshire; era a voz de uma camponesa. Jack se mexeu desconfortavelmente em seu lugar.

— Perguntei qual é o seu problema. — Ela tinha o cabelo escuro e talvez dezessete anos de idade, com uma corpulência atraente que provavelmente se transformaria em gordura em poucos anos, mas que se adequava muito bem a ela no momento.

A primeira reação de Jack foi ignorar uma pergunta tão pessoal de uma garota tão obviamente abaixo dele socialmente, mas o sorriso dela era amigável e ele precisava falar com alguém. — Acabei de perder a minha família, a minha posição e a minha vida — disse ele. Ele se afastou quando ela se sentou no banco de madeira ao seu lado. O cheiro de gordura, sabão e cozinha dela não era desagradável.

A simpatia dela era óbvia. — Foi a febre que os matou? — Ele vacilou quando ela pôs uma mão quente em seu braço. Os seus olhos azuis se preparavam para se encherem de lágrimas por ele.

Prestes a explicar o que havia acontecido, Jack abanou a cabeça. Ele era obrigado a não falar das suas desventuras. — Prefiro não falar sobre isso.

Ela acariciou o seu braço e se aconchegou ainda mais. — Compreendo, perder a família é muito doloroso. — Os olhos dela estavam suaves com simpatia. — E você também parece um cavalheiro.

Jack não disse nada sobre isso; naquele momento, ele estava incerto exatamente sobre o que era. A borda do banco bloqueou as suas tentativas de se afastar.

— Você não fala? Pobre homem. — Ela estava sorrindo novamente, esfregando a mão ao longo do braço dele de uma maneira muito familiar. — Me chamam de Ruth. — O seu sorriso estava mais largo do que nunca.

— E eu sou Jack.

O beijo dela o pegou de surpresa; ele recuou e colocou uma mão sobre a bochecha.

— Para que isso?

— Porque você precisava — disse Ruth séria. — Se alguém precisa de algo, e está ao nosso alcance, devemos fazê-lo. — Isso está na Bíblia. — Ela tentou beijá-lo de novo, mas ele se afastou.

Acostumado com as meninas reservadas da sua classe, ou empregadas encolhidas e respeitosas, Jack não tinha certeza de como reagir. Ele recuou um pouco até que o dono da estalagem perguntou se ele queria alguma coisa.

— Duas jarras de cerveja, por favor — disse ele, pagando com o troco solto no bolso do colete e observando Ruth segurar a jarra com toda a pompa de um homem.

— Então você não tem mais família — Ruth sorriu por cima da borda da jarra.

— Nenhuma sobrando agora — concordou Jack. Ele levantou o mandado. — E estou no 113º, não no regimento Real.

Ruth franziu o cenho. — Você vai ser um soldado?

— Um Segundo-Tenente no 113º. — Jack procurou por simpatia, mas não encontrou nenhuma.

— Você vai ser um oficial? — Ruth recuou ligeiramente à medida que os seus olhos se alargavam. — Então você não é responsável por ninguém e vai ser um oficial? — Do que está reclamando? — Ela se afastou ainda mais, o seu sorriso desvanecendo. — Quando for promovido a general, você terá todo o dinheiro do mundo.

— Não é assim tão fácil.

— A vida nunca é fácil — disse Ruth. A careta dela fez com que parecesse mais velha do que os seus anos. — Por que não é tão fácil?

— Você tem que comprar o seu caminho até o topo —Jack começou a explicar o sistema.

Tal como todos os oficiais e potenciais oficiais, Jack sabia exatamente como o sistema funcionava. Um oficial do exército britânico compraria a sua comissão como um Segundo-Tenente na infantaria ou como clarim na cavalaria, e, em seguida, sistematicamente compraria o seu caminho patente por patente até que estivesse no comando de um regimento. Era um sistema que produziu homens como Wellington, mas um que favorecia os ricos, sejam ineficientes ou não, enquanto mesmo os melhores dos pobres eram condenados a preencher as patentes mais baixas a menos que por alguma aberração de bravura imprudente chamassem a atenção de um superior influente.

Jack percebeu que Ruth estava o ouvindo atentamente.

— Eu não tenho dinheiro suficiente. Posso conseguir comprar um passo, de segundo-tenente a tenente num regimento de quarta categoria, mas não mais. Eu tenho que ser conhecido.

— Então, os ricaços têm tudo à sua maneira. — O tom de Ruth traía a sua opinião sobre as classes altas. —Os oficiais comuns não têm nenhuma chance.

— Só se tiverem sorte e forem vistos sendo estupidamente corajosos.

Essas palavras levaram Jack ao seu próximo passo lógico. A coragem era tão importante quanto o dinheiro para um oficial, mas aqui novamente os ricos, a aristocracia, tinham todas as vantagens. Eles eram criados no perigo da caça e nas dificuldades na escola pública; era parte da vida. Enquanto um soldado particular, um sargento ou um oficial desconhecido pode passar uma vida de dificuldades e atos corajosos, ele estava condenado a ser não registrado e desconhecido, enquanto cada ação de um oficial aristocrático era glorificada e exaltada. O filho do General Windrush seria conhecido; a legitimidade de Jack o condenou ao anonimato.

Jack ouviu as suas palavras se afastarem. Ele estava dizendo demais à esta jovem desconhecida.

É tudo culpa da minha maldita madrasta!

De certa forma, Jack não podia culpar a madrasta pela sua atitude. Ela tinha, afinal de contas, mantido a sua antipatia por ele quase escondida por dezoito anos, quando cada vez que ela o via devia ter sido uma lembrança da infidelidade do seu marido, mas ainda assim, ele se sentia doente, descartado e desnorteado. Ele fechou os olhos contra as lágrimas vergonhosas.

A voz de Ruth era dura. — Olhe à sua volta, Jack, e me diga o que vê.

Ele o fez. A sala estava cheia de tecelões e pequenos agricultores, um pastor ou dois, um grupo de vaqueiros galeses cabeludos com fivelas de cinto prateadas e um amontoado de mulheres e crianças. Todas as pessoas na pousada se amontoavam em pequenos grupos, alguns comendo, alguns bebendo, mas todos vestindo roupas usadas no trabalho e com rostos com traços de dificuldades e fome.

— E quantos têm uma chance, mesmo a menor das chances, de fazer o que você faz? Nenhuma — ela respondeu à sua própria pergunta. — Eles nascem na pobreza, vivem alguns anos imprudentes de juventude e depois envelhecem em direção ao pauperismo.

Jack acenou com a cabeça, sem saber o que ela queria dizer. Essas pessoas eram diferentes dele; eram das classes trabalhadoras, enquanto ele era um cavalheiro. Ele não podia comparar sua vida com a deles. Mas Ruth obviamente podia, e, de repente, assustadoramente, ele também. A realização foi terrível na sua simplicidade. Como bastardo, ele já não era um cavalheiro. Como filho de uma criada, apenas uma combinação de circunstâncias afortunadas lhe permitiu uma educação decente e lhe concedeu uma comissão. Estas pessoas, essas pessoas sujas, rudes, barulhentas e pobres, estavam mais perto dele em sangue do que a sua madrasta.

— Meu Deus. — Ele se inclinou no seu assento, olhando para ela.

— Meu Deus? Quanto a isso eu não sei, Jack, mas sei que a

vida lhe deu uma oportunidade melhor do que qualquer uma destas pessoas alguma vez terá.

— Meu Deus, — Jack repetiu. Ele respirou fundo e olhou à volta da pousada. A dor e o choque eram crus, destruindo tudo o que ele tinha tão recentemente não dado o devido valor. Talvez este fosse o lugar onde ele pertencia, vivendo com essas pessoas básicas, um homem sem futuro e sem perspectiva de nada além de enfermidade, pobreza e morte. Talvez ele fosse mais como sua mãe, a criada desconhecida, sem nome e sem consideração, usada apenas para o prazer sensual; do que como seu pai, o honrado, festejado e distinto general.

Ruth ainda estava o observando, com os olhos curiosos no seu rosto largo e amigável. — Acho que isso da comissão te dá uma chance de escapar — disse ela.

— Por Deus, você tem razão. — A comissão para o 113º, que tinha parecido um insulto apenas alguns momentos antes, era agora uma chave de ouro para um futuro muito mais brilhante do que qualquer coisa que os habitantes desta pousada poderiam saber. Ele segurou o documento novamente, vendo não uma descida ao abismo de um regimento de má qualidade, mas o primeiro pequeno passo de volta para a respeitabilidade, honra e uma posição a qual ele sempre se sentiu intitulado. O papel espesso parecia subitamente frágil, como se pudesse desmoronar ou explodir, levando consigo o seu futuro recém-precioso.

Ele tinha que se mudar. Ele tinha que encontrar seu novo regimento e começar sua carreira; ele tinha que subir a escada escorregadia do sucesso e alcançar as alturas. Sem dinheiro, ele não poderia comprar a promoção, mas poderia ganhá-la e entrar no lugar dos oficiais mortos em ação. — Um brinde à uma guerra sangrenta. — Ele drenou sua caneca e levantou, contemplou tocar o braço de Ruth, mas se afastou. — Tenho que voltar para os meus aposentos. Amanhã pego a minha condução para Londres.

Ruth levantou a cerveja. — Boa sorte, Jack. — Ela deu uma piscadela por cima da borda do vidro.

Só quando Jack tentou pagar a cerveja percebeu que Ruth havia roubado o bolso do seu colete. Ele abanou a cabeça; ela tinha aproveitado a oportunidade quando podia e lhe ensinado uma lição muito mais valiosa do que as poucas moedas que ela havia removido. Felizmente, ele teve o senso de não manter todo o seu dinheiro em um único lugar ao entrar em uma pousada pública; ele era jovem, mas não tão inocente, e além disso, o seu conselho havia se mostrado mais valioso do que um bolso cheio de moedas.

Jack estava ciente do barulho lá fora há alguns minutos, mas agora olhou para cima à medida que ele aumentava. — Que diabos está acontecendo lá fora?

Ruth havia desaparecido, mas os outros habitantes do bar pareciam igualmente interessados à medida que a barulheira aumentava. Uma mulher correu até a porta e espreitou a rua lá fora. Ela retirou a cabeça apressadamente. — É um motim! Os casacas vermelhas estão atacando os azuis!

Enquanto a mulher falava, algo pesado foi jogado contra a janela, quebrando uma das pequenas placas de vidro. A mulher na porta gritou; os homens se levantaram dos seus assentos para olhar para fora.

— Que diabos? — Jack disse novamente. Ele seguiu em frente, juntou-se à mulher à porta e se abaixou quando uma garrafa bateu contra a parede a um metro de distância do seu rosto. Um pedaço de vidro lhe cortou a testa. Ele pestanejou a fina gota de sangue e olhou em volta. Havia luz suficiente para ver o grupo de homens que se reuniam do lado de fora de uma fileira de casas de madeira do outro lado da rua. Os homens gesticulavam para três polícias fardados, que estavam lado a lado, segurando longos cassetetes.

— Saiam daqui, seus desgraçados — gritou um deles — Não precisamos do seu tipo por aqui!

Enquanto Jack observava, a polícia começou uma caminhada lenta através da rua, cada um batendo seu bastão na palma da mão esquerda.

— Volte para onde vieram — avisou um dos polícias —, ou vão passar a noite na prisão.

As palavras agiram como um catalisador. Os homens soltaram os cintos e começaram a cantar "Abaixo os azuis!" Um enrolou o cinto à volta do punho, a fivela de bronze agindo como uma arma perigosa, os outros passaram os cintos à volta das cabeças, com a fivela desfocada e letal. Quando entraram na luz vacilante da lâmpada de rua, Jack percebeu que todos estavam usando vermelho militar. Ele segurou sua comissão e se perguntou se deveria tentar usar sua nova patente para acalmar a situação.

Eles me dariam ouvidos?

Eles ouviriam um Segundo-Tenente inexperiente? A minha presença iria piorar as coisas.

Houve alguns segundos de atividade frenética à medida que a polícia se defendia. Jack viu os cassetetes subirem e descerem, ouviu o feio estalo de madeira sobre cabecas e o zunido e estalo dos cintos, e então os soldados saltaram em torno da fina linha azul, botas batendo em costelas, rostos e pernas de policiais.

— Abaixo os azuis! — Um soldado com o rosto marcado por cicatrizes de varíola continuava a cantar.

— Parem com isso! — A voz era de uma jovem. Ela correu do outro lado da rua. — Seus brutos! Parem já com isso, estou dizendo!

Jack moveu os pés, inquieto. Uma coisa era ficar de lado em uma disputa direta entre a polícia e o exército, e outra era permitir que uma mulher assumisse o comando.

A mulher caminhou sem medo até a massa de casacas vermelhas que grunhia. — Já fizeram o suficiente a esses pobres coitados. — Ela encostou no soldado mais próximo, um homem de cerca de trinta anos com um corte curto e o rosto coberto de cicatrizes. — Deixe-os em paz.

Quando o soldado de cabelo curto olhou para cima, os seus olhos estavam selvagens. Ele soltou um xingamento e afastou a mulher.

Um soldado com o rosto magro a agarrou. — Você é uma putinha atrevida, não é? — Ele colocou uma mão sobre a boca dela, xingou e a retirou. — A vadia me mordeu!

— Ela tem um gênio, então. — O homem de cabelo curto deu uma gargalhada estridente. — Mande ela para cá e eu vou curar essa sarnenta!

Os outros soldados pararam de dar pontapés implacáveis aos polícias propensos e olharam para cima. — Ela é bonita, — disse um soldado de cabelo cor de areia com um forte sotaque de Londres. — O que está fazendo aqui, Mary Jane? — Ele pisou em um policial deitado no chão enquanto se aproximava da mulher. — Você quer um homem de verdade, quer?

A mulher não se afastou. — Há dez de vocês atacando três policiais — disse ela. — Isso não é justo. — Ela olhou de um soldado para o outro, talvez esperando por apoio ou simpatia, mas não encontrou nada. A voz dela subiu. — Acho que deviam todos voltar para as suas barracas.

— É isso que você pensa? — O soldado magro pressionou seu rosto contra o dela enquanto os seus companheiros se reuniam em volta, encorajando-o com sons e gestos animais.

— Vai lá, Pete, mostre a ela.

Pete colocou uma mão no ombro da mulher e a empurrou para trás; ela cambaleou e o seu chapéu caiu. Botas grandes pisaram em cima dele.

— Tire as mãos de cima de mim! — A sua voz estava alta agora que a sua confiança havia se esvaído.

— Ponho as mãos onde eu bem entender. — Pete agarrou o seu ombro e a puxou para perto. — Vamos lá, rapazes, vamos nos divertir um pouco.

Jack estava observando, esperando que a situação se resolvesse sem a necessidade dele se envolver, mas agora ele deixou o abrigo da porta do bar e caminhou pela rua. Quando se aproximou dela, percebeu que a mulher era mais nova do que ele havia imaginado. Ela tinha talvez vinte anos, enquanto seu sotaque e seu porte sugeriam que ela teve uma criação refinada.

— Já chega! — Ele tentou injetar autoridade na sua voz. — Deixe essa mulher em paz.

Pete pôs um braço em volta da garganta da mulher e o outro em volta da sua cintura. — O que isso tem a ver com você? — Os olhos dele eram vazios, venenosos. — Quem é você?

Jack tentou intimidar o homem, o encarando. — Eu sou o Segundo-Tenente Jack Windrush — disse ele, imponente. — E ordeno que deixe essa mulher em paz e volte para o acampamento.

— Um soldado bebê — disse o casaca vermelha de cabelo curto —, um bebê recém-nascido saído do berço. Volte para casa para a sua mamãe, Segundo-Tenente Jack Windrush, e não interfira com o trabalho dos homens.

— Não é trabalho para um homem intimidar uma mulher indefesa. — Assim que Jack disse as palavras, ele sabia que soava como um monitor de escola, em vez de um oficial que tinha a Comissão da Rainha.

Pete riu e plantou um beijo áspero nos lábios da mulher, o que trouxe um aplauso dos seus companheiros. A mulher tentou afastá-lo, os seus olhos agora desesperados enquanto olhava para Jack.

Um dos polícias gemeu e tentou se sentar. — Deixe a mulher em paz — chamou ele.

— Cala a boca, seu azul desgraçado! — Enquanto o soldado de cabelo cor de areia começava a chutar o policial até a inconsciência, Jack correu para a frente. Ele sabia que não teria qualquer chance contra dez casacas vermelhas durões, mas podia conseguir desestabilizar um deles.

— Rápido! — Jack entrou em contato direto com Pete, desequilibrando-o mais de surpresa do que por força, e puxou a mulher, libertando-a. — Corra!

— Não vou! — disse a mulher. — Quem é você para me dar ordens, senhor? Eu sou...

Jack se colocou entre ela e o soldado. — Não há tempo para discutir!

A mulher hesitou e gesticulou para os policiais no chão. — Não podemos deixá-los...

Jack a empurrou para a frente. — Nós precisamos — disse ele. Não havia lugar nenhum para se esconder, exceto o pub, e os soldados sem dúvida os seguiriam. Pete já estava começando a se recuperar, jurando vingança enquanto seus companheiros o pressionavam.

— Pega o desgraçado, Pete, arranca as tripas dele!

— Arranca a cabeça dele, Pete, e pega a mulher maldita!

Enquanto eles se espalhavam e desviavam em direção a eles, Jack gritou — Corra! — e empurrou a mulher para a sua frente. Inseguro sobre qual direção era a mais segura, ele se dirigiu para o que esperava ser o centro da cidade. Pode haver mais pessoas lá, e números podem significar ajuda e segurança. A mulher hesitou. — Corra, maldição! — repetiu Jack. Ele se esquivou de um soco bêbado e bateu de volta, sentindo a satisfação dos nós dos seus dedos esmagando o osso. O soldado de cabelo cor de areia recuou para trás, praguejando, e a mulher finalmente se moveu. Segurando as saias compridas por cima dos tornozelos, ela fugiu pela estrada.

— Atrás dela! — rugiu Pete, empurrando Jack de lado e a seguindo, com seus companheiros no seu rastro.

Prejudicada pela saia comprida e com apenas alguns metros de vantagem, a mulher mal atravessou a rua antes de

George a apanhar. Ele a agarrou pela manga e a puxou para trás. — Vem cá, minha linda.

Em vez de gritar, a mulher girou ao alcance de Pete e lhe deu um pontapé nas canelas. Alguns passos atrás, Jack empurrou o soldado no chão e empurrou a mulher na sua frente. — Continue correndo! — ordenou ele, mas sabia que não podiam ir longe. Havia muitos soldados, uivando como cães de caça sedentos de sangue e prontos para matar.

Uma garrafa passou voando por eles, virando a ponta até que se esmagou contra uma parede e pulverizou perigosos fragmentos de vidro na rua pavimentada. Outra se seguiu, batendo em uma porta, aterrissando no chão e rolando sem perigo.

— Detenham-os! — Era a voz de Pete. — Não deixe que eles saiam da rua!

O homem com o rosto magro riu histericamente. — Olha, reforços!

Jack xingou quando um novo corpo de soldados apareceu no fim da rua.

— O que fazer, rapazes? — gritou um dos recém-chegados.

— Peguem esses desgraçados — respondeu Pete, e os recém-chegados espalharam-se pela rua, sorrindo.

— Estamos presos! — gritou a mulher.

Jack a empurrou para a porta de uma das casas de madeira preta e branca. — Entre — ordenou ele, e se virou para enfrentar os soldados. Havia dezoito agora, bêbados ou quase assim, e eles formavam um semicírculo em torno da porta, bloqueando qualquer esperança de fuga.

— Agora te apanhamos, seu sacana — Três dentes faltando desfiguravam o sorriso de Pete.

— Seus monstros! — gritou a mulher — Briguem de forma justa!

Jack deu um único passo à frente, então estava livre da mulher e adotou a postura clássica de luta que a sua escola havia ensinado. — Lutarei contra qualquer um ou todos vocês — disse ele —, mas deixem a mulher em paz.

Os soldados zombavam, com Pete fazendo gestos obscenos que não deixavam dúvidas sobre as suas intenções para com a mulher.

— Seus covardes! — disse a jovem. Ela se colocou ao lado de Jack e atirou a cabeça para trás; cachos loiros balançaram à volta do seu rosto. — Vinte de vocês contra um homem e uma mulher! Não! — disse ela, quando Jack tentou segurá-la — Eu não vou ficar fora do caminho. Vamos combatê-los juntos!

— Você é bem atrevida, eu admito — disse Jack —, mas teria sido melhor se você tivesse segurado a sua língua!

O sorriso dela o apanhou de surpresa. Ele podia senti-la tremer, mas por medo ou raiva, ele não sabia. — Há coisas que precisam ser ditas.

— Que Segundo-Tenente ousado — disse o de cabelo cor de areia, o seu sotaque de Londres do East End misturado com álcool.

— Ele é bom o suficiente — acrescentou o de cabelo curto —, temos aqui um pequeno galo de luta.

Eles permaneceram onde estavam, encorajando uns aos outros com gritos altos e risadas agudas sobre as suas piadas grosseiras.

— Vamos, então, se atrevem! — desafiou Jack. Ele podia sentir a mulher por perto e baixou a voz. — Pode se afastar, por favor? Preciso de espaço aqui.

— Você não pode lutar contra todos eles! — respondeu ela.

Pete liderou o grupo com um ataque de cabeça não sofisticado do qual Jack desviou facilmente. Ele acertou um único soco que escapou da mandíbula de Pete, mas acertou diretamente na sua bochecha. Enquanto Pete cambaleava, Jack balançava abaixado; seu alvo se esquivou e o golpe acertou a testa de um homem de olhos maléficos de cerca de trinta anos e, em seguida, os soldados estavam em cima dele. Jack grunhiu quando um pontapé acertou no alto da sua coxa e depois cambaleou quando um soco acertou seu ombro. Ele ouviu o berro desafiador da mulher se transformar em um grito.

— Deixe a mulher em paz! — gritou ele.

Jack deu um pontapé em um soldado que mirou em sua virilha, e deu uma cotovelada noutro que o agarrou pelo casaco e xingou quando algo duro lhe acertou na perna. Ele não viu o braço que se enrolou em torno da sua garganta e o puxou para trás.

— Entre aqui, Jack, pelo amor de Deus!

Jack não resistiu quando alguém o arrastou para dentro da construção e fechou a porta atrás dele. Ele olhou em volta, a mulher já estava lá dentro, e Ruth estava sacudindo a cabeça em sua direção.

— Precisa de alguém para cuidar de você, não é mesmo? — disse ela. — Alguém precisa levar você pela mão.

— Obrigado — ofegou Jack. Só então ele se deu conta das várias dores pelo seu corpo. Ele lutou para controlar a sua respiração irregular. — Você chegou na hora certa.

Eles estavam em um corredor de pedra, iluminado pela luz cintilante de uma única vela que não penetrava muito na escuridão. Havia sombras escuras atrás das vigas baixas.

Ruth acenou com a cabeça e apontou o dedo na direção da mulher. — Quem é a sua amiga problemática? — Ela balançou a cabeça e se dirigiu diretamente à mulher. — Aquilo foi uma tolice, interferir numa luta entre os policiais e os casacas vermelhas.

— Meu nome é Lucinda Harcourt — A mulher parecia muito calma —, filha de...

— Você pode ser a filha do diabo, tanto quanto me importa — disse Ruth, enquanto descia uma enorme trava em frente à porta. — Mas é melhor levar vocês para um lugar seguro. Os soldados estão com vocês na cabeça agora, e não vão descansar até apanhá-los ou até estarem presos e sóbrios.

— Estamos seguros agora — disse Lucinda.

Mais uma vez, Ruth apontou um dedo na direção dos soldados na rua lá fora. — Não com esse grupo. — Ela recuou quando algo pesado bateu no exterior da porta. — Vê o que eu quero dizer? Eles vão arrombar a porta para apanhar vocês. Se tivessem metade do sentido de um cão, usariam a janela, mas... — Ela encolheu os ombros. — Quem disse que o soldados têm bom senso? Se tivessem, não se alistariam no exército.

— E quem é você? — Lucinda endireitou a saia e arrumou o cabelo para trás. — Perdi o meu chapéu! — Ela olhou para Jack como se esperasse que ele fosse buscá-lo para ela. — Você me ouviu? Perdi o meu chapéu!

— Sou a mulher que salvou você de ser violada — Ruth era muito direta. — Agora me siga e não faça nenhuma tolice, se isso for possível. — Ela vacilou quando houve outra batida enorme contra a porta. — É melhor nos apressarmos, essa porta não vai durar para sempre.

Levantando a vela, ela se dirigiu ao longo do corredor com a saia balançando à volta dos pés descalços. — Vamos Jack, Lucinda, você pode ir para onde quiser. Não me interessa para onde, mas se ficar, os soldados vão se divertir com você.

Agarrando a saia, Lucinda os seguiu enquanto Ruth os levava através de uma sucessão de salas escuras e para outra porta. — Isso vai levá-los até uma rua que leva à rua Broad — disse ela. — Agora estão por sua própria conta.

— Como posso lhe agradecer? — perguntou Jack, mas Ruth balançou a cabeça.

— Vá embora. — Ela abriu a porta e o empurrou entre os ombros. — Agora.

Broad Street estava quase vazia, com apenas um punhado de pessoas andando e uma parada para carruagens no lado oposto.

— Acho melhor levar você para casa — disse Jack.

— Acho que vou decidir para onde vou — disse Lucinda.

— Vamos — Jack ignorou seus protestos, tomou seu braço e a levou até a parada de carruagens. — Onde você mora?

— Não é da sua conta — Lucinda se libertou.

— Senhorita Harcourt, não é? — O taxista de meia-idade se inclinou. — Se quiser entrar, senhor, levo-os até casa da jovem.

— Você a conhece? — perguntou Jack.

— Todos em Hereford conhecem a senhorita Harcourt — disse o motorista. — Entre, senhorita Harcourt e eu a levarei em segurança para casa. — O senhor também, se quiser.

Não! As mulheres vão arruinar a minha carreira; eu devo passar bem longe dessa aqui.

Mas Jack sabia que não podia fazer isso. Ele era um cavalheiro por instinto e treino. Como tal, era seu dever proteger as mulheres; mesmo mulheres como esse ouriço falante que todos, exceto ele, conheciam. — Entre senhorita Harcourt — Ele lhe deu um empurrão não gentil para dentro da carruagem e a seguiu. Ele levantou a voz. — Nos leve até a casa da senhorita Harcourt, por favor motorista.

— Você não tem o direito de fazer isso — protestou Lucinda — eu vou contar ao meu pai.

— Pode dizer à Rainha e ao Arcebispo de Cantuária, se quiser. — Jack estava cansado da companhia de Lucinda Harcourt. — Não me importa um ponto.

Isso era verdade, ele disse a si mesmo. Em pouco tempo, ele estaria com o seu regimento e fora do alcance de qualquer civil de Hereford. Jack se inclinou para trás contra a almofada de couro; ele logo seria um Segundo-Tenente da Infantaria Britânica, e então subiria de patente e recuperaria o seu antigo prestígio e posição, de alguma forma. Tudo o que ele precisava era de algumas guerras sangrentas e a oportunidade de se provar contra um inimigo estrangeiro. Ele olhou pela janela enquanto passavam pelas ruas escuras de Hereford.

Sempre pareceu haver algum inimigo à margem do Império Britânico. Ele desejava ter crescido uma década antes, quando poderia ter testado seu poder contra os afegãos, os kaffirs ou os siques. Agora os siques foram derrotados, e os afegãos estavam lambendo suas feridas atrás do desfiladeiro Khyber. Ainda havia os Kaffirs para lutar, mas havia pouca glória em perseguir selvagens nus por toda a África. Jack grunhiu involuntariamente; ele precisava de um inimigo mais digno do que isso para ganhar suas esporas e começar a escalada de volta à respeitabilidade. Ele fechou os olhos, se perguntando se alguma dia levaria seus homens para enfrentar os franceses; outra campanha na península seria sangrenta e gloriosa, com o General Jack Windrush...

— Aqui estamos, senhorita Harcourt — a voz do condutor interrompeu a sua imaginação. —Residência Harcourt.

— Vou levá-la até a porta da frente — disse Jack.

É melhor fazer as coisas como deve ser.

— Tenho certeza de que sei o caminho — O olhar de Lucinda podia azedar leite.

— Mesmo assim — disse Jack alegremente —, um trabalho feito pela metade não está completo. — Ele escorregou da carruagem, pediu ao motorista para esperar e caminhou ao lado de Lucinda.

A casa de Harcourt era neoclássica, com colunas dóricas exibindo a riqueza e o poder do proprietário. Jack esperou enquanto Lucinda saltava as escadas que iam até à porta da frente. Antes de chegar no meio do caminho, a porta se abriu, e um homem grande com um impressionante bigode branco apareceu.

— Quem diabos é o senhor — disse ele a Jack — e o que quer trazendo a minha filha para casa a esta hora da noite?

— Eu sou Jack Windrush, senhor — disse Jack — e estou tentando trazer sua filha para casa em segurança.

— Raios me partam se você é — disse Harcourt. — Jack Windrush, é? Vou me lembrar desse nome, escreva o que eu digo. Agora vá embora, ou vou atirá-lo aos cães! — Ele agarrou

Lucinda pelo ombro e a empurrou para dentro de casa. A porta se fechou.

Por um momento, Jack permaneceu parado. O Major Welland o tinha avisado para se afastar das mulheres, e por Deus, ele tinha razão. Ele havia conhecido duas hoje - uma havia lhe roubado e a outra era problemática, instável e espinhosa. Ambas eram lembretes de que a sua carreira estava em um mundo de glória militar e não em desarmonia doméstica.

— Para onde, senhor? — perguntou o condutor.

— Hotel City Arms — disse Jack. — Tenho uma carruagem para apanhar amanhã às cinco da manhã.

CAPÍTULO TRÊS

NO MAR, INVERNO DE 1852

Dez anos depois. Jack se inclinou sobre a amurada do navio Ripon, que cobria a Península e o Oriente, e viu as luzes do porto de Southampton desaparecer na distância sombria. As saudades de casa aumentaram à medida que as náuseas subiam na sua garganta. As autoridades o haviam avisado de que o 113º estaria na Índia durante pelo menos dez anos. Ele não voltaria a ver a Inglaterra até os trinta anos de idade, se sobrevivesse. O barulho constante das pás do Ripon só aumentavam a sua depressão.

— Cólera, febre, solidão, cem tipos diferentes de doenças que eles ainda nem sequer identificaram. — O tom educado atraía as palavras entre longos tragos do seu charuto. — Você vai até o leste, não vai? — Os olhos dele estavam adornados com tantos cílios quanto os de qualquer mulher.

— Vou — concordou Jack. Ele não estava com vontade de conversar.

O seu companheiro estava. — Eu imaginei que sim; você tem o olhar de um homem que está dizendo adeus a Inglaterra por um longo tempo. — Ele deu outra tragada no seu charuto. — Não pode ser tempo suficiente no meu caso. — Ele atirou o charuto sobre a amurada e assistiu enquanto ele espiralava até que a água escura o extinguiu.

Ele quer que eu pergunte por quê.

Jack não disse nada. As luzes de Southampton eram um reflexo fraco através da névoa.

— Conhece a Índia? — O homem acendeu um segundo charuto.

— Eu nasci lá — disse Jack, descuidado.

O homem levantou uma sobrancelha. — Ah, você é anglo-indiano?

— Não, militar — Jack se ressentiu da implicação de que era de uma das famílias civis que fizeram suas carreiras na Índia.

— Antecedentes militares? Eu não vi você em Addiscombe. — Os seus olhos castanhos escuros eram tão inocentes quanto a serpente de Eva.

Addiscombe. Essa é a escola de treinamento para o exército da Honrosa Companhia das Índias Orientais; ele é um oficial da Companhia John.

— Eu não estava lá — disse Jack.

— Você é parte de um regimento da Rainha; qual deles? — As perguntas eram implacáveis à medida que o agente investigava a situação de Jack.

Jack quase engasgou enquanto falava o nome. — 113º Regimento. — Ele não conseguia esconder a amargura quando acrescentou — Os Matadores de Bebês.

O oficial sorriu um pouco. — Eu sou George Lindsay, em breve serei dos Fuzileiros de Madras. — Ele estendeu a mão. — Com qual nome o destino lhe abençoou?

Jack apertou sua mão. — Sou Jack Windrush.

Lindsay se inclinou um pouco mais perto. — Windrush - agora esse é um nome famoso. Não é parente dos Windrushes, é? A famosa Combatentes dos Malverns Reais?

Jack negou instantaneamente qualquer ligação familiar. — Apenas pelo nome.

— Imaginei que não. Se você fosse, estaria indo para o Regimento Real e não para o 113º.

— Exatamente — Jack acenou com a cabeça. — Mas eu só vou para o 113º. — Ele pensou ter visto um olhar presunçoso de desprezo no rosto de Lindsay. — Então você vai passar toda a sua carreira na Companhia John na Índia? — Jack balançou a cabeça lentamente. — Ouvi dizer que há muito dinheiro a ganhar se você sobreviver. — Ele recuou da amurada; as luzes da Inglaterra haviam desaparecido atrás de uma parede de névoa e o seu passado desapareceria completamente da mesma forma. — Agora, preciso me preparar para a minha carreira servindo a Rainha. Vocês lutam pelos lucros dos mercadores gordos; eu luto pelo meu país.

E recuperar o meu nome e honra, mas isso não é da sua conta.

— No 113º, companheiro, você só luta com crianças e civis. — Lindsay parecia imperturbável. — Seu regimento tem uma tendência infeliz de fugir de soldados reais, especialmente indianos. — Ele acenou com o charuto no ar, piscou o olho e foi embora.

Ele tem razão, maldito seja!

Jack abriu a boca para discutir, decidiu que não podia e foi para o convés inferior. Ele compartilhava sua cabine com outros dois jovens oficiais a caminho da Índia, ambos falando de nada além de glória e mulheres.

— Estou de olho naquela linda morena — anunciou o Segundo-Tenente Rands —, ela é a garota para mim.

— Eu juro — O sotaque arrastado e afetado do Clarim Simpson não fazia nada para esconder a acne que lhe desfigurou o rosto. — Ela é uma coisinha delicada e sabe disso, entende? — Ele bocejou abertamente. — A minha preferência é por aquela loira animada. Ela vai ser fácil. — Ele olhou para Jack. — E você, velho Windrush?

— As mulheres são uma distração — disse Jack, e procurou a solidão em um navio onde isso era um bem escasso. Quando os passageiros lotaram o convés superior, Jack encontrou um pequeno espaço na escuridão do depósito de cabos, acendeu um pedaço de vela e estudou sua profissão.

Quando o tempo se tornou selvagem no Golfo da Biscaia, o convés superior estava notavelmente vazio, então Jack tomou posição e começou a estudar manuais militares. "A coragem, acima de tudo, é a primeira qualidade de um guerreiro", ele leu, enquanto as ondas quebravam ao seu redor. Ele baixou o volume de *Sobre a Guerra* de Clausewitz quando ouviu um riso familiar.

O Segundo-Tenente Lindsay e o Clarim Simpson estavam virados na sua direção enquanto falavam animadamente com uma mulher alta vestindo um casaco azul. Enquanto Jack assistia, a mulher riu de novo e virou a cabeça, permitindo que ele visse o seu rosto.

Meu Deus, o que você está fazendo aqui?

Lucinda Harcourt olhou diretamente para ele. — Você é o Segundo-Tenente Windrush? — Ela levantou uma mão de luva branca em saudação. — Não se junta a nós?

— Você conhece esse estudioso? — perguntou Lindsay. — Receio que ele prefira a sua própria companhia à nossa. — Ele passou uma mão pelo braço de Lucinda. — Acredito que ele também não goste de mulheres.

Jack abriu a boca para retaliar, mas fechou-a outra vez. *Clausewitz diz: "Se o líder estiver cheio de grande ambição e se perseguir os seus objetivos com audácia e força de vontade, ele irá alcançá-los apesar de todos os obstáculos". Lucinda é apenas mais um obstáculo ao meu alvo. Não vou enfraquecer ao primeiro obstáculo.*

— Ah! — Lucinda deu-lhe um olhar de espanto. — Entendo. Bem, Segundo-Tenente Windrush, vamos deixá-lo sozinho nesta ocasião, mas a sua futura companhia me agradaria muito.

— Deixe ele, Lucinda, é um esquisito. — Simpson dispensou Jack com um sorriso. Lucinda premiou Jack com um pequeno sorriso e acenou para ele de costas enquanto caminhava ao longo do convés com os seus companheiros.

Clausewitz recebeu Jack de volta.

— Vai se juntar a nós para uma mão de baralho, Windrush? Lucinda e Harriet estarão lá. — Isso era um convite diário em períodos de tempo bom, e Jack deu uma resposta que deu origem a muitos risos e não menos desprezo.

— Eu tenho muito o que fazer; você pode ir.

— Ah, ele certamente não gosta da companhia das senhoras — disse Lindsay.

Quando eles pararam em Gibraltar para abastecer carvão, Jack acompanhou Lindsay e os outros em um tour pelas fortificações, fez muitas perguntas e tomou notas das respostas. Ele quase perdeu o navio quando as fortificações do Grand Harbour em Malta o absorveram, ignorou uma tempestade enquanto se aproximavam do Egito e se afastou enquanto seus colegas correram para terra em Alexandria para testar suas teorias sobre as delícias e souks do Egito.

— Venha, Segundo-Tenente Lindsay. Ouvi falar tanto destes bazares orientais românticos, e meu pai diz que preciso de um acompanhante.

Enquanto Lindsay inclinava seu chapéu de palha e se apressava a obedecer Lucinda, Jack colocava seu único baú por cima do ombro e atravessava a prancha.

— Será que ele é um pederasta? — perguntou Simpson em um sussurro chocado.

— Imagino que seja esse o caso— respondeu Lindsay.

Um pederasta! Jack estremeceu. *Uma sugestão de homossexualidade vai arruinar a minha carreira e a minha reputação para sempre. Quaisquer atos corajosos que eu pratique, por mais que eu seja um bom soldado, não importará se eles pensarem que sou culpado do mais indescritível de todos os pecados. Tenho que tentar falar com Lucinda, pelo menos. Haverá uma oportunidade quando viajarmos ao longo do canal.*

Jack seguiu os outros até um barco aberto que poderia ter sido limpo no ano anterior. Ele viu barqueiros barulhentos prendendo o reboque, limpou o suor da testa e reuniu um sorriso para Lucinda, forçando seu cérebro a dizer algo. — Teve sucesso no bazar, senhorita Harcourt?

— Nós compramos as coisas mais maravilhosas! — Lucinda se sentou perto. Jack hesitou com o toque da mão dela no seu braço. — Uma escultura de uma esfinge com três mil anos. — Ela mostrou o seu tesouro para a educação de Jack.

Era arenito áspero, cruelmente esculpido. — Tem certeza de que isso é genuíno? — Jack segurou o objeto.

— Claro que tenho certeza! — Lucinda o segurou de volta imediatamente. Um olhar reprovador substituiu o seu sorriso incipiente.

— Claro que a Lucinda tem certeza — disse Lindsay. — Ignore-o, Lucy, ele não vale o seu tempo. — Ele colocou um braço à volta dela quando o reboque começou a sacudir.

— Não quis ofender, Lucy — disse Jack.

— Meu nome é Lucinda — ela o silenciou com um olhar que teria feito as pragas bíblicas fugirem do Egito.

A viagem de dez horas pelo Canal de Mahmoudieh até Aftieh teria sido desconfortável o suficiente com apenas o sol quente e os bancos difíceis de sentar, mas a indiferença de Lucinda e os comentários afiados de Lindsay tornaram as coisas infinitamente piores. Jack mal notou os fellaheen trabalhando na margem do canal ou as longas filas de camelos que caminhavam pacientemente.

Quando chegaram a Aftieh, Lindsay ajudou Lucinda até o cais e a guiou até o barco a vapor levemente acabado que os levou até o Cairo. Jack se amontoou próximo à caixa da roda do leme e olhou miseravelmente para os belos barcos à vela que navegavam as águas do Nilo como haviam feito por séculos.

— Serei grelhado muito antes de chegarmos à Índia — se queixou Rands, quando olhou para a carruagem que os levaria através do deserto do Cairo para Suez. Seis mulas aguardavam pacientemente à espera da viagem de dezoito horas. Atrás do frágil vagão, um grupo de trabalhadores egípcios empilhava a bagagem britânica sobre uma sequência de camelos magros.

— Você vai se habituar ao calor. — Jack estava desfrutando das altas temperaturas. — Eu nasci no leste.

— Isso explica muita coisa — disse Lindsay, enquanto abanava Lucinda.

— Um verdadeiro inglês nunca se habitua ao calor. — Lucinda ergueu o rosto para o ar quente. — O meu pai me disse isso.

— Talvez Windrush seja apenas parcialmente inglês — disse Simpson. — Ele certamente tem o cabelo escuro o suficiente para passar por um nativo, e eu notei que ele não sofre com o calor como nós.

— Retire o que disse! — Jack sabia que não podia deixar passar tal insulto.

— Foi dito sem pensar — Lucinda abanou a cabeça. — Sério, Jack, precisa colocar um freio nesse seu temperamento!

— O temperamento dele deve vir de um clima quente, hein, Windrush? — Lindsay virou as costas, deixando Jack sem ninguém em quem desabafar sua frustração.

De Suez, foi outra viagem no Oriente através do Oceano Índico até Madras. Eles desembarcaram nas docas, com os Segundo-Tenentes e os cadetes separados com o apertos de mão e promessas de amizade eterna. Jack observou Lindsay aceitar um bilhete dobrado de Lucinda, respirou fundo e levantou sua única mala. Ele não tinha necessidade e nem dinheiro para um carregador.

— A nossa vida começa aqui. — Rands olhou ao redor para a confusão de ruídos e cores, a aparência das pessoas, os mendigos que seguravam as mãos esperançosas e a fina linha de oficiais britânicos que abriam caminho, cada homem uma ilha em meio a um oceano de humanidade Indiana. — Será que em algum momento nos habituaremos a este lugar?

— Você odeia a Índia durante um mês e depois a adora para sempre. — Jack citou um ditado familiar. Ele tinha vagas memórias de infância do barulho, agitação e cores desse país, e aqui estava ele experimentando tudo novamente como se os últimos quinze anos nunca tivessem existido.

— Para onde você vai? — perguntou Rands.

— Calcutá — disse Jack —, e esperar por ordens de marcha.

— Vou para a fronteira — disse Rands. — Peshawar e todos os pontos ao norte. — O seu sorriso era triunfante. — Onde o 113º está baseado?

— Por todo o lugar. — Jack tentou manter o desânimo longe da sua voz. — Mas nem perto da fronteira. Assam, Arranan, Bengala... onde quer que não sejam necessários.

Rands sugou a respiração. — Todos no lado leste da Índia? Azar, meu velho. — Ele levantou a mão em despedida, virou a cabeça para o norte e foi embora, com a cabeça e os ombros se erguendo acima da massa da multidão.

Sortudo.

Jack o observou ir embora, equilibrou a mala no ombro e depois procurou por um transporte.

Fort William era a principal base militar de Calcutá, mas Jack não sentia nada além de melancolia enquanto se misturava com hordas de soldados, doentes com febres identificadas ou não identificadas, todos segurando certificados médicos para levá-los de volta para casa. As ruas eram sombrias e a umidade opressiva; durante o dia a população estava de mau humor, e à noite as ruas estavam escuras, com as poucas lâmpadas de óleo emitindo tanto fumo quanto luz.

Ele estava fora dos seus aposentos, um pequeno edifício escuro onde o ar que penetrava só adicionava os maus odores da rua lá fora à falta de saneamento interno.

Bem, essa é a Índia, a minha casa agora. Espero não ter que esperar muito pelas minhas ordens.

Ele olhou para o céu enquanto um pássaro enorme pairava acima, tão perto que bloqueou o único feixe de luz solar iluminando a rua. Jack olhou para cima e acenou com a mão numa vã tentativa de o afugentar.

— Eu não faria isso, tenente — Um major com cara de malária e olhos fundos o repreendeu. — É um marabu. Há ordens permanentes que matar ou mesmo ferir algum deles é uma ofensa grosseira, e você não quer isso como o início da sua carreira. — Ele olhou para o uniforme de Jack e perguntou — Há quanto tempo você está no leste?

— Acabei de chegar, senhor.

O major grunhiu. — Ah, você é um calouro completo. Claro que esperamos esse tipo de coisas dos novatos.

Não discuta com um oficial superior. — Eu não matarei nenhum marabu, apesar da minha inexperiência.

O major não gostou. — Cuidado com as palavras, Segundo-Tenente, elas lhe meterão em problemas se não tiver cuidado. — Ele olhou para cima. — Vem aí uma tempestade. É melhor se abrigar essa noite.

— Sim, Senhor. — Jack observou o major ir embora. Ele não podia ter mais de quarenta anos, mas parecia vinte anos mais velho. Mas ele ainda era um soldado britânico, ereto e orgulhoso.

— Segundo-Tenente Windrush? — O cabo era magro e acabado, com o rosto bronzeado depois de uma década no leste.

— Sou eu, cabo.

— O General Beaumont manda os seus cumprimentos, senhor, e pode se apresentar a ele imediatamente.

— Obrigado, cabo. — Jack devolveu a saudação o mais formalmente possível.

Beaumont está em algum lugar do outro lado de Calcutá. Como diabos vou encontrar o meu caminho até lá? Nunca há um transporte quando se quer um, e de qualquer forma, eles podem não estar trabalhando com o tempo piorando como está. Tenho que ir a pé.

Jack sinalizou para um dos muitos nativos que se aglomeravam perto dos bairros britânicos esperando por trabalho. — Sabe onde está o General Beaumont?

O homem acenou e se inclinou, segurando as mãos diante de si, e as palmas apertadas uma contra a outra.

— Leve-me até lá, está bem?

Jack não viu de onde o homem obteve uma lanterna. — Por aqui, sahib. — Ele partiu com passos animados, virando a cada poucos segundos para garantir que Jack não tivesse ficado para trás. Jack observou a luz da lanterna cintilando sobre o corpo castanho, quase nu, e descobriu que ele estava sorrindo com memórias meio esquecidas da sua infância.

Eu me lembro de você, ou de homens parecidos com você. Você é forte como teca, e nunca desiste.

O vento aumentou minuto a minuto até que pedaços de lixo voavam pelas ruas, e as pessoas procuravam abrigo dentro das casas miseráveis. Em quinze minutos, os ramos das árvores voavam livres e os rostos brancos europeus espreitavam ansiosamente das janelas, enquanto os criados de rosto castanho lutavam para fechar as persianas. A escuridão caiu tão rapidamente como sempre nos trópicos, e apenas a luz fraca da lanterna foi deixada, piscando para trás e para a frente conforme o vento a apanhava.

A rua à frente era estreita e estava vazia, exceto por aqueles que não tinham para onde ir. Jack viu um clarim da Companhia lutando para segurar seu chapéu na cabeça, um par de varredores magros em busca de abrigo, um mendigo escondendo sua velha tigela dentro das dobras escassas de uma roupa imunda. Jack viu seus rostos como uma série de vinhetas, olhos grandes e bocas abertas contra rostos assustados ou resignados e, em seguida, desaparecendo novamente quando o vento balançou a luz da lanterna para longe.

Então, a luz se apagou. A escuridão foi repentina, assustadora com as violentas rajadas de vento enquanto o ciclone fora de estação assaltava Calcutá.

— Olá! A luz se apagou! — gritou Jack. — Volte aqui, amigo! Lanterna wallah!

Não houve resposta, exceto o uivo crescente do vento, o bater as persianas e o estalo enquanto rajadas sopravam objetos pela rua estreita. Um grande pedaço de madeira caiu no chão a poucos metros de Jack, e depois algo se partiu em mil fragmentos do outro lado. Folhas de palmeira se debatiam num louco frenesi em algum lugar por perto, ouvidas mas invisíveis no escuro.

Houve um terrível estrondo de trovão seguido imediatamente por um raio que iluminou temporariamente a rua à frente, mostrando lixo girando, persianas quebradas e ganhos de árvores partidos. A escuridão que retornou parecia ainda mais intensa depois da luz brilhante. Jack respirou fundo e seguiu em frente, na esperança de fugir dos piores mísseis da natureza e encontrar os aposentos do General Beaumont.

Ele andou sempre em frente, confiando na sorte para não cair em cima de nada e praguejando quando algo o apanhou com um golpe na perna. Só quando o raio voltou a piscar é que Jack percebeu que tinha tomado o caminho errado. Ao invés de andar ao longo de uma rua relativamente ampla, ele estava em um amontoado de casas pequenas e planas separadas por becos tão estreitos que ele se perguntava como qualquer humano poderia andar por eles. Ele sentiu que uma porção de rostos predatórios haviam se virado para vê-lo invadir o seu mundo privado.

— O seu lugar não é aqui. — A voz veio do escuro profundo.

— Sou um oficial britânico. — Jack sentiu o seu revólver no cinto.

— Eu sei sahib, e esse não é lugar para um oficial britânico.

Jack espreitou pela noite. — Um oficial britânico pode ir a qualquer lugar na Índia.

O riso resultante foi mais divertido do que ofensivo.

— Mostre-se, maldito seja! Pare de se esconder nas sombras e me enfrente como um homem! — Jack tirou o revólver.

— Esse oficial britânico tem tanto medo de uma voz no escuro que precisa usar uma pistola? — O tom estava zombando gentilmente.

— Quem é você? Que se dane esse seu jogo! — Jack ficou parado, sabendo que estava sendo ridicularizado, mas não sabia o que fazer. Felizmente, outro raio mostrou um homem de ombros largos num turbante azul a poucos metros dele.

— Ranveer Singh — disse o homem, e acrescentou à medida que as trevas voltavam —, eu já fui um soldado do Khalsa.

— Você é um sique. — Jack apontou o revólver.

— Eu sou um sique — concordou Ranveer —, e lutei contra os britânicos em duas guerras, mas nós não somos mais inimigos, então você não precisa da pistola.

— O que você quer de mim? — perguntou Jack.

— Quero impedir que você seja morto. — Ranveer teve que ficar de lado para passar pelo beco estreito. — Uma matilha desses cães pode matar um único oficial britânico numa noite escura. Aonde você está indo?

— Para a sede do General Beaumont. — Apesar das palavras de Ranveer, Jack não guardou a pistola.

— Eu levo você — disse Ranveer. — Me siga, sahib. — Quando saiu do beco, Jack viu que o sabre tulwar no seu cinto tinha um cabo prateado.

Esse homem não era um soldado comum do Khalsa. Ele é um oficial e um cavalheiro.

— Me chamo Windrush — Jack escondeu o revólver. — Segundo-Tenente Jack Windrush do 113º Regimento.

O General Beaumont mal olhou para cima quando Jack entrou no escritório. — Seu servo pode esperar lá fora — disse ele. Os seus servos estavam numa fila silenciosa de homens fardados atrás da sua mesa. No canto mais escuro da sala, o *operador do leque* usava apenas uma tanga enquanto trabalhava na constante tarefa de manter o grande leque no teto movendo-se pela corda presa ao seu dedão do pé. Jack achou melhor não mencionar o tufão que assolava as esquinas do edifício.

Beaumont olhou para Jack por cima de uma pilha de documentos, todos atados com fita e amarrados com um selo. — Qual deles é você? — Quando Jack pareceu confuso, Beaumont rosnou — Como se chama, Segundo-Tenente? Quem diabos é você?

— Windrush, senhor, 113º Regimento; mandaram que eu me apresentasse aqui...

— Que disparate, Windrush, as suas ordens estão sendo enviadas juntamente com todos os outros oficiais. — Beaumont vasculhou os documentos à frente dele. — Com toda esta incerteza em Ava, metade dos oficiais da Índia estão sendo enviados para leste, até os calouros que não são bons para nada. — Ele tirou um documento, olhou brevemente para a frente e o atirou para Jack casualmente. — Aí estão as suas ordens de marcha, agora vá. Está dispensado.

Aquilo foi muito casual e onde diabos ficava Ava?

Jack ficou do lado de fora do escritório, segurando o documento, ciente de que Ranveer o observava, impassível. Ele quebrou o selo e desdobrou o papel.

Moulmein. Tenho que me apresentar em Moulmein, onde quer que isso seja.

— Vou para Moulmein. — Ele falou sem pensar.

— Você vai precisar de mim — disse Ranveer.

— Por que precisarei de você? — Jack olhou para ele.

O sorriso de Ranveer era branco através da barba. — Você se perdeu ao atravessar Calcutá, sahib. Que esperança há para você na Birmânia?

Birmânia? É para lá que eu vou? A desilusão foi como um pontapé no estômago de Jack. *É o lado oposto da Índia com relação à fronteira.*

— Vou nos preparar — disse Ranveer solenemente.

Jack se sentia mal demais para discutir.

CAPÍTULO QUATRO

MOULMEIN 1852

— Bem-vindo ao 113ºRegimento. — O coronel Murphy olhou para Jack através da distância da mesa enquanto um *operador do leque* puxava lentamente a corda que rodava o leque acima da sua cabeça. Ele deixou cair os olhos. — Lar de tudo que a sarjeta rejeita. — Ele derramou gin em um copo pesado e tomou tudo em um único gole, encheu o copo e repetiu o procedimento. Jack notou que ele só usou a mão direita; a manga esquerda da sua túnica estava vazia.

O suor brotava do couro cabeludo de Jack sob o chapéu do uniforme e escorria pelo comprimento da sua coluna. — Obrigado, senhor.

— Obrigado? — Murphy parou com o próximo copo a meio caminho da boca. — Você tem pouco pelo que me agradecer, Windrush. Lembra-se do que Wellington chamou o Exército Britânico? Ele os chamou de escória da terra. Bem, o 113º fica com o lixo dessa escória - estupradores, ladrões, canalhas de todas as descrições. — Ele bebeu o gin e serviu-se de outro. — Não me surpreenderia se tivéssemos um assassino ou dois, ou um maldito liberal, como não.

— Sim, senhor. — Jack nunca se interessou por política,

mas sabia que seu pai tinha sido um conservador e os liberais eram a oposição, então ele supôs que o Coronel Murphy compartilhava as opiniões do seu pai sobre assuntos políticos.

— E covardes. — Os olhos de Murphy estavam vermelhos quando ele os ergueu novamente para segurar o olhar de Jack. — Você deve ter ouvido as histórias, sem dúvida.

— Houve rumores — disse Jack cautelosamente.

O coronel Murphy bateu com o copo na mesa. — Por isso não espere nenhuma glória aqui, rapaz. — Ele balançou a cabeça. — As batalhas famosas e manchetes de jornais não são para nós. Ah não, tivemos uma batalha e fugimos. Agora temos o dever de guarnição no fim do Império, por isso morremos de febre e malária. Se houver um buraco do inferno ou pântano infestado de doenças em qualquer lugar, é para lá que eles vão enviar o 113º.

— Sim, senhor. — Jack não conseguia pensar o que mais dizer. Na verdade, esse porto de Moulmein não parecia ser o lugar mais saudável do mundo.

O coronel Murphy deu um suspiro de ar úmido. — Como certamente sabe, Windrush, cada regimento do exército britânico tem a sua reputação e história nas suas cores. — Ele não esperou que Jack concordasse ou discordasse, mas continuou. — Você sabe quantas batalhas honram o glorioso 113º?

— Sim, senhor. — Jack havia vasculhado as livrarias de Londres por um livro sobre o regimento para lê-lo na interminável longa viagem da Inglaterra. Ele não tinha encontrado nenhum; o 113º não era o tipo de regimento sobre o qual as pessoas escreveram livros ou publicaram memórias.

— Então? — A mão de Murphy hesitou no pescoço da garrafa de gin. Os olhos dele estavam vermelhos como sangue. — Quantas?

— Nenhuma, senhor — disse Jack calmamente.

— Exatamente, nenhuma, senhor. — Murphy arrancou a

mão da garrafa. — Que crime hediondo você cometeu para se juntar a esse ilustre regimento? Dormiu com a mulher errada? Roubou a prata da família? Trapaceou nas cartas?

— Nada disso, senhor. — Jack esperava uma entrevista muito diferente quando conhecesse o seu comandante pela primeira vez.

— Nada disso, senhor — repetiu Murphy. — Claro que não. Bem, Windrush, você está conosco agora, que Deus o ajude, e eu tenho trabalho para você. Já deve ter ouvido dizer que estamos em desacordo com o Tribunal de Ava?

— Ouvi dizer que temos uma disputa com o rei da Birmânia — Jack concordou cautelosamente. Todos os oficiais britânicos que ele havia conhecido desde a sua entrevista com o General Beaumont haviam falado esperançosamente de uma possível guerra com a Birmânia. Ele viu uma mariposa de asas grandes voando em volta da lâmpada.

— Sim, bem, vou explicar a situação. — Por um momento, Murphy parecia um coronel do Exército Britânico e não um bêbado inútil enquanto se concentrava no assunto em questão. — Combatemos os birmaneses em 1825 quando eles invadiram os nossos territórios, e a guerra terminou com o Tratado de Yandaboo, o que garantiu o nosso comércio e a segurança dos nossos mercadores.

Jack acenou. — Já ouvi falar, senhor. — Ele havia lido freneticamente sobre a Guerra Birmanesa em sua viagem para Moulmein.

— Sim, bem, os birmaneses quebraram o tratado — disse Murphy. — Insultaram os nossos mercadores e enfiaram um pobre coitado numa ilha pestilenta no rio Irrawaddy. Era a época das chuvas, por isso o rio subiu naturalmente, e só a sorte cega o salvou do afogamento. Então o governador de Rangum fez pior do que uma tentativa de homicídio. — Murphy empurrou a garrafa de gin para longe enquanto se aproximava do seu ouvinte. A luz da lanterna brilhava do couro cabeludo cor-de-rosa entre os seus poucos cabelos ruivos. — Ele colocou um mestre de navio na reserva - um capitão britânico, veja você - então nós exigimos compensação do Imperador de Ava ou do Rei Do Pé De Ouro ou qualquer nome extravagante que ele escolhe chamar a si mesmo.

— Sim, senhor. — Jack se afastou de um besouro voador.

— Você deve saber que o rei, imperador ou o que seja de Ava tentou nos intimidar antes, em '39, quando estávamos envolvidos naquele disparate afegão. — A voz de Murphy estava aumentando em clareza. — O Sr. Pé de Ouro prometeu nos expulsar das terras de Tenasserim que conquistamos na guerra de '25. Ele liderou um grande exército, ou os trapos que os birmaneses chamam de exército, para Rangum, mas quando enviamos uma brigada e um par de navios o Senhor do Elefante Branco e Irmão do Sol e da Lua – como ele também se chama – decidiu que a paz era melhor do que a guerra. Talvez as nossas vitórias na China tenham ajudado a convencê-lo de que lutar contra nós não o levaria a nada.

— Sim, senhor. — Jack acenou outra vez. Ele esperou para saber por que o coronel estava lhe contando tudo isso. Ele observou enquanto o besouro se equilibrava precariamente na borda do misturador de gin.

— E você está se perguntando o que tudo isso tem a ver com você. — Murphy ecoou os pensamentos de Jack. Seus olhos, ensopados de bebida apenas alguns momentos antes, estavam agora afiados. — Bem, Sr. Windrush, Sua Excelência Lorde Dalhousie, na sua sabedoria, enviou o HMS *Hermes*, Capitão Fishbourne, um intérprete chamado Capitão Latter e o Tio Tom Cobley e tudo mais para resolver o assunto. Ele balançou a cabeça. — Tudo isso por um rei que se chama de Irmão do Sol e da Lua.

— Sim, senhor. — Jack voltou a se perguntar para onde esta conversa estava indo.

— Dalhousie pode ter pensado que os birmaneses se

curvariam diante da presença da Marinha Real, mas o Capitão Fishbourne achou o contrário. Houve mais problemas e mais insultos, como seria de se esperar de uma raça selvagem que acredita que é superior. — Murphy guardou a garrafa de gin na gaveta da mesa. — Não fique tão preocupado, Windrush, há uma razão para tudo isto. Não o chamei aqui apenas para lhe dar uma lição sobre política.

Jack esperava que o seu tédio não fosse muito evidente.

— Para encurtar uma longa história — disse Murphy —, Fishbourne agiu arbitrariamente, como seria de se esperar da Marinha Real. Ele usou seus coletes azuis para embarcar e apreender um dos navios do Rei Birmanês. — O sorriso de Murphy era inesperado. — Isso fez a bola rolar. Fishbourne esvaziou Rangum de todos os que estavam em perigo do Senhor do Pé Dourado e dos seus lacaios e os trouxe para Moulmein. E aqui está. Agora estamos em guerra com o Império da Birmânia; a marinha, o exército, a honrosa Companhia das Índias Orientais, você, eu e o 113º regimento. — O sorriso de Murphy desapareceu quando ele se inclinou para mais perto de Jack.

— Isso ainda não é oficial, claro, mas é um fato. Acho que Fishbourne queria queimar Rangum lá mesmo, mas os seus homens eram marinheiros em terra, patos fora d'água. Nós somos soldados e — O sorriso caiu completamente —, nós somos o 113º, Windrush, os Matadores de Bebês, os párias do Exército Britânico, e temos que provar o nosso valor.

Pela primeira vez, Jack sentiu o orgulho ferido por baixo do exterior de Murphy. — Sim, senhor. Quero que o exército considere o nosso regimento igual a qualquer outro fora aos Guardas.

Os olhos de Murphy estavam nivelados. — Isso será uma tarefa difícil, Windrush, uma tarefa difícil para recuperar a honra perdida. — Ele olhou para Jack como se estivesse resolvendo alguma coisa. — Eu conheço o seu pai. Ele é um bom homem, mas é um Malvern Real completo.

A mudança de tática apanhou Jack de surpresa. — Eu não sabia que o conhecia, senhor.

— O que fez para o irritar? — A questão foi breve e direta ao ponto.

— Ele está morto — Jack foi igualmente brusco.

Murphy voltou a encher o copo. — Todos os soldados morrem. — Jack ficou contente por ele não ter insistido na pergunta. — Muito bem, Windrush; você vai querer se redimir de qualquer crime sobre o qual naturalmente não deseja discutir, e eu desejo aumentar a reputação do meu regimento. — Ele fez uma careta. — Matadores de Bebês, por Deus, vou mostrar-lhes os Matadores de Bebês! — O coronel olhou diretamente nos olhos de Jack. — Você me vê como um velho bêbado, Windrush, mas eu vejo você como esperança para o 113º.

Jack levantou as sobrancelhas. Ele não sabia o que dizer.

Murphy continuou. — Me diga, Windrush, de quem nos lembramos quando pensamos nos Buffs de Albuera? Do coronel do regimento? Não, do jovem Segundo-Tenente Thomas, que embrulhou as cores à volta do peito para salvá-los dos franceses.

Jack acenou. — Sim, senhor.

— E pense em Chillianwala, quando nosso regimento correu como coelhos em fuga, havia um Segundo-Tenente do 24º, um menino não mais velho do que você, Windrush, que pegou as cores do bastão e as enrolou em torno do seu corpo para que os siques não pudessem capturá-los.

— Sim, senhor — disse Jack novamente.

— Há outros. — Murphy se ergueu um pouco da mesa, possivelmente em honra aos jovens dos quais falou. — Já deve ter ouvido falar do Tenente Dick, o engenheiro que foi o primeiro na parede em Jhansi e do Segundo-Tenente Havelock que atacou os abattis em Vera?

— Sim, senhor. — Jack já tinha ouvido falar de alguns desses heróis.

— É isso que quero de você, Windrush. Quero que ganhe glória e fama para que quando os homens falarem do 113º, pensem nas suas façanhas e não na infâmia de Chillianwala.

— Sim, senhor. — *A maioria destes homens morreu ganhando glória, o coronel quer um mártir?*

Quando Murphy se sentou novamente, seus olhos estavam limpos. — Um homem com o seu nome não pertence a esse lugar de desgraça regimental. O seu lugar é num regimento mais distinto, Windrush, mas por alguma razão, você está conosco. — Ele afastou o besouro do seu poleiro na borda do copo. — Se você tivesse os fundos estaria em outro lugar, então você deve alcançar a glória para ter o seu nome falado da mesma maneira que estes outros heróis, e ao fazê-lo, você vai aumentar a reputação do 113º.

Jack acenou e repetiu, "Sim, senhor", mais uma vez.

— Agora, aos negócios. — Murphy puxou um pequeno documento para o centro da mesa. — Haverá uma expedição para lutar contra os birmaneses, mas as autoridades não vão enviar o 113º. Estamos sendo divididos em pequenos grupos e usados para guardar a fronteira oriental da Índia de Assam até Arranan, no caso dos birmaneses lançarem um ataque.

— Eles vão atacar, senhor? — perguntou Jack.

Murphy ignorou a pergunta. — No entanto, conheço o Coronel do 18º, o Irlandês Real. Eu e ele servimos juntos quando tínhamos a sua idade, e o convenci a aceitar alguns dos nossos homens como substitutos. — Murphy parou por um momento. — Vou mandar você para Rangum com uma dúzia de homens. Deus nos ajude, mas encontrar uma dúzia de bons soldados do 113º não é fácil, mas faremos o nosso melhor. Quero que se esforce em todas as oportunidades, Windrush.

Mostre ao mundo o que o 113º é capaz de fazer. — Murphy se inclinou de volta na cadeira e bateu com os dedos longos na mesa. — Os birmaneses são uma raça orgulhosa e guerreira. Eles não vão gostar que estejamos no que eles pensam ser o seu território, e eu prevejo uma forte resistência. — O sorriso dele era feroz. — Seu trabalho é enfrentar o inimigo, Windrush, tratá-los com cortesia e respeito, e depois destruí-los.

— Sim, senhor. — Jack acenou. Ele não escondeu o sorriso. Quando ele entrou nessa sala, pensou que o Coronel Murphy era um velho bêbado, mas agora percebia que ele era apenas um soldado veterano desiludido que queria o melhor para o seu regimento. — Quando eu parto, senhor?

— Quero que se junte à expedição assim que ela for criada. Até lá, habitue-se ao clima e às pessoas e conheça o regimento. — Murphy pesquisou seus papéis antes de olhar para cima novamente. — Tente encontrar um sargento decente para levar com você. Talvez você possa localizar um sujeito chamado Wells; ele parece um corte acima do padrão habitual.

— Sim, senhor. — Jack hesitou. — Obrigado, senhor

Murphy não respondeu; a sua mão desviou para a garrafa de gin.

— Certo, seus bastardos miseráveis! — O sargento Wells olhou para a linha de homens que estavam no que eles imaginavam ser a posição de atenção à sua frente. — Vocês foram enviados para este regimento porque ninguém mais os queria. — Uma cabeça mais alta do que a maioria dos homens, ele marchou ao longo da linha, contando lentamente. — Um, dois, três, quatro e cinco, canalhas rejeitados. — Ele baixou a voz para um rugido. — E agora são todos meus! — Ele se aproximou deles. — Não sei por que são indesejados, e não me interessa os crimes que as suas patas sujas cometeram. Só sei que pensam que tiveram azar na vida.

— Jack assistiu a performance da sombra de um conjunto

de figueiras. Ele sabia que Ranveer estava logo atrás, mas não reparou no oficial alto que correu para se juntar a ele.

— Então você chegou aqui, Windrush. — A voz era familiar, mas não bem-vinda.

— Bom dia, Lindsay — Jack não tentou parecer amigável.

— Ele é um homem estranho, o Sargento Wells — Lindsay ignorou o desdém. — Ele é um velho homem da Índia; quando o regimento dele partiu para casa, ele se transferiu para o seu grupo. Só Deus sabe por quê. Eu não confiaria num homem assim. — Ele estalou os dedos e gritou "Charuto!" para um servo birmanês que estava a poucos metros de distância.

Jack limpou o suor do rosto. — Talvez ele goste do clima.

— Ah não — Lindsay esbofeteou casualmente o criado na cabeça e puxou fumo para os pulmões. — Esses pretos são uns patifes preguiçosos.

Jack vagamente se lembrou dos servos atenciosos que cuidaram dele quando era um menino na Índia e não disse nada.

— Agora, seus bastardos inúteis — Wells estava gritando novamente —, eu vou ensinar vocês a atirar, embora só Deus sabe por que alguém confiaria em tipos como vocês com um pedaço de pau, muito menos uma arma.

— Wells levantou o mosquete que carregava. — Essa é a sua amiga, não a trate como a sua mulher. Eu sei como idiotas como vocês tratam as mulheres; vocês são violadores e patifes e não estão aptos para estarem perto de uma mulher. Não, tratem a Bess como se ela fosse a sua alma imortal se ainda tiverem uma, o que eu duvido.

Insultos com humor negro - isso funciona? Jack se lembrou do feio grupo de soldados em Hereford e se perguntou o quão precisas eram as palavras do sargento.

— Vamos começar com o básico — disse Wells. — Isso é um mosquete de Bess Castanho. É o que vocês usarão para matar os inimigos da Rainha. Bess pesa dois quilos e meio e um bom atirador pode atingir o alvo a oitenta metros. No entanto, Bess é uma amante difícil; ela tem um gatilho rígido, e vocês são fracos e estúpidos. Isso significa que quando puxarem o gatilho, vão abrir a mão assim. — Wells estendeu os dedos da mão direita. — Porque acreditam que isso dá mais poder à sua mão. Ao fazerem isso, claro, perdem o controle da Bess, e ela recua. A primeira vez que ela faz isso, você é apanhado de surpresa, e ela te pega. — Wells deu um passo à frente e bateu a coronha do seu mosquete contra a mandíbula do recruta mais alto. O homem recuou. — Eu não disse que podia segurar o rosto! Atenção!

Lindsay soltou uma pequena risada. — Tome nota, Windrush, é assim que se trata os soldados de baixa patente e as mulheres. Eu sei que você evita as mulheres.

Jack não disse nada enquanto Ranveer se retirava.

Wells continuou. — Da segunda vez que tentarem, vão esperar o recuo e segurar a cabeça para trás. Ao fazer isso, você não pode apontar, então o seu inimigo, seja ele pathan, sique ou francês, vai atacar, massacrá-lo e urinar no seu corpo estripado. Agora, isso é ruim e desaponta a Rainha cujo xelim vocês receberam e que mantém vocês em uniformes bonitos e boas rações. Não querem desapontar a Sua Majestade, não é?

Os recrutas balançaram a cabeça coletivamente. O homem mais alto tinha o início de uma mancha escura no queixo.

— Não? Bom. Então, faremos algo para garantir que a Sua Majestade esteja satisfeita, não é?

Os homens acenaram sem entusiasmo.

— Levantem a Bess! — ordenou Wells. — E me sigam. Primeiro, pegamos um cartucho, assim — Ele segurou o pequeno cartucho stubby para que até o mais denso dos soldados pudesse reconhecê-lo —, e nós o abrimos, assim... — Ele rasgou a parte de cima com os dentes. — Claro, você poderia usar seus dedos, se tivesse uma terceira mão, mas o bom Senhor, em sua sabedoria, nos concedeu apenas duas, a menos que você seja uma deusa Hindu de muitos braços.

Jack sorriu diante o riso moderado que já era esperado. *Wells os tinha na palma da mão.*

— Esse Sargento Wells é bom — disse ele a um Lindsay silencioso.

Lindsay grunhiu. — Ele sabe manter a disciplina. Parece ser difícil para vocês. Os meus sipaios fazem o que eu mando, se sabem o que é bom para eles.

— O 113º fará melhor da próxima vez — disse Jack.

Lindsay bufou. — Duvido. Não com o Coronel Ébrio no comando, e oficiais com medo de mulheres. — Ele estalou os dedos para outro charuto.

Jack sentiu as palavras subirem à sua boca. Um ébrio era um bêbado; ele tinha visto Murphy com a garrafa de gin. — Está insinuando covardia, Lindsay? — Ele sabia que tinha de responder a tal acusação. Covardia era o pior insulto possível para um oficial britânico.

Lindsay segurou o charuto para que o servo acendesse. — O que o faz pensar que eu me referia a você, Windrush - a não ser que a bota sirva, claro. — Ele soltou fumaça e empurrou o servo para longe antes de se dirigir preguiçosamente a Jack. — Você tem medo de mulheres? Não tinha interesse na encantadora Lucinda. — Seu sorriso tinha toda a sinceridade de um gato atraindo um rato em suas patas. — Ou em qualquer outra mulher, creio eu.

Jack sentiu a cor subindo para as suas bochechas enquanto o sorriso de Lindsay aumentava.

— Sahib... — Jack não tinha ouvido Ranveer chegar. O sique fez uma breve reverência.

— Agora não, Ranveer. — Jack ouviu a tensão na sua voz. — O Segundo-Tenente Lindsay e eu estamos tendo uma discussão.

Devo desafiar Lindsay? O duelo é legal na Índia? É pior infringir a lei ou ter a honra insultada e abusada?

— Sim, sahib, mas me pediu para vir até o senhor imediatamente quando encontrasse as mulheres.

— O quê? Que disparate está dizendo Ranveer? — Jack olhou em volta, irritado com essa nova distração.

Ranveer não estava sozinho. Ele tinha três mulheres com ele. Duas eram garotas locais com saias longyis enroladas em volta dos seus corpos esbeltos e pés calçados com sandálias e nervosos na poeira. Ambas usavam orquídeas no cabelo preto e enrolado. A terceira vinha de mais a oeste, uma dravidiana do sul da Índia, Jack adivinhou, com marcas de casta na testa e um grande anel de bronze em uma orelha. Ele tentou esconder o seu súbito mal-estar.

— Me pediu para encontrar uma garota para o senhor, sahib — Ranveer se curvou novamente. — Não consegui encontrar a garota especial que me pediu. Talvez essas três compensem?

Ele está tentando ajudar. Como ele sabia?

Jack viu um súbito interesse no rosto de Lindsay. Ele respirou fundo. — Não, leve-as embora, Ranveer. Só quero aquela mulher, nenhuma outra serve.

— Sim, sahib — disse Ranveer. Ele levou as mulheres com menos cuidado do que Jack teria desejado.

— Só está interessado em uma mulher em particular? — Os olhos de Lindsay observavam as mulheres que partiam, sem nunca se afastarem do deslizar da longyi nos seus traseiros.

Isso é nojento... — Parece que sim. — Jack tentou parecer misterioso.

— Entendo — Lindsay atirou cinzas em direção ao Sargento Wells, que continuava a assediar a sua equipe com boas injúrias. — É melhor brincar, meu velho, lembre-se de que o casamento arruína as perspectivas dos jovens oficiais. — Ele balançou a cabeça lentamente. — Não que haja muitas perspectivas no seu regimento infeliz, se esse lote é um exemplo da sua proeza. Os meus sipaios abririam buracos neles.

Jack controlou a raiva que Lindsay despertava nele e continuou ouvindo o Sargento Wells.

— Eu já disse para ignorarem o sabor da pólvora —gritou Wells. — Enfiem bem o cartucho, depois a bala, e coloquem a tampa - fácil. — Ele jogou o mosquete sobre o ombro e o apontou diretamente para o rosto de um dos homens. — Repita o que eu disse, Coleman, ou arranco a sua cabeça.

Coleman empalideceu visivelmente. — Jesus, Sargento! Cuidado! Essa coisa está carregada!

— Então é bom que você esteja certo, Coleman. Repita o que eu disse.

Coleman deu um passo para atrás enquanto cuspia as instruções do Sargento.

— Não é rápido o suficiente, Coleman, agora prepare a Bess. — Wells manteve o mosquete apontado para o rosto de Coleman enquanto o homem tropeçava para rasgar o cartucho, se lembrou de mordê-lo, mas tremeu tanto que um terço do pó preto grosseiro escorregou pelo seu queixo.

— Isso é você morto, Coleman. — Wells deu um passo mais perto, o focinho do seu mosquete estava apenas a dois metros do rosto de Coleman. — Deixou cair metade da sua pólvora, então a sua bala não vai atingir o alvo, e os siques estão agora atacando e cortando as suas entranhas com um grande sabre tulwar. — Se abaixe! — Ele gritou a última palavra enquanto puxava o gatilho. Houve um clique quando o martelo do mosquete desceu, mas sem estampido e sem fumaça de pólvora.

Wells sorriu enquanto Coleman se atirava para trás. — Foi um erro, Coleman, você ainda está vivo, sabe Deus por quê. Você precisa ter cuidado com falhas e depender do seu braço direito ou esquerdo ou do seu marcador traseiro para cuidar de você e você dele.

Wells puxou o mosquete para a posição de guarda. — Você é um soldado e parte de uma seção numa companhia, num regimento, no exército britânico, mas quando os *Gazis* chegarem gritando *Allah Akbar* do alto das colinas, então você se sentirá sozinho no mundo. — Ele desembainhou a baioneta e a colocou no lugar. — Mas você não está sozinho, Coleman. Até você tem essa jovem. Você e ela são amantes; ela é a única amante que um bastardo feio e inútil como você jamais vai conhecer. Juntos vocês podem destruir qualquer um que se aproxime o suficiente. — O sorriso dele abrangia todos os homens naquele lugar. — Agora vou ensinar você a matar.

— Está na hora de irmos embora, Windrush. — Lindsay continuava a olhar para as mulheres em retirada. — O corpo a corpo é bom para os homens, mas não para os cavalheiros, penso eu.

— Não concordo — Jack não se mexeu. — Quanto mais aprendermos sobre a nossa profissão, melhor, certamente.

— Ah Deus, vocês calouros são tão chatos. — Lindsay pôs o charuto de lado. — Tenho coisas melhores para fazer do que passar o dia conversando com os calouros da Rainha. Bom dia para você. — Virando o quepe do uniforme para a frente, Lindsay seguiu no caminho de Ranveer e do seu trio de mulheres.

Espero que pegue varíola.

— Sangue! — Wells gritou a palavra. — Sangue, sangue, sangue; vamos rapazes, gritem!

Jack ficou impressionado pelo volume do som que vinha dos pulmões de Wells. Agora ele observava enquanto o sargento treinava os seus homens na gentil arte de matar por baioneta. Ele mostrou avanços e bloqueios, como usar a ponta e a borda, e os fez gritar "Sangue" e "morte" e "matar" enquanto batiam as baionetas no tronco da árvore mais próxima.

— Da próxima vez — prometeu Wells —, vou arranjar um porco vivo para praticarem. — Os seus homens olhavam através de olhos entorpecidos de fadiga.

Eu quero aquele homem, seja qual for a história dele, quero aquele homem comigo.

— Não sei o que é pior. — O Major Snodgrass bebia o seu gin e rosnava para que o *operador do leque* trabalhasse mais rápido. — O calor, a umidade, os insetos ou os malditos nativos.

Jack olhou em volta. O espaço dos oficiais do 113º consistia de uma cabana birmanesa com um ventilador no teto, uma mesa, uma dúzia de cadeiras de vime e um armário de bebidas. Ranveer estava de pé, vestido com o uniforme do 113º mas era apenas um da dúzia de servos indianos que superavam os oficiais em três para um, enquanto as cores do regimento e da Rainha estavam dentro de um quadro de vidro não muito limpo, como se tivessem vergonha de admitir que não tinham uma única honra de batalha. Jack se lembrou de olhar para o espaço dos oficiais do regimento Real quando era criança, observando com admiração a prata brilhante e os troféus de dezenas de campanhas, as cores guardadas com orgulho e na aura da vitória garantida.

— Ouvi dizer que você vai para o campo? — Snodgrass levantou uma sobrancelha preguiçosa.

Jack acenou com a cabeça. — O coronel Murphy quer o regimento representado na guerra.

Snodgrass deu de ombros, girou o gin em volta do copo e o engoliu. Ele se inclinou sobre a mesa em direção a Jack. — Aqui está um conselho grátis, Windrush. Mantenha a cabeça baixa, nunca se voluntarie e deixe os sargentos tratarem dos homens. Talvez açoite alguns de vez em quando para que o respeitem, mas para além disso, evite-os.

— Eles não podem ser assim tão ruins — disse Jack esperançoso.

— São patifes. Já ouviu as histórias, sem dúvida? — perguntou Snodgrass. Ele estalou os dedos e apontou para o armário das bebidas. Um servo silencioso trouxe outra garrafa de gin, abriu-a e derramou um copo generoso. — Você já ouviu sobre como o regimento foi criado para derrubar os radicais na Inglaterra e como eles invadiram uma reunião em Liverpool, com baionetas e batendo nos civis? — Ele provou o gin e fez uma careta de nojo. — Isso é urina de pônei aguada.

— Sim, senhor — disse Jack. — O regimento é conhecido como...

— Matadores de Bebês. — Snodgrass terminou a frase para ele. — E não me chame de "senhor" aqui. Eles mataram uma dúzia de civis e feriram mais de cem naquela reunião de Radicais. Entre os mortos estavam dois bebês com menos de um ano.

— Isso foi há muito tempo — disse Jack.

— Foi em 1819. — Snodgrass terminou o gin no copo e sinalizou para que o servo lhe servisse outro. — O regimento nunca esteve no exterior até os anos 1840; nossa primeira ação foi nas Guerras Sique. — Ele bebeu o gin. — Isso não é tão ruim depois que entorpece o paladar.

— Ouvi dizer que estávamos nas Guerras Sique. — Jack desviou o olhar. — Creio que foi outra ocasião menos gloriosa.

— Chillianwala — Snodgrass disse apenas uma palavra e depois olhou para o servo para garantir que ele não estivesse ouvindo. — Uma das batalhas mais difíceis travadas na Índia; a introdução do regimento à glória, e o que eles fizeram? — Ele balançou a cabeça e deixou cair a voz para um sussurro. — Eles fugiram. Assim que a artilharia sique chegou ao nosso alcance, jogamos fora os nossos mosquetes e corremos o mais rápido que Deus permitiu.

Jack respirou fundo. O pensamento de um regimento de infantaria britânica correndo diante de qualquer inimigo era perturbador; a ideia de soldados britânicos fugindo de um exército indiano era assustadora. Os britânicos só podiam controlar a enorme população da Índia por causa da sua reputação de superioridade moral e militar; uma vez que isso fosse danificado, quem sabia qual seria o resultado. Ele olhou para Ranveer; o que esse homem inescrutável e astuto deve pensar desse regimento derrotado e desonrado?

— O coronel Murphy quer o 113º redima a sua reputação — disse Jack.

Snodgrass estalou os dedos por mais gin. — Não é bem isso Windrush, velho amigo. O coronel Murphy não quer que o 113º redima a sua reputação; o Coronel Murphy quer que você redima a reputação do 113º. — Ele empurrou o criado para o lado e pegou a garrafa de gin ele mesmo. — Ele sabe que nenhum de nós estará disposto a arriscar a vida por uma causa perdida, mas você é jovem e idealista. Você não viu os rostos dos homens enquanto eles se assustavam e fugiam – nós vimos.

— Você tentou impedi-los? — perguntou Jack.

— Eu disparei tiros no ar e dei uma surra neles com o lado cego da minha espada — disse Snodgrass —, mas eles estavam muito longe. Nunca vi uma exibição tão nojenta. Soldados britânicos! — Ele balançou a cabeça. — Eles não são soldados, e duvido que sejam mesmo homens! — Ele observou Jack sobre a borda do copo. — Murphy é uma velhota, Windrush; o caso em Chillianwala o quebrou. Você é um tolo se pensa que pode restaurar algum orgulho ou coragem a este regimento e um tolo maior se pensa que qualquer outro regimento lhe aceitaria agora. A maldição do 113º já lhe contaminou. Deus te ajude.

Não tenho interessem em mulheres, o estigma do nascimento ilegítimo e agora a maldição do 113º; o que eu tenho exceto algum ato louco de bravura? Deus, espero que os birmaneses lutem.

CAPÍTULO CINCO

RIO RANGUM, BIRMÂNIA: ABRIL DE 1852

Os mosquitos estavam à espera assim que eles chegaram ao convés. Eles não atacaram em seções ou companhias, mas em regimentos inteiros e brigadas. Eles se espalhavam por todo o lado, como um enxame negro mordedor que se agarrava a cada centímetro quadrado de pele exposta em sua busca por sangue. Jack xingou e esfregou uma mão pelo rosto. Com os insetos veio o suor que eclodiu imediatamente e encharcou a espessa sarja do seu uniforme em poucos minutos.

— Se esse é o Reino de Ava, eles podem ficar com ele — uma voz anônima de Hereford murmurou, e alguém ladrou uma risada curta.

— Eles podem ficar com toda a porcaria do leste — resmungou Coleman, até que o Sargento Wells rugiu a todos para ficarem em silêncio.

— Vão para o convés — ordenou o Jack — e preparem-se para apoiar a Marinha. — Ele não disse nada mais, pois o Sargento Wells trataria dos detalhes.

Eles subiram, um a um, com suas túnicas uma vez escarlates desbotadas em uma dúzia de tons de vermelho ocre à sinistra cor de sangue, e alinhados contra a amurada do navio

Rattler. A passagem do navio quebrava nas margens de cada lado do rio e fazia pequenos barcos de pesca balançarem na corrente.

— Porcaria de lama, de floresta e de mosquitos — anunciou Coleman, e cuspiu no rio Rangum.

— Mantenha a boca fechada, Coleman, e cuidado com os birmaneses — ordenou Wells.

O *Rattler* girou sua hélice transformando o rio castanho numa espuma cremosa e pássaros invisíveis cantavam ao fundo. Jack olhou para os seus doze soldados, não havia necessidade de inspecionar Wells. Havia outros soldados de infantaria a bordo, mas apenas Wells e esses doze eram dele. Eles se alinharam contra a amurada, seguraram seus mosquetes e olharam para a paisagem que se desdobrava lentamente.

A Birmânia se estendia em ambos os lados do rio, uma terra desconhecida, alienígena, de selvas e campos de arroz, lama e mosquitos, pequenas aldeias de cabanas arqueadas e os estranhos sons de animais invisíveis. Um bando de papagaios explodiu do ramo de uma árvore acima, a sua plumagem brilhante contra folhas escuras.

— Acha que vão nos atacar, senhor? — perguntou Wells.

Jack balançou a cabeça. — Não sei, sargento. — Ele se lembrou do que tinha lido sobre essa terra. — São um povo agressivo, bem acostumado à guerra. Não vão gostar que invadamos o território deles assim. — Ele olhou ao longo do convés, onde a fina linha de soldados britânicos encarava o cenário. — Ouvi dizer que o rei de Ava reuniu vinte mil homens, ele deve estar confiante de nos enfrentar.

Wells olhou em volta. Representantes de diferentes regimentos formavam linhas na amurada, todos suando sob o sol castigante e esperando que algo acontecesse. — Estamos muito longe da Inglaterra, senhor.

Aquilo era afirmar o óbvio. Jack acenou com a cabeça. —

De fato, estamos. — Ele indicou as armas do navio e as outras embarcações da flotilha, a vapor e à vela, que os acompanhavam. — Mas temos poder de fogo, apoiado pela infantaria. — Cada curva da hélice do navio os levava mais acima do rio e mais longe de Moulmein e da principal base britânica. Ele observou o movimento do navio espalhar pequenas ondulações através dos campos de arroz que alinhavam ambas as margens. Homens e mulheres pararam de trabalhar nos campos para vê-los passar; uma criança fez um aceno hesitante até que sua mãe o apressou para longe dos estranhos intrusos em sua terra. Uma família reunia-se à volta de um enorme búfalo-asiático, o homem de chapéu largo, a mulher em uma brilhante longyi azul com um bebê no peito. Acima, abutres circulavam num céu azul.

Jack assistiu enquanto um único navio descia o rio e passava com uma onda de sinais. Dois oficiais estavam no convés de popa atrás de um funil alto, enquanto uma fila sinistra de corpos estava embrulhada em pano de vela no convés superior.

— Esse é o *Serangipatame* — um dos oficiais do navio disse calmamente —, o navio negro da Companhia John.

Jack o viu passar. — Onde ele esteve? — Ele sentia o cheiro da selva vindo dele.

— Só Deus e o comandante sabem. — O oficial acenou com a cabeça para um homem alto com um uniforme imaculado que estava em cima do convés. — E você tem mais chance de ouvir de Deus do que obter informações do comandante. Melhor cuidar da sua vida, Segundo-Tenente.

— Estamos desacelerando — disse o soldado Easterhouse suavemente, e Jack percebeu que o ritmo do motor havia mudado, a ondulação da chegada deles diminuiu, então desapareceram no nada antes de chegarem aos campos de arroz.

— O que é aquilo? — Coleman apontou para a frente.

Mesmo através da pequena névoa que tinha subido para obscurecer uma margem do rio, Jack podia ver a luz cintilante.

— Que diabos é aquilo? — Smith repetiu as palavras enquanto cada olho desse lado do navio espreitava para dentro da névoa.

— É a Pagoda Dourada de Rangum— Jack adivinhou calmamente. — Esse é o principal local religioso da Birmânia e eles lutarão para defendê-lo.

— Estamos na província de Pegu; os locais não se consideram birmaneses. — Wells falou tão baixo que só apenas Jack o ouviu. *Como diabos um enlistado sabe disso?*

A menção da palavra ouro teve um efeito imediato. Cabeças viraram e dedos apontaram para o lado do barco. O cone alto da pagoda distinguia-se acima das árvores enevoadas em direção às nuvens. À um quilômetro da margem do rio, ela ainda dominava a área.

— Voltem à posição de atenção! — rugiu Wells.

— Não se concentrem na pagoda — disse Jack calmamente —, mas estejam preparados para luta. Os birmaneses construíram barricadas e são mestres em defendê-las.

Estou me aproximando da minha primeira ação; eu deveria estar assustado e animado, mas isso não parece real. Sou outra pessoa olhando para mim.

— Estamos ancorando — disse Wells, enquanto o *Rattler* reduzia até parar no lado do rio onde ficava a pagoda. Os outros navios da flotilha seguiram o exemplo até que havia uma longa linha de navios britânicos ancorados de proa a popa, velas enroladas, fumaça saindo de funis altos e a bandeira cruzada da União pendurada flácida no calor quente. Era um conjunto de poder militar britânico ostentado descaradamente em um rio nesse canto sudeste da Ásia. Raios de luz solar escapavam dos dedos frágeis da neblina para se infiltrarem entre as árvores banianas e criavam fitas cintilantes na água marrom.

— Impressionante, não é, Wells? — Jack acenou para os navios.

Wells olhou e encolheu os ombros. — Sim, senhor. — Ele não parecia impressionado. — A névoa está clareando.

Quando criança, Jack muitas vezes ficava no cume das montanhas Malvern e observava a neblina espalhada pelas planícies de Worcestershire. Ele tinha visto as torres salientes das igrejas escaparem do cobertor cinza-prateado, e os topos das árvores mais altas, e então a névoa gradualmente limpava para revelar o campo. Essa névoa oriental era diferente, mais densa, sinistra, sem a simpatia acolhedora da sua terra natal. Ela parecia grudar no alto da pagoda que se destacava dos edifícios amontoados do Rangum como se relutasse em revelar seus detalhes intrincados ao invasor britânico.

— É impressionante, senhor. — Wells indicou a pagoda. Era facilmente o maior edifício em Rangum com o ápice do seu cone brilhando dourado sob a luz do sol e da névoa deslizante abaixo. Ela ficava acima dos edifícios domésticos e de pagodas menores que se amontoavam para formar a nova cidade de Rangum. Wells acenou para as armas da longa linha de navios britânicos flutuando na água lamacenta deste afluente Irrawaddy. — É um pecado termos que explodi-la em pedaços.

Esse era outro sentimento incomum para um enlistado.

Jack inspecionou o terreno entre as margens do rio e o templo onde a cidade velha de Rangum havia permanecido recentemente. Agora aquele povoado não mais existia, destruído por ordens do Rei do Pé de Ouro com os materiais usados para construir uma série de sólidas barricadas.

— Os birmaneses concordam com você — disse ele calmamente. — Temos que passar por aquele lote primeiro.

A partir da sua posição no centro do rio, Jack podia ver os feios narizes salientes dos canhões acima das muralhas de madeira e as cabeças de curiosos defensores enquanto assistiam o avanço britânico.

O inimigo está lá; mesmo agora, algum soldado birmanês pode estar apontando para mim e planejando atirar.

Jack viu os navios britânicos levantarem âncora novamente e manobraram para a melhor posição para o ataque. Os oficiais no *Rattler* gritaram ordens que viram o navio atirar grandes amarras pela popa para a *Raposa*, uma fragata de quarenta e quatro canhões. A bandeira do Comodoro Lambert estava pendurada no ar úmido. Em algum lugar um animal emitiu um grito agudo, um macaco talvez.

— É o homem no comando, então — Wells indicou a bandeira de Lambert.

Jack não disse nada. Não cabia a um oficial responder a um sargento. Ele observava o turbilhão de atividade na fragata e se perguntava como esses marinheiros, acostumados a viver nos amplos confins dos oceanos do mundo, se sentiam confinados em um espaço tão pequeno como o rio Rangum.

— Segure a pressão! — Um tenente magro rugiu enquanto o motores do *Rattler* aumentaram as rotações até o barulho aumentar para um lamento. A corda do reboque esticou e vibrou. A água debaixo do contador do *Rattler* se transformou em um castanho cremoso.

— Devagar à frente! — gritou o oficial, e o navio se inclinou para a frente com o veleiro quinze metros atrás e um punhado de marinheiros vigiando o cabo de reboque. Na margem mais distante, um homem guiava lentamente um par de búfalos através de um campo de arroz, ignorando o espetáculo que a Grã-Bretanha havia providenciado para a sua educação.

O *Rattler* seguiu em frente, lento, rebocando a fragata pela popa à medida que se aproximavam de Rangum, com a sua impressionante pagoda pontiaguda e as barricadas distantes que se colocavam, abaixadas e ameaçadoras, como guardiãs do Império Birmanês. A atmosfera era pesada, úmida; o ar tão denso que era difícil respirar, enquanto cada movimento trazia o exasperante espasmo de transpiração.

— Banco de areia, senhor! — gritou um marinheiro na proa.

Jack mal tinha visto o capitão em sua viagem de Rangum, mas agora ele assumiu o controle.

— Lance o reboque — ordenou o capitão. — O *Raposa* tem uma tração mais profunda do que a nossa, ele vai encalhar aqui. Devagar em frente, fiquem perto das armas!

Um marinheiro atirou a corda de reboque para a água lamacenta e o *Rattler* seguiu em frente sozinho. Os marinheiros se apressaram para as armas enquanto o navio se aproximava cada vez mais perto das barricadas que impediam qualquer desembarque. Jack podia ver as cabeças e ombros do capitão e do primeiro-tenente na ponte enquanto escaneavam Rangum com os seus telescópios. Por baixo deles, o convés superior do *Rattler* estava ocupado com marinheiros vestidos de branco e calças apertadas, preparando os cinco enormes canhões de trinta e duas libras ou o ainda maior de sessenta e oito libras que ocupava o arco. Os oficiais deram ordens altas enquanto os macacos da pólvora, os meninos que carregavam cartuchos para as armas, corriam, rindo e brincando, apesar das palavras duras e dos golpes ocasionais.

"Então aqui estamos"', disse Jack a si mesmo, "trinta milhas acima de um afluente do rio Irrawaddy em uma flotilha de navios, enfrentando um inimigo desconhecido e selvagem". Pela primeira vez, ele sentiu um arrepio de excitação. Ele estava prestes a fazer jus ao seu salário. Ele havia escolhido essa carreira; lutar era o seu único caminho de volta para onde ele pertencia.

— Há movimento ali — Wells apontou para a mais próxima das unidades de defesa. Os defensores estavam se agrupando em torno dos canhões; os feios focinhos negros se destacando através de aberturas no parapeito.

Eles vão disparar primeiro. Estarei sob ataque. Jack sentiu algo frio escorrer pelas suas costas e suas nádegas se contraíram involuntariamente. Por que essa parte do meu corpo em particular? Ele lutou contra o desejo de rir. Nervos! É a mesma sensação que tive quando fui chamado ao escritório do reitor.

O capitão se inclinou da ponte para dar ordens explícitas à tripulação.

— Preparem-se, homens, mas não disparem se eles não dispararem. — A voz dele atravessou o navio. — Deixem que eles comecem o baile, mas fecharemos a cortina final. Cumpram o seu dever, *Rattlers*, e cuidem uns dos outros.

O sol havia queimado a névoa, de modo que a Pagoda Dourada era como um brilho ofuscante de esplendor. Um sopro de vento quente moveu as palmas das árvores e tocou uma centena de sinos, com o fraco tinir de um macabro cenário musical para as cenas iminentes de massacre. Sem a névoa, as barricadas de defesa eram visíveis, as suas altas muralhas de teca formidáveis e os narizes dos canhões se mostrando em perigoso desafio. Fumaça surgiu do interior.

Jack viu as cabeças dos birmaneses se movendo atrás das paredes da barricada. Ele viu o sopro de fumaça branca um segundo antes de ouvir o som do canhão, e por uma fração de segundo, viu o traço negro do tiro vindo em sua direção.

— Feliz Páscoa — murmurou Coleman.

Jack concordou com a cabeça. Ele tentou ignorar a garganta seca. Ele estava sob fogo; a guerra com o Império Birmanês havia começado, e ele estava bem na linha da frente. *O seu pai ficaria orgulhoso do filho ilegítimo.* Ele viu um dos seus homens se abaixar - era Thorpe, um homem pesado com o rosto marcado por cicatrizes de varíola.

— Nada de se abaixar! — A voz de Wells era dura. — Vocês são soldados britânicos, por isso, portem-se como tal.

Os atiradores birmaneses dispararam em uma sequência que escondeu o delicado tilintar dos sinos do templo. Jack contou quinze navios a vapor britânicos mais a fragata *Raposa* e um veleiro. *Chegaram mais quando eu não estava olhando? Ou será que me enganei?* Ele viu os clarões laranja das bocas dos canhões, viu os longos jatos de fumaça, e ouviu o estalo agudo da artilharia birmanesa enquanto atacavam os navios britânicos no rio estreito.

Então isso é a guerra. Jack lutou contra o impulso de se abaixar.

— Eles estão atirando em nós — disse Coleman.

— E atiraremos de volta — respondeu o Sargento Wells. — Agora, mantenha a língua atrás dos dentes e aja como um soldado britânico, Coleman, seu bastardo inútil.

Jack viu uma longa coluna de água se formar onde uma bala de canhão birmanesa aterrissou à apenas trinta metros do navio. Thorpe xingou e começou a tremer ligeiramente. Wells se pôs atrás dele.

— Calma, rapazes. — Jack controlou o seu medo. Ele não sabia o que esperar quando estava sob ataque, mas era o sentimento mais estranho - uma mistura de excitação intensa, admiração e medo. — Mantenham a calma e virem-se para a frente. — Ele olhou para os homens dos outros regimentos; eles saberiam a reputação do 113º e estariam à espera do primeiro sinal de hesitação.

— Fogo! — ordenou o capitão. Ele removeu o quepe e gesticulou para a barricada mais próxima. — Ao ataque, *Rattlers*!

O *Rattler* retaliou, com os canhões de quinhentas e trinta e duas libras do seu bordo disparando simultaneamente. O choque levou o navio para o lado e desequilibrou a infantaria desprevenida que se alinhava no convés superior. A maioria cambaleou, e alguns caíram.

— Voltem para a amurada! — Wells parecia quase apoplético enquanto os seus homens caíam no convés. Ele deu um pontapé no traseiro de Thorpe. — Levante-se, seu preguiçoso! Subam seus desgraçados!

— Cuidado, casacas vermelhas! — disse um marinheiro

sorridente. — Estamos disparado agora. — Ele gesticulou para o sabre que usava na cintura. — Em breve será hora dos sabres, soldados. Podem assistir também e aprender como se faz.

— Malditos! — Coleman se levantou do convés, pegou seu mosquete e encarou o marinheiro. — Vá embora daqui e corte as teias dos seus dedos, seu bastardo retardado.

Jack avançou antes de Coleman atacar o marinheiro ofensivo. — Volte para o seu posto, Coleman! Mostre a esses marinheiros como o 113º se comporta.

Os birmaneses estavam atirando sem parar, com balas de canhão uivando acima ou levantando fontes altas de água. A fumaça branca embaçava a barricada e a superfície do rio.

— Eles têm o fundo! — Wells teve que gritar acima do barulho da batalha. Ele piscou enquanto o *Rattler* disparava outra vez. Soldados e marinheiros cuspiam na fumaça acre, limpavam o suor das testas e suportavam os riachos que escorriam pelos seus corpos. Jack assistiu com inveja enquanto os marinheiros despiam seus suéteres e trabalhavam de peitos nus.

— Permissão para tirar a minha túnica, senhor — perguntou um soldado magro chamado Leigh.

— Negado; olhe para a frente — ladrou Jack. Os soldados da Rainha não agiam de forma tão casual como os marinheiros; ele deve manter a disciplina.

Uma bala birmanesa saltou da superfície do rio e atravessou o convés sem causar danos. Jack ofegou enquanto o vento da sua passagem sugou temporariamente o vento dos seus pulmões.

— Está bem, senhor? — Wells parecia preocupado.

Jack acenou com a cabeça, incapaz de falar.

Alguns cabos de distância à popa, o *Raposa* disparou sua bateria completamente. A descarga massiva encheu o ar quente com tanto barulho que os homens levaram as palmas das mãos aos ouvidos. *Ninguém disse que a batalha seria tão barulhenta!*

Jack assistiu a mais próxima das barricadas birmanesas enquanto a rajada atingia o alvo. As toras estremeceram sob o impacto; um comprimento inteiro de teca voou alto no ar, girou e caiu novamente. O *Rattler* disparou outra vez, e todos no navio vacilaram quando houve uma enorme explosão dentro da barricada. Uma bola de fogo laranja rasgou as toras, com chamas amarelas no lado, diminuindo lentamente enquanto fragmentos de madeira e pessoas subiam e caíam, na lama e no rio, queimando perigosamente perto dos navios de madeira britânicos.

Houve um silêncio instantâneo enquanto os homens assistiam a terrível visão.

Wells foi o primeiro a se recuperar. Ele falou com Jack e apontou para a barricada.

Jack concordou com a cabeça – ele podia ver a boca de Wells se movendo, mas o barulho tremendo tinha-lhe roubado a audição. Restos fragmentados de grandes troncos estavam espalhados por uma larga área, alguns queimando, outros meros pedaços de madeira e todos misturados com os restos dos defensores birmaneses. A audição voltou lentamente, gradualmente à medida que os sons parciais penetravam no silêncio forçado.

— Ardam no inferno, seus miseráveis — Leigh resmungou, até Wells espetar uma mão dura debaixo das suas costelas.

— Mantenha a boca fechada, seu inútil!

Um canhão solitário foi disparado de uma segunda barricada, com o tiro errando o alvo.

— São bons lutadores, os birmaneses. — Havia respeito na voz de Coleman.

Meia dúzia de barricadas defendiam Rangum, cada uma com a sua quota de canhões e homens. O capitão do *Rattler* estava na ponte, balançando a cabeça enquanto seu navio disparava bateria após bateria contra os birmaneses. Ocasionalmente, ele dava um comando rápido aos outros oficiais no convés. Por sua vez, eles corriam até os capitães de armas e apontavam o próximo alvo.

Leigh puxou a faixa de couro em seu pescoço. — Estou me sentindo um pouco estranho, sargento. — Ele recuou da amurada. — É o calor.

— Vire-se para a frente! — Wells o empurrou de volta à sua posição. — Você é um soldado, aja como tal!

Os tiros birmaneses ainda estavam chegando e quase sempre errando, ficando aquém da linha de navios britânicos. A ocasional bola de canhão pulava sobre a água nas proximidades enquanto o *Rattler* se concentrava na próxima barricada. Os tripulantes alteraram o ângulo das suas armas, rindo, brincando e suando no calor castigador do sol do meio da manhã.

A fumaça branca e gordurosa em torno do canhão rodopiou até os mastros e se estendeu até a altura da cintura ao longo do convés superior enquanto o *Rattler* continuava a disparar. O sol martelava o convés, fazendo o alcatrão borbulhar entre o casco e fazendo de cada movimento um tormento. Jack limpou o suor da testa e olhou para um tenente da Infantaria Europeia de Madras, um dos regimentos da Companhia que tinha um contingente de homens a bordo. Onde os oficiais da Rainha usavam quase o mesmo uniforme no leste que usavam na Grã-Bretanha, os oficiais da Companhia usavam um capacete muito mais solto, adornado com fitas de pano para fazer um turbante sensível e jaquetas de algodão em vez de jaquetas apertadas.

Jack não tinha certeza se ria da falta de virilidade deles ou tinha ciúmes da sua aparência mais fresca. Ele afastou o olhar, sentindo o suor rolando dentro das luvas brancas de pele de veado e sentiu que estava assando dentro dos limites sufocantes do seu uniforme.

Leigh puxou mais uma vez a faixa do pescoço, olhou calmamente para o sargento Wells e depois deslizou no convés. O seu mosquete fez barulho ao cair.

— Levante, seu canalha preguiçoso! — Wells mexeu nele com a bota. Quando Leigh não respondeu, ele lhe deu um pontapé nas costelas. — Eu disse para se levantar, maldito! — Ele se ajoelhou ao seu lado, abriu a tampa da sua garrafa de água e derramou parte do conteúdo no rosto e pescoço do homem. — Vamos Leigh. — O tom da sua voz havia mudado de um latido brusco para um de preocupação. — Vamos, filho... — Ele forçou a boca de Leigh a se abrir e levantou a garrafa. A água escorreu pelo rosto de Leigh para formar uma pequena piscina no convés.

— Ele está bem? — Jack se ajoelhou ao lado de Wells.

— Não, senhor. — Wells olhou para cima. — Acho que ele está morto.

— É o calor. — Knight puxou a faixa no seu pescoço. — Ele estava sempre resmungando por causa do calor.

Jack estremeceu. *É a primeira morte sob o meu comando, o primeiro dos meus homens morto.* Ele sabia que haveria mais, mas sempre se lembraria de Leigh. Ele lutou contra o choque; ele era um oficial da Rainha; não podia se submeter à emoção. — Soltem as suas faixas, rapazes, e desfaçam os botões de cima das túnicas.

— Isso é contra os regulamentos da Rainha, senhor. — Wells balançou a cabeça.

Jack apontou para Leigh. — Não quero mais mortes por causa do calor. — Ele sabia que estava pedindo o impossível. Os soldados morriam de calor ou de doenças; sempre morreram, e sempre morreriam. Era a sorte de um soldado.

— Mas é contra os regulamentos da Rainha, senhor. — repetiu Wells. — As faixas protegem os nossos pescoços do sol.

— Faça o que eu mandei — Jack injetou autoridade na sua voz, e Wells relutantemente removeu a faixa de couro do pescoço. Os soldados estavam alegres enquanto seguiam o seu exemplo, com Coleman esfregando dois dedos em torno da garganta suada.

— Vale a pena perder o Leigh para tirar essa coisa maldita — disse Graham.

— Coleman, você e o O'Neill levem o Leigh até o convés inferior. — Jack assistiu os dois homens arrastarem seu colega para longe. O'Neill foi surpreendentemente gentil.

Me pergunto quantos mais dos meus homens morrerão antes de ganharmos esta guerra. Como eu me sinto? Dormente; a realidade ainda não me atingiu. Eu escolhi essa vida, e os birmaneses têm que ser derrotados.

O *Rattler* disparou novamente, se inclinando, e com as balas uivando em direção a Rangum. Em poucos minutos, uma segunda barricada foi destruída quando a sua pólvora explodiu e chamas altas subiram para o céu. A segunda explosão não teve o mesmo poder de choque da primeira.

— Queimem, seus miseráveis — disse Coleman. Ele olhou para Wells e revistou a fechadura do mosquete. — Também podemos disparar contra eles, sargento?

— Mais uma palavra vinda de você e vai sentir as consequências. — Wells eliminou o seu ressentimento por quebrar os regulamentos da Rainha contra os seus homens. — Agora fique quieto até mandarem você falar, raios lhe partam.

O capitão deu outra ordem, e os atiradores levantaram a mira. — Em direção à Pagoda Dourada, rapazes!

Com duas das barricadas em chamas, o fogo birmanês havia diminuído, mas a maior parte da sua artilharia pesada estava em torno da Pagoda Dourada. O *Rattler* disparou uma vez após a outra em direção ao alvo alto, com o seu canhão de sessenta e oito libras adicionando fogo ao canhão de trinta e duas libras do convés. A fumaça se tornou tão densa que Jack não conseguia ver o *Raposa*, muito menos a linha completa de navios britânicos, mas o constante ruído e brilho dos clarões de boca laranja lhe asseguraram de que eles ainda estavam lá.

— Estamos dando uma lição neles — gritou um macaco de pólvora, com a voz alta, aguçada de excitação. Ele mergulhou a cabeça em um balde de água no convés e veio pingando e ainda sorrindo. — Não há necessidade de vocês casacas vermelhas estarem aqui; a Marinha fará todo o trabalho!

Jack não disse nada. *Rangum está ardendo, destruímos as defesas externas deles, e só a Pagoda Dourada está de pé. Essa guerra pode acabar em um dia.*

— Podemos ao menos disparar contra eles, sargento? — Coleman voltou a perguntar. Ele bateu na coronha do mosquete. — Deveríamos ser soldados.

— Mantenham-se firmes — ordenou Jack. — E deixem o 113º orgulhoso. Vamos ter a nossa oportunidade, não se preocupem!

Teremos a nossa oportunidade se a Marinha nos deixar alguma coisa. Como posso melhorar a reputação do regimento apenas observando? Mais importante, como posso me distinguir e entrar para o regimento Real, onde pertenço?

Por volta das duas da tarde, uma ordem do Comodoro Lambert parou o bombardeamento. Uma ligeira brisa deslocou a fumaça, empurrando-a como se fosse uma porta de correr. A visibilidade aumentou. A luz do sol refletia na pagoda e, suave ao vento, o tilintar musical dos sinos do templo zombava da frota britânica.

— Eles só têm canhões de doze libras — A voz de um tenente da Marinha soou através de uma calmaria durante o disparo. — Eles conseguem nos ver, mas não têm alcance. — Ele bateu uma mão na boca do canhão. — Mas nós também não. Aquele templo ficará lá até o dia do juízo final.

— Ali, senhor — Wells acenou para as margens do rio. — Há um grupo de homens.

Jack acenou com a cabeça. — Estou vendo. — Naquele ponto, o rio não era mais largo do que o Tamisa, lamacento, verde e túrgido, com campos de arroz deprimentes ou selva verde feia em ambos os lados de Rangum. Havia algumas dezenas de pequenos barcos birmaneses ao longo da margem, com um barco maior de guerra espreitando de uma curva protegida. Jack viu soldados com roupas leves carregando mosquetes longos e os universais *dha* birmaneses - o punhal longo e ferozmente afiado – agrupados em torno dos barcos, gesticulando para os navios britânicos e disparando tiros ocasionais.

— Carreguem os mosquetes, homens. — Foi a primeira vez que Jack deu essa ordem em face ao inimigo. Ele sentiu um jorro de excitação e apreensão misturadas. *Esses birmaneses vão tentar embarcar? Isso vai acabar em luta corpo a corpo, com baionetas contra esses terríveis dhas?*

É isso. Agora sou um soldado de verdade, estamos sob ataque e nos preparando para revidar.

— Preparem-se para defender o navio se os birmaneses atacarem.

Alguém xingou baixinho enquanto os onze homens restantes carregavam os seus mosquetes marrons, assim como os seus antepassados haviam feito em Waterloo e Albuera, Long Island e Quebec. A arma era a mesma e os uniformes muito semelhantes. Jack percebeu que estava testemunhando a mesma cena que o seu pai e seu avô haviam visto.

Ele viu os birmaneses se movendo em torno dos barcos, alguns acenando seus dhas com raiva, ou em desafio, ou ambos. O som dos gongos se juntou ao doce tilintar dos sinos. Também havia tambores, insistentes, marciais, estranhamente perturbadores. — Se os birmaneses embarcarem — disse Jack —, fixem as baionetas. — Ele quase sentiu o arrepio que corria através deles, mas se de medo ou antecipação, ele não podia dizer.

— Mensagem do Comodoro — chamou um tenente. — Voltar a disparar contra a pagoda.

O próximo disparo enviou os birmaneses correndo de volta para encontrar qualquer cobertura que pudessem.

No final da tarde, as chamas cor-de-laranja lambiam a

densa fumaça que atravessava Rangum. O *Rattler* continuou a disparar até que as notas líquidas de uma corneta soaram, e as armas caíram em silêncio. Os homens olharam para os destroços que haviam sido uma cidade agitada e vibrante naquela mesma manhã, sorrindo diante do alívio de estarem ilesos e se perguntaram o que o futuro traria. Um marinheiro comentou sobre a aparência coberta de fumaça deles, e outros riram nervosamente.

— Isso foi fácil — disse Wells. — Os birmaneses quase não resistiram.

Jack observou ao longo do convés do navio. Ele não podia ver baixas no *Rattler*; por todo o fogo e fúria da defesa birmanesa, nem um único tiro havia atingido o navio.

Leigh está morto. Ele está deitado lá em baixo.

— Pelo menos a maldita fumaça mantém os mosquitos longe — disse Coleman.

— Sr. Windrush! — um aspirante apareceu correndo. Ele tinha cerca de dezesseis anos e parecia um estudante com fumaça negra em torno dos olhos e sujando o seu uniforme branco. — O Capitão manda cumprimentos, e deseja apoiar os nossos barcos com os seus homens?

Não era costume da Marinha ficar parada enquanto havia trabalho a ser feito. Os oficiais do *Rattler* já estavam organizando um grupo de desembarque. Um sub oficial estava distribuindo mosquetes a marinheiros que os tratavam com familiaridade casual. Outros marinheiros estavam afiando suas espadas em uma pedra circular enquanto outros baixavam três barcos para o rio ao lado do navio.

— Por favor, informe ao capitão que ficarei encantado — disse Jack. Ele levantou a voz. — Vamos, 113º! Está na hora de mostrar a esses marinheiros como lutar.

Um marinheiro estava na proa do pequeno barco, segurando um anzol para prendê-lo ao *Rattler*. — Venham rapazes — convidou ele. — Não se preocupem com o balanço!

— Seu sorriso era mais divertido do que zombeteiro, enquanto os soldados caíam desajeitadamente no barco, tropeçando sobre os obstáculos enquanto lutavam por assentos.

— Fiquem quietos — ordenou Jack. — Mantenham os rifles em pé entre os joelhos e, pelo amor de Deus, mantenham as baionetas na bainha. Não quero ninguém ferido.

Eles parecem nervosos. O rosto de Thorpe está branco, e Coleman parece doente. Agora não há arrogância.

Jack olhou para a margem do rio. Os birmaneses estavam esperando, acenando seus assustadores dhas e carregando seus mosquetes em prontidão para o desembarque. Apesar dos severos ataques de canhão que haviam sofrido, eles não pareciam assustados. Com pequenos turbantes na cabeça, casacos escuros e basicamente pernas nuas, eles pareciam estranhos e, de alguma forma, ainda mais perigosos por isso.

Mais quatro marinheiros embarcaram, a sua rapidez um contraste diante dos soldados desajeitados. Eles pegaram remos, e mesmo enquanto os soldados ainda se assentavam, começaram a remar em direção à costa. O jovem aspirante se sentou na popa, dando ordens claras.

— Esses rapazes birmaneses parecem prontos — Thorpe parecia nervoso. — Não gosto do aspecto das suas espadas.

— Elas se chamam dhas — disse Wells —, e eles também não gostam da aparência dos nossos mosquetes. Agora pare de resmungar e faça jus ao seu salário.

— Não estamos gostando da sua cara, Thorpey — acrescentou Coleman, e olhou por cima do ombro para a terra que se aproxima rapidamente. — Thorpey, há milhares deles todos à espera para cortar as suas bolas. Consegue ouvi-los? Estão cantando "Nos dê o Thorpey, queremos o Thorpey". — Alguns dos outros soldados ecoaram o seu riso, mas a maioria estava inquieta e desconfortável nos assentos de madeira. A fumaça se desviou das barricadas em chamas, e os sons dos tambores chegaram a eles, altos agora, misturados com os gemidos das mulheres e os gritos roucos dos homens. Um gongo soou dos destroços da prisão mais próxima.

— Jesus — disse Thorpe. — Eles vão nos massacrar. — Ele olhou para trás em direção ao *Rattler*. — Voltem para o navio, rapazes, pelo amor de Deus.

— Fiquem quietos! — Jack gritou quando Coleman começou a se levantar. — Temos um trabalho a fazer!

Outros do 113º estavam nervosos e seguindo o exemplo de Thorpe olhando para os soldados birmaneses que os esperavam. O som dos tambores aumentou, enchendo o ar e tornando a conversa difícil.

Vai ser como em Chillianwala outra vez, isso é outra desgraça para o regimento.

— Sente-se! — Jack se colocou à frente e empurrou os ombros de Coleman, forçando-o de volta no seu assento. — Você pegou o xelim da Rainha para ser um soldado, e por Deus, você agirá como um ou eu vou atirar em você aqui e agora!

À sua direita, o segundo dos barcos do *Rattler* passou com os marinheiros a bordo animados enquanto se aproximavam da costa. Os homens dos Fuzileiros de Madras olharam curiosamente para a agitação entre o 113º.

— Muito bem, rapazes! — Jack gritou por cima do barulho dos tambores. — Agora é a nossa oportunidade de mostrar aos casacas azuis o que o 113º pode fazer! Vamos deixar os nossos filhos orgulhosos!

Houve uma confusão de mosquetes e uma bola bateu no barco, levantando lascas de madeira e deixando uma feia cicatriz. Thorpe gritou e Coleman se abaixou, encolhendo-se ao lado dos homens ao seu redor para se abrigar.

— Fiquem em sentido! — pediu Jack. — Não se mexam! — Ele olhou para trás. O jovem aspirante estava ao lado do leme enquanto se concentrava em dirigir o barco. Jack respirou fundo e se levantou, se equilibrando contra o movimento e esperando que os birmaneses não o usassem como alvo. Eles estavam a vinte metros das margens do rio, e ele conseguia ver as características faciais do inimigo à espera. Ele tremeu; eles olhavam para ele com olhos inexpressivos em rostos vazios, esperando.

— Prontos, rapazes! — Jack pegou a pistola no cinto. Ele havia comprado um revólver Adams Pimenteiro devido ao poder de fogo, e agora estava feliz pelas seis câmaras. Ele tocou o punho da sua espada; era uma Wilkinson padrão de 1845, projetada por John Latham, com uma lâmina de oitenta e dois centímetros e meio de comprimento, ligeiramente curvada e com punho de pele de tubarão, no entanto, parecia insuficiente e frágil em comparação com as dhas letais dos birmaneses. De repente, a força de Jack de um sargento e onze soldados britânicos parecia muito inadequada em comparação ao número de birmaneses que estavam esperando por eles. Ele ouviu a respiração dura dos seus homens, e então o arco do barco deslizou até a lama macia, e os casacas azuis estavam saltando sobre a borda, desembainhando suas espadas e gritando para o inimigo.

Não há medo nesses marinheiros.

— Disparem uma salva! — ordenou Jack —, e então ataquem!

As suas dúvidas haviam desaparecido. Em vez disso, ele sentiu uma exaltação selvagem enquanto dava a ordem, disparava seu revólver contra os gesticuladores birmaneses, segurava o coice que sacudiu o seu antebraço, e corria em frente esperando que os seus homens estivessem logo atrás. Ele se lembrou de uma das poucas ocasiões em que seu pai passou tempo com ele.

— Há dois tipos de oficiais — disse seu pai. — Aqueles que dizem: "vai" e aqueles que dizem: "vamos". No regimento Real, só temos espaço para os que vão.

Agora, Jack era um daqueles oficiais, liderando os seus homens através do fronte. Não foi assim que ele imaginou a sua primeira ação, pulando em água lamacenta contra um grupo de homens usando turbantes em alguma obscura cidade oriental; ele pensou em liderar o regimento Real contra os franceses em alguma gloriosa batalha europeia com um grupo de dezenas de milhares.

Jack disparou novamente, mas os birmaneses não correram para encontrá-lo, como ele pensou que todos os soldados fariam. Em vez disso, eles se voltaram e fugiram antes que os dois lados chegassem a uma distância de baioneta.

— Estão fugindo! — Wells não pareceu surpreendido. — Nós os afugentamos! — Ele se ajoelhou e disparou o mosquete contra os birmaneses em retirada. — Voltem e lutem, seus desgraçados!

Tardiamente, Jack verificou seus homens. Eles estavam todos com ele, ofegantes no calor, pálidos e mais assustados do que prontos para a guerra, mas eles o haviam seguido. Os seus doze homens do 113º tinham provado que não eram covardes. Nesse ponto, eles haviam iluminado a sombra de Chillianwala. Até mesmo Coleman havia mantido o passo e agora gritava abusos enquanto os birmaneses desapareciam na grossa vegetação que chegava quase às paredes de Rangum.

Era isso? Essa foi a minha primeira batalha? Acabou em segundos.

— Sigam eles! — O'Neill levantou a voz num grito em gaélico que levantou os cabelos do couro cabeludo de Jack. Ele agarrou o braço de O'Neill.

— Não! Eles conhecem a selva. Vão nos cortar em pedaços. — Ele arrastou O'Neill de volta. — Fique aqui!

— Covardes! — Coleman abriu caminho para a frente dos casacas vermelhas e acenou com um punho fechado. — Voltem e lutem!

— Você é muito corajoso agora que eles estão fugindo. — Wells não estava sorrindo.

— O mais importante, sargento Wells, é que nenhum dos

nossos homens fugiu. — Jack levantou a voz. — Muito bem, homens. Afugentamos o inimigo.

— Senhor — Wells acenou para a selva. — Os birmaneses não foram longe.

Jack estava ciente dos guerreiros birmaneses que se reuniam no limite da vegetação, mas mais consciente do círculo de casacas azuis que escutava cada palavra que ele dizia. *Conduzi os meus homens a uma pequena vitória. Não derramámos sangue inimigo, mas os enfrentamos e ninguém fugiu. É uma excelente maneira de terminar o dia.*

CAPÍTULO SEIS

ABRIL DE 1852: RANGUM

— Eles não terão nenhuma chance. — Coleman estava sentado no centro do barco com um homem de cada lado e o mosquete entre os joelhos. Ele olhou para os restos ainda fumantes das barricadas que haviam barrado o desembarque britânico nessa margem do rio Rangum. Agora a rota para a Pagoda Dourado estava aberta. — Da última vez, eles fugiram de nós e voltarão a fugir.

Jack o deixou falar. Nos dois dias que se passaram desde o bombardeamento das barricadas, reforços se juntaram à frota britânica. Os navios da Honrosa Companhia das Índias Orientais haviam trazido centenas de soldados, tanto da Rainha como da Companhia, e agora, em vez de três barcos do *Rattler* e um punhado de casacas vermelhas e azuis, dezenas de barcos estavam navegando através do rio, cada um com a sua quota de soldados. Todos espreitavam ansiosamente em direção ao escuro pré-amanhecer e esperavam por uma breve e vitoriosa luta seguida de pilhagem.

Jack observou a cena; ele viu os aspirantes ou sub oficiais barbudos na popa de cada barco, dirigindo os soldados da marinha enquanto os casacas vermelhas permaneciam sentados em patentes disciplinadas esperando por sua oportunidade. Havia os irlandeses do 18º Regimento Real, o 51º Regimento e quatrocentos do 80º, assim como sipaios imaculados da Infantaria Nativa de Bengal e Madras do exército da Companhia, mais outros mineiros e engenheiros capazes. Apoiando a infantaria estavam peças de artilharia, precariamente equilibradas nos barcos. Juntamente com os navios da Marinha e da Companhia, era a mais extensa coleção de militares britânicos que Jack havia visto reunida em um só lugar.

E os meus homens dos 113º fazem parte disso.

Jack sorriu, incapaz de esconder o seu súbito prazer em viver a vida que sempre quis. *Aqui estou eu, lutando pela Rainha nessa estranha terra úmida, enfrentando os inimigos da Rainha e conhecendo lugares exóticos e cativantes.*

— Ali está a Pagoda Dourada. — O'Neill piscou o suor dos olhos. — É o que vamos tomar hoje, rapazes. — Ele lambeu os lábios. — Ouro, prata e joias — disse ele. — Ouvi dizer que aquele lugar está cheio de rubis e esmeraldas prontos para serem levados.

— Como você ouviu isso? — gozou Coleman. — As suas grossas orelhas irlandesas não entendem inglês, quanto mais birmanês.

— Um dos varredores me disse — O'Neill ignorou o insulto. — Ele disse que tinha visto centenas de rubis e pilhas de ouro.

— Ouvi dizer que havia dragões e monstros lá. — O sotaque da Cúmbria de Graham era tão incompreensível quanto o de Donegal, de O'Neill.

— E armas. — grunhiu Wells enquanto um único tiro de canhão soava através das ruínas das barricadas. — Isso pode não ser tão fácil como da última vez. — Ele empurrou Thorpe com o lado da bota. — Nada de resmungar, velho Thorpey, estou de olho em você e em todos os seus truques.

— Eles estão atirando em nós — disse O'Neill, enquanto

um jorro de fumaça era emitido da Pagoda Dourada seguido um segundo mais tarde por um estrondo profundo. — Eles querem você, Thorpey!

— Fiquem juntos, rapazes — ordenou Jack — Lembrem-se de que estamos com o 51º Regimento, e vamos atrás do Piquete da Casa Branca. — Ele indicou o seu alvo, uma barricada que ficava diretamente entre o grupo de desembarque e a Pagoda Dourada. — Depois disso — ele apontou para a frente —, avançamos em direção à própria Pagoda.

— Os birmaneses vão lutar? — Coleman parecia ansioso.

— Espero bem que sim. — As palavras de O'Neal trouxeram o riso geral. — Quanto mais depressa lutarem, mais depressa os matamos e ficamos com o saque!

— 113º! — A ordem era clara através dos lamaçais. — Formem-se ao nosso lado.

Bronzeado e em forma, o 51º encarava os recém-chegados e só relutantemente lhes deu espaço. — Malditos calouros e novatos — queixou-se um cabo. — Espero que saibam lutar.

— Sou o Major Reid — um oficial atarracado e bronzeado se apresentou —, da Artilharia de Bengala. — Ele apontou um dedo para a barricada que bloqueava a passagem. — Somos a unidade líder e os seus homens precisam nos escoltar para podermos tirar os birmaneses do caminho.

— Pode confiar em nós. — Jack esperava que parecesse mais confiante do que se sentia. Não só Thorpe havia começado diante dos disparos da arma da pagoda - Coleman e alguns outros tinham parecido decididamente nervosos também.

— Vocês vão pelo flanco direito — ordenou Reid, e devolveu sua atenção à sua artilharia.

O flanco direito era aquele mais distante do local de desembarque, e o menos coberto pelas armas da Marinha. Havia uma área de terreno aberto, uma *esplanada* entre o avanço britânico e a selva escura que se espalhava por ambos os lados de Rangum.

— Ordem aberta, homens, mantenham-se à frente das armas, mas não muito longe, caso os birmaneses se metam entre nós. — Jack tentou parecer confiante.

Somos as tropas mais importantes do Exército Britânico - o 113º está na liderança.

Eles avançaram lentamente com as armas no meio da formação, e o som de tiros atrás. Jack viu os navios britânicos trocarem tiros e cartuchos com os defensores da pagoda. Thorpe se abaixou quando um projétil passou próximo acima, então olhou em volta com um sorriso culpado no rosto.

— Era um dos nossos. — A voz de Wells era vazia. — Assim que vir o seu uniforme, a bala de canhão vai parar e virar para o outro lado.

A risada de Thorpe se alterou para um sorriso aliviado. — É sério, sargento?

— Claro que é — disse Wells —, então mantenha a cabeça erguida e não se mexa.

— Ah Jesus, nos salve. — Coleman balançou a cabeça.

A bala de canhão bateu no chão alguns passos à frente deles, saltou e salpicou na lama.

— Jesus! Estão disparando contra nós! — A voz de Coleman subiu para um guincho.

— De pé! — Jack colocou uma mão no ombro de Thorpe para impedi-lo de fugir. — Nós somos soldados britânicos; eles são apenas um bando de selvagens.

— Era um deles. — Wells não havia hesitado.

Mais bolas passaram próximo ou entalaram na lama. Coleman apontou um dedo trêmulo. — Olhe ali!

No início, Jack não podia ver nada e, em seguida, conforme os seus olhos se acostumaram à forma e sombra da selva; ele viu formas humanas passando entre as árvores. Tambores soaram de algum lugar, mas se da floresta ou da barricada ele não podia dizer. Um gongo soou sutil entre o grito e o barulho da artilharia.

— Esses birmaneses são difíceis de enxergar — disse Wells.

Jack acenou com a cabeça. — As roupas e cores deles se misturam com a natureza, ao contrário de nós. — Ele estava ciente de repente de que o escarlate do Exército Britânico parecia ousado e marcial durante as paradas, ou quando os exércitos estavam manobrando em guerra civilizada, mas para o leste, na selva, os soldados britânicos revestidos de vermelho faziam excelentes alvos.

— Se afastem — Jack percebeu que os seus homens haviam se juntado — e avancem para esses birmaneses desgraçados.

Os gongos continuaram; ele não podia dizer quando eles tinham começado, só sabia que estavam lá, em toda parte, na sua cabeça, cercando-o, penetrando seus pensamentos. Eram o som da Birmânia e um lembrete de que ele era um intruso nessa terra bela e assustadoramente alienígena. Gongos e artilharia, os xingamentos baixos dos homens, o barulho alto dos mosquetes - essa era uma introdução única à guerra.

Jack olhou para a frente, onde os atiradores birmaneses disparavam do Piquete da Casa Branca. Era um edifício formidável, mais extenso e mais forte do que qualquer outro que haviam destruído até agora na guerra, e os defensores birmaneses pareciam determinados e ativos. O canhão deles disparou novamente, e Jack viu alguns dos sipaios da Infantaria Nativa de Madras caírem; a linha deles se fechou imediatamente. Um grito agudo soou através do campo de batalha, enquanto os gongos aumentaram a sua batida sonora.

— Avançar para os soldados na selva — ordenou um coronel de rosto vermelho. — Você, amigo — ele apontou um dedo gordo para Jack —, pegue os seus homens e limpe aquela maldita selva. Estamos lutando em três frentes aqui, maldição.

Jack viu o canhão no Piquete da Casa Branca outra vez, e o 51º Regimento se formou para o ataque. Haveria glória e honra para o regimento que capturasse essa barricada, mas nenhuma para o 113º se eles apenas protegessem o flanco contra os soldados na selva.

Já não somos os personagens principais - agora somos um espetáculo secundário.

— Eles estão ficando mais ousados, senhor — disse Wells.

Um grupo de birmaneses emergiu da selva, se movendo rapidamente enquanto se entrelaça de uma ponta à outra. Um caiu de joelhos e disparou o seu longo mosquete.

— Vão assediar o nosso flanco enquanto atacamos o Piquete da Casa Branca. — Wells apontou o óbvio.

— Fogo! — ordenou Jack. — Uma rodada! — Ele se aproximou de Thorpe. — Se preparem, homens, e marquem o seu alvo.

Doze mosquetes soaram em uma rajada. Nenhum dos birmaneses caiu.

— Preparar baionetas! — disse Jack. Mais birmaneses apareceram de dentro da parede da selva, homens robustos e ativos com jaquetas pretas acolchoadas e mosquetes longos ou dhas. Alguns revidaram, com as rajadas de fumaça aparecendo rapidamente, se dissipando lentamente contra a folhagem escura. Outros deslizaram pelos lados, com a intenção de flanquear o 113º. As lâminas nuas de uma dúzia de dhas brilharam rapidamente.

— Espalhem-se! — ordenou Jack. Ele disparou seu revólver contra o mais próximo dos birmaneses e viu o homem vacilar mas se recuperar. — Mantenham a linha! Não deixem que eles os atraiam para a floresta.

— Sem chance — disse O'Neill. — Assim que entrarmos, eles vão nos cortar em pedaços.

— Carregar! — Jack percebeu que os seus homens estavam de pé com mosquetes vazios. *Eu tenho que dizer a eles as coisas mais simples.* Ele viu Thorpe olhar para atrás, à procura de segurança. — Olhe para a frente, Thorpe! Você ficou com o xelim da Rainha, agora faça jus a ele!

— Mas, senhor! — Os olhos de Thorpe estavam desfocados, e a respiração dele vinha em rajadas curtas. — Senhor...

— Vamos Thorpey — encorajou Wells — Um xelim por dia - bom pagamento para o privilégio de lutar contra os inimigos da Rainha!

— Lute contra eles, homem! — Jack apontou para onde os birmaneses avançaram da selva, agacharam para atirar e se moveram novamente. — Lá está o inimigo, Thorpe! Mate-os e estaremos seguros!

A artilharia britânica disparou novamente quando Reid moveu as suas quatro armas para apontar para o Piquete da Casa Branca. Tiros rasgaram acima, rápidos demais para o olho humano.

— Aquele maldito forte está bem no nosso caminho. — O'Neill olhou para a barricada. — Até o destruirmos, estamos presos aqui para os birmaneses nos atacarem em duas frentes ao mesmo tempo.

— Ignore a barricada — Jack disparou dois tiros contra o inimigo flanqueado e xingou quando o martelo bateu em uma câmara vazia. Ele tentou recarregar cartuchos. — O nosso trabalho é conter os birmaneses na selva.

Um cabo ofegante do 51º correu até eles, mosquete no seu rastro. — Você é o responsável pelo 113º senhor?

— Sou — admitiu Jack.

— O coronel St. Maur manda cumprimentos, senhor, e pode empurrar o inimigo de volta para dentro da selva, senhor? Ele vai liderar o 51ºatravés da selva para tomar aquele forte, e ele quer o seu flanco seguro.

Raios! Vamos perder todas as nossas vantagens na selva.

— Por favor informe ao Coronel St. Maur que o 113º vai proteger o flanco dele — disse Jack. Ele levantou a voz. —

Vamos, rapazes, precisam de nós! Todo o avanço depende de nós!

Jack estimou que havia entre trinta e cinquenta birmaneses na margem da selva, alguns disparando, outros meramente fazendo gestos ameaçadores com suas dhas. Ele parou por um momento para completar o carregamento do seu revólver, deixou cair um cartucho em nervosismo ou excitação - ele não tinha certeza de qual - e o deixou no chão como uma memória de papel na grama. — Muito bem, rapazes! — Ele tentou não se abaixar enquanto uma bala birmanesa passava pela sua cabeça. — Disparem uma rajada e dessa vez acertem em alguns dos bastardos, e depois pegue-os no avanço.

Jack se lembrou de um tio que lhe disse que poucos soldados já enfrentaram um avanço britânico de baioneta. O medo de enfrentar homens com a intenção de espetá-los como carne na ponta de quarenta e cinco centímetros de aço afiado era geralmente o suficiente para quebrar até a confiança mais firme. Olhando para os espadachins birmaneses, ele esperava que a teoria do seu tio se provasse correta. Essas dhas pareciam terrivelmente perigosas.

— Presente — ele deu a ordem. Doze homens de casacas vermelhas apoiaram os mosquetes contra os ombros manchados de suor. Doze mosquetes Bess Castanhos apontados para os birmaneses.

— Fogo!

Doze rajadas de chamas, doze jatos de fumaça branca, doze bolas de chumbo arremessadas em direção aos birmaneses. Mesmo enquanto três inimigos caíam, dois chutando e se contorcendo no chão, um deitado em uma forma torta, Jack gritou novamente. — Os mandem de volta, rapazes! Baionetas e em frente! Me siga, 113º!

Com sua pistola na mão esquerda e a espada na direita, Jack correu para a frente, esperando que a maioria dos seus homens estivesse atrás dele. Ele não esperava que Thorpe o seguisse.

Os birmaneses ficaram mais tempo do que Jack esperava. Um homem corajoso se aproximou dele, empunhando uma dha com uma longa lâmina reta. Jack apertou o gatilho do seu revólver, errou a primeira vez, mas viu o segundo tiro acertar o alvo e o homem vacilar. Os birmaneses olharam para o buraco sangrando em seu peito, e Jack avançou rapidamente com a sua espada, acertando-o com um golpe que abriu um corte em seu braço e passou correndo, gritando.

— Mate-os! — Era O'Neill. — Matem todos!

— Sangue, sangue, sangue! — Knight se lembrou das suas lições com a baioneta.

— Jesus Cristo! — Coleman estava alternadamente xingando e rezando, mas estava lá com o resto deles, cortando e espetando o ar fresco com a sua baioneta.

Os birmaneses não ficaram muito tempo. A maioria fugiu para a selva antes do 113º chegar e apenas três resistiram. O'Neill acabou com o espadachim que Jack havia ferido, enquanto Pryor espetou a baioneta em um homem atarracado que se levantou e balançou seu mosquete como um porrete. Coleman e Wells empurraram suas baionetas contra o corpo do terceiro Birmanês, e Wells acabou com ele com pontapés selvagens de suas botas de ferro.

— Muito bem, rapazes. — Jack contou os seus homens. Todos os doze estavam lá, com Thorpe na retaguarda, ofegante, olhos selvagens e quepe torto, mas ainda com eles. — Agora mantenham-se à vista um do outro. Vamos adentrar a selva, façam fila.

Não houve uma espera gradual. A esplanada terminava naquilo que parecia ser uma sólida parede verde de mato e bambu, escura, aparentemente impenetrável, familiar aos birmaneses, mas totalmente estranha aos soldados criados nos campos limpos ou favelas urbanas da Grã-Bretanha.

As quatro armas do Major Reid estavam disparando fortemente com seus tiros atingindo a Casa Branca, com as armas birmanesas respondendo em uma onda irregular de chama laranja ao longo do parapeito. Jack viu dois sipaios da Companhia arremessados por um tiro birmanês, e outro ferido, gritando com ambas as pernas arrancadas acima dos joelhos. Sangue escuro escorria para o chão.

— Trabalho difícil. — Wells limpou a baioneta com um trapo oleoso. — É a sua primeira ação, senhor?

— É — admitiu Jack. — Sei que não é a sua primeira.

Quando Wells balançou a cabeça, Jack viu um brilho de cabelo cinzento debaixo do quepe — Não, senhor.

— Então você é um veterano. — Jack decidiu que qualquer pergunta podia esperar até mais tarde. — Ótimo, quero que lidere a direita, e eu vou pela esquerda. Mantenha contato, e vamos empurrar esses birmaneses para o mais longe que pudermos.

— Sim, senhor. — Wells parecia aliviado; lutar contra os birmaneses parecia mais fácil para ele do que responder ao que poderiam ter sido perguntas complicadas sobre o seu passado.

— Thorpe, Coleman, estão comigo — decidiu Jack. — Recarregar! — Ele esperou até que todos estivessem prontos, olhou de volta para o exército principal e viu um oficial geral, presumivelmente o St. Maur, organizar um comboio do 51º para atacar a barricada.

— Sigam-me, rapazes. — Jack atravessou o limiar da selva e entrou para outro mundo. O calor na esplanada havia sido opressivo, mas aqui ele era combinado com a intensa umidade para trazer o suor em grandes rios que ensoparam a sua túnica antes mesmo dele avançar dez passos. Uma dúzia de variedades de insetos zumbiam à volta da sua cabeça ou alimentavam-se do suor do seu rosto e do seu corpo. Uma macaca agachada em um tronco alto embalava suas crias, e então se virou e fugiu, gritando.

— Mantenha contato, 113º! — As suas palavras pareciam ocas na escuridão verde. — Força!

Ele mal conseguia ver o homem à sua esquerda, muito menos qualquer birmanês. Um pássaro cantou, o som duro e feio em comparação com os melros e tordos das Montanhas Malvern. Ele pisou, esperando que não houvesse cobras ou qualquer outra criatura selvagem que fosse nativa desse ambiente hostil.

O barulho deve ter assustado a todos, como aquele macaco. Continuem andando.

— Tudo limpo, senhor! — O grito de Wells ecoou através das árvores.

Jack gritou um reconhecimento e deu um passo em frente. Não havia nenhum sinal dos birmaneses; eles haviam derretido como se nunca tivessem existido. — Continuem — ordenou ele —, deem ao 51º todo o espaço que precisarem. — Quando olhou para trás, ele viu apenas vegetação emaranhada, subindo em torno dos troncos de árvores desconhecidas e a luz do sol filtrada em um cinzento sem graça.

Houve o som distorcido de pés marchando enquanto o 51º entrava na selva em um corpo denso, uma sucessão de ordens agudas e palavrões britânicos honestos, ecoando no mato.

— Basta, rapazes — gritou Jack. — Mantenham as suas posições e matem qualquer birmanês que se aproxime.

Matar algum birmanês? Não vejo ninguém contra quem disparar.

O 51º estava se infiltrando pela borda da selva que Jack e o 113º haviam limpado. Um grupo flanqueado passou por Jack, liderado por um engenheiro ágil com cabelo ruivo e o rosto descascado e queimado pelo sol. Ele tropeçou numa vegetação rasteira, olhou para baixo e gritou algo para um esquadrão de homens que carregavam uma escada de assalto.

Vá em direção à glória, 51º, enquanto apodrecemos na selva.

— Senhor! — O grito de Wells trouxe Jack de volta ao alerta. — Birmanês!

Houve um único tiro de mosquete, e depois uma pequena

coleção de disparos, um grito ao longe que poderia ter sido parte daquela terrível floresta densa, e depois um silêncio espesso. A fumaça se espalhou acre entre as árvores. Jack estremeceu quando uma aranha enorme saiu de um buraco no tronco da árvore atrás da qual ele se abrigou. Um pássaro cantou à distância e os barulhos da selva recomeçaram.

— Wells! — Jack ouviu a tensão na sua voz. — Wells? Você está bem?

— Os bastardos tentaram passar sorrateiramente, senhor — gritou Wells. — O'Neill estripou um. Ele ainda está vivo.

Houve um grito agudo e depois a voz de O'Neill. — Ele não está mais vivo, senhor.

— Fique alerta. — Jack sentiu o cabelo na parte de trás do pescoço levantar diante da execução casual de um inimigo por O'Neill, mas essa era a guerra à margem do Império. Esses homens enfrentavam a realidade brutal, não o romantismo sanitizado dos jornais. Ele espreitou através da luz fraca, esperando ver um soldado birmanês antes que os birmaneses o vissem.

O 51º caminhou para a frente, ignorando a bala que passou por entre as árvores.

— Lá vai o 51º! — gritou Knight.

— *Shabash*, 51º! — gritou O'Neill, alto.

Olhando para a selva verde, Jack não conseguia ver o ataque à barricada, mas ouviu o grito de guerra do 51º e a súbita aceleração dos mosquetes enquanto os defensores birmaneses atiravam em direção ao comboio que avançava.

O movimento na selva à frente atraiu a sua atenção. — Lá vêm eles outra vez! — gritou ele, e disparou na direção geral do barulho. Jack viu folhas se movendo, um rosto vazio e atento, e então os birmaneses avançaram rapidamente, passando de árvore para árvore, atirando mosquetes e se protegendo novamente.

Pryor ficou parado e olhou para o braço, onde um graveto

com penas parecia ter brotado. — É uma flecha — disse ele espantado, e gritou enquanto outra entrava na sua cintura. — Estão usando arcos e flechas! — Encostando o mosquete no tronco de uma árvore, ele puxou a flecha do braço.

— Abaixem-se! — gritou Wells — Fiquem abaixados!

— Procurem abrigo — gritou Jack. — Somos alvos aqui parados. Fiquem atrás de uma árvore e revidem — Ele piscou quando uma flecha bateu em um tronco de árvore a quinze centímetros da sua cabeça, e se encolheu diante do estouro de um mosquete birmanês. Jack de repente percebeu que essa não era uma batalha formal, tal como caracterizou o pensamento militar britânico desde a península e que tinha chegado ao seu apogeu indiano nas guerras Siques - essa era uma guerra contra um tipo diferente de inimigo e precisava de táticas diferentes. — Disparem à vontade, rapazes! Se virem o inimigo, disparem! Não esperem por ordens! — Isso não era algo que ele alguma vez esperava dizer no exército britânico, onde o fogo de rajada havia sido a norma durante séculos. *Wells não concordará.* Ele ouviu um estouro de mosquete dos seus homens. Bons rapazes! Lutem contra eles!

— Estão vindo na nossa direção! — Era Thorpe. — Consigo vê-los!

— Para trás, Thorpe! Não olhe! Fique atrás de uma árvore e mate os desgraçados! — A voz de Wells atravessou a floresta. — Atirem rapazes! Mandem eles para o inferno.

Agora que Jack havia libertado seus homens da restrição de esperar por ordens, eles carregaram e dispararam mais rápido do que ele esperava. O som dos seus mosquetes era como um trovão até Jack perceber que não havia fogo vindo da direção deles. — Parem de disparar rapazes! Estamos disparando contra nada.

O disparo cessou, deixando o cheiro ácido da pólvora queimada e os suspiros baixos dos 113º. O silêncio era sufocante. — Alguém se machucou? Façam a chamada! — Jack ouviu os nomes enquanto os homens gritavam. Só Pryor estava em silêncio.

— Pryor? Onde você está, Pryor? — A voz de Jack ecoou nas árvores.

— Aqui está ele, senhor. — O'Neill soou casual. — Mas ele não pode responder, está morto.

Pryor estava ereto ao lado da sua árvore com cinco flechas em seu corpo e uma através da boca.

São dois dos meus homens mortos.

— Fiquem quietos, rapazes, verifiquem as munições e continuem vigiando. — Um a um, os sons retornaram à selva com pássaros e insetos preenchendo o vazio.

A cessação da violência foi tão inquietante quanto a sua erupção súbita. Jack controlou a respiração irregular e empurrou Coleman. — Veja o que está acontecendo no Piquete da Casa Branca. Diga ao coronel que o 113º assegurou o seu flanco e repeliu um ataque birmanês.

O som dos disparos da barricada aumentou e então diminuiu para uma sucessão de tiros individuais. Depois houve comemoração e depois silêncio.

Foram quarenta minutos de ansiedade antes de Coleman voltar, com seu quepe torto e seu uniforme rasgado por espinhos. — A barricada caiu, senhor. — Ele fez uma saudação tardia.

— Como? — perguntou Jack.

— O 51º conseguiu, senhor. Atiraram quatro escadas contra as paredes e um major, ouvi dizer que era um escocês chamado Fraser, foi o primeiro. — Coleman piscou, enquanto um besouro voador investigava o seu rosto.

Jack afastou o besouro. — Continue, Coleman.

— Havia feridos, senhor. Os birmaneses atingiram muitos dos 51º e alguns dos engenheiros. Acho que um oficial também foi morto, mas foi o calor que fez mais por eles do que os birmaneses.

Jack percebeu que os seus homens haviam se reunido para ouvir as notícias. — Voltem às suas posições, 113º! Ainda não ganhamos o dia!

Coleman continuou: — Uma vez que o 51º montou as paredes, os birmaneses caíram. Temos a barricada, senhor. — Perto de Coleman, Jack percebeu que ele era mais velho do que pensava. Ele tinha cerca de trinta anos, com o físico magro de um morador de favelas ou de alguém que bebia habitualmente, uma descrição que cobria uma grande porção do Exército Britânico.

— Havia ordens para nós, Coleman? — perguntou Jack.

Coleman teve a graça de parecer culpado por um segundo. — Sim, senhor. Temos que avançar e permitir que o 51º tome conta do flanco de guarda.

Era isso; sem obrigado e sem reconhecimento para o 113º, mas isso não era inesperado no exército. Cumprimos o nosso dever sem glória nem alarido. Nós nos mantivemos firmes, não fugimos.

Jack levantou a voz. — Muito bem, homens, orgulhem-se de vocês e do regimento. — Ele ordenou que Thorpe e Coleman levassem o corpo de Pryor. Só restam Wells e dez homens agora.

CAPÍTULO SETE

RANGUM: ABRIL DE 1852

Haviam corpos espalhados no chão sujo que levava até a ainda fumegante barricada de madeira, vítimas do calor, bem como da resistência birmanesa. No meio da carnificina, muitos homens do 51º estavam em qualquer sombra que pudessem encontrar com seus quepes brancos e capas sobre o pescoço, sua única proteção contra o sol implacável.

— Está quente — disse Coleman.

— É a maldita Índia — acrescentou O'Neill.

— É a maldita Birmânia — corrigiu Wells. — Homens corajosos para invadir esse lugar. — Ele acenou para as escadas que se inclinavam contra os troncos.

Devia ter sido nós, enfrentamos o mesmo perigo, mas sem nenhuma glória.

Jack atravessou o portão aberto do Piquete da Casa Branca. Munição para os canhões birmaneses - bolas de ferro e pedra - estava empilhada em todos os lugares, mas foi a força da barricada que o impressionou. Ele esperava uma única parede de paliçada de teca nua, mas em vez disso, havia três camadas de defesa, com uma vala que corria ao longo do exterior, apoiada por uma parede externa de madeira a cerca de três metros de uma parede interna de tijolo. Os birmaneses encheram o espaço entre as paredes com terra - com munição de canhão seria menos eficaz. Jack inspecionou a encosta inversa, para cima da qual os birmaneses haviam arrastado seus canhões.

— Esses birmaneses sabem lutar — disse ele.

— O 51º fez bem em tomar esse lugar. — Wells deu a sua opinião profissional. — Esses birmaneses sabem o que fazem.

A casa branca que deu à barricada o seu nome, estava bem abrigada dentro das paredes. Era um edifício de madeira de vaga aparência branca com degraus que levavam à uma grande porta. — Por aqui para o saque, rapazes. — Thorpe, o último na batalha, provou ser o primeiro no roubo, enquanto levava os seus colegas pelas escadas acima, mosquete atrás.

O interior era sombrio e ocupado com soldados britânicos e indianos, todos olhando para uma estátua colossal de um Buda sentado.

— É Deus? — perguntou o soldado Smith. Ele removeu seu chapéu como o vigário provavelmente o ensinou em sua igreja da vila, e olhou, de boca aberta, a estátua. — Atacamos um lugar sagrado? — Ele parecia assustado com a ideia.

— É como um Deus — disse Wells. — É o Buda. — Ele olhou em volta e baixou a voz. Jack se aproximou da estátua colossal. — Às vezes eles colocam pedras preciosas nesses lugares, rapazes; rubis, diamantes e ouro. Isso é a recompensa para nós, assim que os oficiais forem embora.

— Esse oficial não vai a lugar nenhum — disse Jack. — E ser apanhado pilhando significa o chicote ou mesmo a forca.

— Não seja apanhado, então. — Era Lacey, um homem com o rosto coberto de cicatrizes, com seus vinte e poucos anos.

— Mais um pouco dessa conversa e você será o primeiro no triângulo, Lacey. — A voz de Wells era afiada.

— Vocês aí - qual regimento? — O major era baixo, de rosto vermelho e muito ereto.

— 113º, senhor — reportou Jack.

O rosto vermelho do major escureceu para escarlate. — Meu Deus! Os Chillianwalas! Vejo que chegaram depois de toda a luta ter acabado. Agora que estão aqui, podem se tornar úteis e atirar todas estas balas de canhão birmanesas e munição para dentro do poço.

— Estávamos guardando o flanco, senhor. — A tentativa de Jack de defender os seus homens falhou enquanto o major marchava sem mais uma palavra.

— Vamos, rapazes. — Wells apontou para a pilha de munições mais próxima. — Ouviram o major.

— Se eu quisesse ser um maldito trabalhador, eu teria ficado em Donegal — disse O'Neill, mas foi o primeiro a levantar uma bala de canhão e deixá-la cair no poço.

— Que desperdício — Coleman balançou a cabeça. — Podíamos vender isso por um bom dinheiro para qualquer traficante de metal.

— Mas pense nos custos de transporte — disse Graham. — Eles sempre cobram pela milha. — Ele olhou para cima, para o céu azul. — A que distância fica Carlisle, rapazes? Cerca de três mil milhas a um centavo por milha... quanto é isso?

— Mais do que você pode pagar, de qualquer maneira, Graham — rosnou Wells.

— Não, sargento. Eu estava pensando em fazer o carregamento, apanhar um desses carros birmaneses e cobrar vocês todos para levar as suas balas de canhão...

O disparo os interrompeu.

— Preparem-se! — gritou um oficial do 51º— Homens para as paredes!

— Lá vamos nós outra vez. — O'Neill deixou cair uma bala de canhão e levantou o mosquete. — Não há paz na Birmânia.

Jack passou correndo por dois tenentes até o parapeito e organizou seus homens ao lado dele. — Perto de mim, 113º!

— Esses birmaneses sabem o que fazem, senhor. — Mais uma vez, Wells aprovou. — Construíram bem a barricada. Podemos ver tudo daqui de cima.

— É o país deles, eles devem conhecê-lo bem — disse Jack.

Wells ficou quieto por um momento. — Não é o país deles, se não se importa que eu diga. Estamos na província de Pegu, os birmaneses são invasores aqui.

Jack fez uma careta. *Não cabe a um sargento corrigir um oficial.* — Acho que isso não importa agora, Wells.

— Sim, senhor. — Wells acenou em direção à Pagoda Dourada que dominava toda a área. — Aquele lugar também não será fácil de invadir, senhor.

— Esqueça isso. — Jack ouviu a tensão na sua voz. — Atenção a esses soldados birmaneses.

Jack se concentrou na selva onde eles haviam contido os birmaneses, mas dessa altura, ele também viu que havia mais áreas de floresta, intercaladas com pequenas planícies.

— Observem a planície, rapazes — gritou Wells —, são as partes abertas, para vocês bastardos ignorantes.

Movendo-se entre a floresta e atravessando a planície estavam bandos de birmaneses, alguns vestindo túnicas pretas acolchoadas, outros de peito nu, alguns capacetes com pontas espigadas, a maioria descalços e todos carregando mosquetes longos, ou o onipresente, se variado, dha birmanês com sua lâmina curva suave e cruel.

— Não nos vão atacar, não é? — Wells parecia mais curioso do que apreensivo. — Eles não têm chance de recuperar a barricada da Infantaria Britânica.

— Eles nem irão se aproximar. — O'Neill segurou seu mosquete e avistou uma das figuras. — Estão fora de alcance, mas os atiradores vão apanhá-los.

— Há centenas deles — disse Thorpe.

— E estão todos atrás de você, Thorpey — Coleman lhe deu um empurrão. — Me disseram isso quando estávamos na selva.

— Fiquem quietos e esperem por ordens — disse Jack.

O'Neill estava certo. Cada vez que os birmaneses se agrupavam em um grupo considerável, a artilharia se abria e os dispersava ou os mandava correndo para as áreas da selva para se abrigar. Os soldados britânicos aplaudiam a cada explosão. — Shabash aos artilheiros!

Quando os corneteiros soaram para baixarem as armas, a maioria da infantaria voltou para procurar sombra, exceto alguns que ficaram para assistir a diversão.

— Capturaram um dos nossos rapazes! — O'Neill gritou. — Ali! — Ele apontou para um pedaço estéril de planície entre duas áreas da floresta. — Há um homem de uniforme britânico!

Jack se concentrou no grupo que O'Neill indicou, assim que as armas britânicas abriram. Um projétil aterrissou próximo, atirando uma fonte de terra e pedras. Quando a poeira se afastou, os birmaneses foram embora, assim como o homem do casaco escarlate. Um corpo estava deitado no chão.

— O levaram com eles — disse O'Neill. — Deus ajude o pobre coitado. Esses selvagens vão despedaçá-lo amarrado à elefantes.

Devíamos resgatá-lo. Isso traria proeminência ao 113 º.

— Você — Uma voz de autoridade se intrometeu, e o baixo e ereto major olhou para eles. — Como se chama, senhor? Windrush? Por que os seus homens não estão fazendo o que eu mandei? Atire essas balas de canhão dentro daquele poço, senhor!

Por volta do meio da tarde, o interior na barricada estava insuportável, e os homens estavam caindo com o calor. Um a um, eles cambaleavam para encontrar qualquer sombra que pudessem, com todo o trabalho dentro da barricada diminuindo até parar. Até o major agitador entrou no abrigo da casa branca.

— Está muito quente — disse Coleman.

— Você está sempre com calor — disse Knight.

Os engenheiros estavam ocupados destruindo o que não podiam salvar. À medida que a tarde passava, eles incendiaram o Piquete da Casa Branca, assim fumaça e chamas somaram-se ao tormento do sol. Os soldados britânicos bebiam grandes quantidades de água e esperavam pelo alívio da escuridão. O'Neill pisou com força em um escorpião. Até os sipaios procuravam sombra.

— Transfira essas balas de canhão — ordenou Jack. Ele afastava em vão os insetos que se reuniam em volta do seu rosto.

— Acampem fora das muralhas! — A ordem veio de oficial para oficial, então os soldados se retiraram da barricada que haviam conquistado e encontraram descanso para a noite. Alguns caíram no chão, enquanto outros procuraram camas improvisadas ao lado da artilharia ou perto da vala.

— O'Neill, você e o Coleman vigiam primeiro. Smith e Armstrong os substituem às duas da manhã. — Jack organizou piquetes, racionou água e comida, fez com que os homens verificassem suas munições e obteve mais de um ocupado oficial de abastecimento antes que ele pudesse relaxar. O tempo todo os navios disparavam sobre as suas cabeças em uma exibição pirotécnica que manteve alguns homens acordados enquanto outros dormiam tão profundamente que parecia que nada poderia tê-los acordado. O turbante azul de Ranveer era inconfundível enquanto ele caminhava pelo acampamento, encontrando água doce onde não havia nenhuma para ser encontrada, garantindo que Jack fosse alimentado e mantendo a cabeça baixa.

Então isso é uma campanha à margem do Império? Não sei se

consigo viver assim durante os próximos quarenta anos da minha vida. Ou menos, se a febre me pegar.

À medida que o sol caía, as paredes da casa branca colapsaram em uma chuva de faíscas, então apenas a figura de colossal de Buda foi deixada, sentada em seu monte cercada por chamas e fumaça. A estátua parecia desaprovar esse exército de bárbaros do norte que havia quebrado a sua paz, seus olhos inescrutáveis enquanto ele se sentava em um esplendor silencioso.

Simultaneamente com a destruição da casa branca, apareceu uma mulher. Num minuto Jack estava deitado no chão tentando descansar, e no seguinte a mulher estava entre eles, observando as chamas saltando em torno da estátua.

— Isso vai trazer problemas. — Ela falava inglês com um sotaque estranho e cantante. — Não é sábio interferir com Buda.

— Sempre há problemas em tempos de guerra. — Wells levantou a mão para reconhecer a sua presença. Os olhos dele sorriram.

A mulher estava no meio do acampamento. Ela era magra e quieta, com o leve casaco usado pelas mulheres birmanesas e uma longyi de cetim azul enrolada em torno dos seus quadris e pernas com tanta graça, que Jack teve que forçar seu olhar de volta para o seu rosto. Ela não estava sorrindo e parecia não ter medo, com o cabelo enrolado em um nó apertado em cima da cabeça e brincos longos pendurados ao lado do pescoço.

Jack inalou o seu perfume de óleo de sândalo enquanto lutava para se levantar.

— O que faz aqui, senhorita? — perguntou ele, enquanto a mulher olhava ao redor.

— O que você faz aqui, soldado britânico? — Os olhos da mulher eram escuros enquanto seguravam os dele.

— Ensinando uma lição a um tirano. — Jack sabia que

parecia pomposo, mesmo enquanto falava. — E defendendo a honra da bandeira britânica.

A mulher olhou claramente para onde o fogo estava morrendo em torno da casa branca. Uma espiral de faíscas se ergueu acima da cabeça do Buda antes de se dissipar. — Onde está a honra na destruição?

— Há honra na bravura e na coragem — disse Jack. *Quem é essa mulher e o que ela quer?* Sem querer, ele inalou novamente. O sândalo era intoxicante.

Quando ela olhou diretamente para ele, Jack viu sombras escuras em seus olhos. *Quem é você?*

— É melhor conquistar a si mesmo do que ganhar mil batalhas — disse ela.

— Que diabos isso quer dizer? Quem é a senhorita? — Jack olhou em volta. Não havia outras mulheres nesse lugar de homens. Soldados do exército da Rainha misturados com os da Companhia, as forças de infantaria, engenheiros e artilheiros ou especialistas trabalhando, dormindo ou tentando dormir, enquanto as armas da Marinha Real e da Companhia John mantinham um fogo inconstante sobre a nova cidade de Rangum e o templo de ouro. Ranveer estava nas sombras, um de um punhado de servos indianos.

A mulher não parecia ter medo, apesar de estar sozinha entre centenas de intrusos estranhos. Nem sorria enquanto se dobrava no chão e se sentava, costas retas e braços ao lado do corpo, olhando diretamente para Jack. — Você é um oficial aqui — disse ela.

— Sou — concordou Jack.

— E amanhã, ou no dia seguinte, você levará os seus homens até Shwedagon - a Pagoda Dourada. — Ela disse as palavras como se fossem fatos.

— Não consigo ver o futuro — disse Jack. Ele se sentia vagamente desconfortável.

— Isso vai acontecer — disse a mulher. As chamas que

subiam do Piquete da Casa Branca enviavam jorros de luz laranja através da escuridão, lançando sombras dançantes sobre a mulher, fazendo-a parecer estar se movendo, embora ela se sentasse quieta e serena entre os soldados deitados de costas.

Jack esperou que ela falasse, surpreso pelos seus homens não fazerem comentários e sugestões obscenas. Em vez disso, eles assistiram e ouviram enquanto as armas disparavam e as chamas cor-de-laranja refletiam da pressão escura do céu oriental. Apenas Wells parecia consciente enquanto limpava seu mosquete e mantinha seu olhar fixo na elegante mulher birmanesa.

— O meu regimento ganhará glória e honra? — perguntou Jack.

A mulher pareceu considerar por um longo tempo antes de responder. — Será uma vitória logo esquecida — disse ela.

— Mas ainda assim uma vitória — confirmou Wells. Ele encolheu os ombros. — A vitória é melhor que a derrota, e todas as vitórias no oriente são distorcidas antes que cheguem aos ouvidos do ocidente.

Meu Deus, isso é profundo para um sargento! Terei que vigiar esse homem.

— Existe um oriente e um ocidente, ou existe apenas um mundo com falsas divisões criadas por tiranos e reis? — A voz da mulher era musical, serena naquele lugar de guerra, de fumaça e pó.

— Sem reis não há países, e sem países, há caos e desordem. — Wells encontrou suas palavras. — As vitórias britânicas trarão paz a mais pessoas.

— Cada moeda tem dois lados; uma vitória para um é uma derrota para outro, e sempre há uma perda. — A mulher parecia ter uma conversa privada com Wells, com ambos falando em enigmas que Jack não entendia.

— Isso é verdade — concordou Wells —, mas é melhor paz

sob uma bandeira do que discórdia sob muitas. — Ele voltou a ficar em silêncio quando a mulher voltou a concentrar a sua atenção em Jack.

— Você tem três batalhas, oficial britânico — disse ela. — E você deve ser vitorioso naquela que você não reconhece ter sucesso nas outras. — Ela se levantou. — Os nossos caminhos voltarão a se cruzar. — Quando ela colocou uma mão em seu braço, Jack sentiu como se o seu leve toque o tivesse atravessado.

— Pelo menos me diga o seu nome — pediu Jack, mas a mulher passou pelas patente de soldados adormecidos sem outra palavra. Jack viu o brilho e o movimento do longyi apertado em torno dos seus quadris até que ela se fundiu com a escuridão.

— Você está na Índia há muito tempo, sargento — disse Jack —, muitas mulheres aparecem no meio dos nossos campos?

Wells balançou a cabeça. — Não, senhor. Aquela mulher é diferente. — O sorriso dele era inesperado e levou embora anos da sua idade. — Nunca conheci uma mulher que pudesse citar Buda no meio de um acampamento britânico. A Birmânia é um lugar muito interessante.

— Pode ser — concordou Jack —, mas como você sabe que ela estava citando Buda?

Wells fechou a boca tão firmemente que Jack tinha certeza de ter ouvido seus dentes baterem. — Eu li sobre isso, senhor — disse ele. O tom da voz dele disse a Jack que o sargento não diria mais nada.

Wells sabe muito mais do que estava dizendo. Pensei que os outras patentes só estavam aqui para fazer números. Esse sargento tem uma personalidade única.

Jack não levantou a voz; ele sabia que o seu servo não estaria longe. — E você, Ranveer? O que achou dela?

Ranveer balançou a cabeça. — Acho que ela é um

problema, sahib. — O sorriso dele foi repentino e muito branco. — Mas todas as mulheres são problema.

O riso de Wells foi alto o suficiente para acordar os birmaneses. — Tem toda a razão, Ranveer!

Jack fechou os olhos e tentou ignorar barulho intermitente das armas. A imagem daquela mulher birmanesa enchia a sua mente, e ele tinha certeza de que ainda conseguia sentir o cheiro de sândalo muito depois dela ter ido embora.

A fumaça da cidade ardente de Rangum cresceu o suficiente para mascarar o sol enquanto o 14 de abril começava.

— Os birmaneses saberão que estamos chegando — murmurou Thorpe enquanto verificava a fechadura de percussão do seu mosquete e deslizava sua baioneta para dentro e para fora da bainha. — Estarão à nossa espera.

— Não é segredo — Coleman ajustou o comprimento do *lenço* que protegia sua nuca do sol. — Passamos todo o dia de ontem os atacando com artilharia, e estamos nos formando em campo aberto para atacar.

O'Neill tomou um gole da garrafa de água. — Que esperem, que façam o que quiserem — disse ele. Ele bateu no mosquete. — Podem dançar, cantar e bater os seus malditos gongos de segunda-feira até ao Natal, se quiserem, não fará qualquer diferença quando chegarmos até eles. Não há um birmanês vivo que enfrentará soldados britânicos com mosquete e baioneta.

O riso zombeteiro veio de um grupo do 80º Regimento de passagem. — Nem um birmanês vivo, por Cristo! E isso vindo de um dos Matadores de Bebês, graças a Deus não há siques na Birmânia, rapazes, ou o 113º colocaria o rabo entre as pernas e fugiria.

— Eles farão isso de qualquer maneira, com siques, birmaneses ou afegãos — outro membro do 80º observou. — Basta fingir que Rangum está cheio de bebês e mulheres, rapazes, então serão corajosos novamente!

— Seus patifes! — O'Neill atacou os homens do 80º, mas em desvantagem de vinte para um, ele foi derrubado no chão, e as botas estavam em cima dele antes de Jack chegar para acalmar a situação.

— Não consegue controlar os seus homens? — Ele gritou para o oficial mais próximo, um jovem magro com uma espada que parecia decidida a se meter entre as suas pernas e fazê-lo tropeçar. O tenente acenou, mas não disse nada.

O'Neill xingou alto enquanto o 80º passava, filas após filas de homens com expressões sombrias. Ele ajeitou o uniforme, o quepe, e levantou a voz. — *Shabash* ao 80º! Deem a baioneta a eles, rapazes!

— Pobres desgraçados — disse Wells —, eles são o grupo de assalto. — Ele olhou para a frente, onde as paredes e os canhões de Rangum esperavam, com os grandes cones dourados da pagoda subindo para o céu em meio à fumaça do bombardeamento britânico.

O baixo e ereto major empurrou O'Neill para o lado e cutucou Jack. — Windrush: aqui está um dos planos dos engenheiros da barricada birmanesa. Abram caminho para o 80º. Quero que eles cheguem a salvo às muralhas, então você e os seus emprestáveis garantam que não há birmaneses no caminho deles.

— Sim, senhor! — Jack sentiu seu coração se alegrar.

À frente do grupo de assalto principal - estamos liderando o exército! Honra e glória para o 113º!

— Vamos, rapazes, ouviram o major, rápido! — Jack os levou para a frente. Como antes, ele sabia que não podia olhar para trás para os seus homens. Precisava confiar neles para o acompanharem e esperar que o sargento Wells os mantivesse na linha.

— Uriah, o Hitita — disse Wells calmamente —, enviado para a frente da batalha.

— Valha-me Deus, salve-me! — Era a voz de Thorpe.

O integrantes do 80º Regimento eram veteranos da Primeira Guerra Sique, durões, implacáveis e difíceis. Eles fizeram barulho enquanto Jack liderava seu punhado do 113º por eles.

— Lá vêm os Matadores de Bebês, agora estamos a salvo, rapazes!

O'Neill respondeu com comentários obscenos que Coleman e Armstrong copiaram, e então estavam na van do exército e se movendo rapidamente em direção às paredes de Rangum.

— Até onde temos que avançar? — perguntou Coleman.

— Cerca de uma milha — respondeu Wells —, e os birmaneses terão homens em cada mata e pedaço de selva.

Entre os britânicos e Rangum estava uma área mista de esplanadas e floresta espessa, com áreas menores de mato e pequenas árvores.

— Precisamos tomar outra barricada, senhor? — perguntou Wells.

— Mais do que isso. — Jack desdobrou a planta que tinha recebido e tentou lê-la, ao mesmo tempo que seguia em frente. — Há um fosso e depois uma barreira, mesmo antes de chegarmos à parede.

Wells olhou para a planta e, em seguida, olhou em direção a Rangum, onde apenas a magnífica Pagoda Dourada era visível acima das áreas da selva. — O mapa não mostra uma barricada — insistiu ele.

— Não — concordou Jack. — Mas de acordo com essa planta, há um muro de lama com quatro metros de altura, bem à volta da cidade.

— O 80º vai adorar isso — disse Wells.

— Tem mais. Os birmaneses têm canhões montados em uma plataforma no topo e mais artilharia em pagodas através da cidade. — Jack verificou os seus homens. Eles estavam em uma linha confusa, movendo-se rapidamente. — E *jingais* também, o que quer que sejam.

— São como mosquetes de grande calibre — disse Wells. — São coisas feias que ultrapassam os nossos mosquetes. Se a bola de um *jingal* atingir você, vai entender logo.

— Minha nossa! — O'Neill era o soldado mais próximo. — A parede tem quatro metros de altura? Como vamos subir nela? Vamos saltar?

— Não vamos subir — disse Jack. — Esse é o trabalho do 80º. Estamos abrindo caminho para eles. — Ele acenou com a cabeça para a Pagoda Dourada. — Essa será a luta mais difícil pelo prêmio mais magnífico. Os nossos informantes nos dizem que os birmaneses a fortificaram solidamente com uma camada dupla de canhões e — ele parou quando uma bala de canhão passou por ele e caiu no chão. Uma fonte de lama subiu seis pés no ar antes de diminuir com um salpico castanho. Jack notou que seus homens instintivamente se juntaram. — Espalhem-se rapazes e vigiem a frente!

O 80º estava imediatamente atrás deles, com os fuzileiros e a infantaria nativa de Madras ligeiramente na retaguarda. A infantaria nativa de Bengala estava à esquerda, avançando bem.

— Eles estão se movendo rápido — disse Wells.

É claro - ninguém quer ficar quando o inimigo está atirando neles.

— Mantenham-se à vista uns dos outros — ordenou Jack enquanto atravessavam a planície —, mas espalhem-se, pelo amor de Deus. — Ele apontou para um pedaço de selva que estava no caminho. — Se eu fosse o comandante birmanês, teria homens estacionados lá.

Jack olhou para trás. O 80º marchava numa comboio sólido atrás dos seus oficiais. Havia a deriva de música regimental - "Venham moças e rapazes" - enquanto homens de ombros largos cambaleavam sob o peso de longas escadas de assalto. O calor parecia distorcê-los, como se vacilassem, alguns pareciam alongados, outros encurtados, mas eles não hesitavam. Apesar da artilharia birmanesa que disparava sobre eles, estavam tão firmes como se estivessem em uma parada.

Um tiro de mosquete partiu da floresta, seguido por mais uma dúzia que passou sem atingir um único homem. — Atirem uma salva e avancem com a baioneta, rapazes! — Jack disparou três tiros do seu pimenteiro em direção ao fumo do mosquete à deriva e depois correu.

Eu deveria ter medo? Por que não tenho medo?

Com as pernas parecendo muito leves para o seu corpo e a respiração se rasgando no peito, Jack cobriu os trinta metros até à floresta em dez segundos, o que pareceu dez minutos.

— Não parem — gritou ele, assim que seus homens estavam dentro das franjas exteriores —, usem a baioneta, matem qualquer coisa no seu caminho.

Ele avançou lentamente, um passo cauteloso após o outro, com o chão macio sob os seus pés e os arredores uma centena de tons de verde. Não havia ruídos de pássaros agora, mal se ouvia o barulho de pés e a respiração dura de homens nervosos; um único grito animal, a súbita quebra de galhos quebrando e o ocasional e alto estampido de um mosquete, fosse britânico ou birmanês ele não poderia dizer.

O verde se transformou em cinza, e em seguida virou um luz brilhante, e Jack estava do outro lado da selva e em uma ampla área de planície. Ele viu um grupo de infantaria birmanesa ágil na frente, correndo para a próxima área de floresta profunda, disparou dois tiros sem resultado e cravou cartuchos em seu revólver enquanto esperava que seus homens o alcançassem.

— Chamada! — anunciou ele, e ouviu a lista de nomes. — Onde está o Smith? Alguém viu o Smith?

— Não, senhor. — Houve um balançar coletivo de cabeças.

— Ele era o meu marcador direito, senhor, e eu pensei ter ouvido um barulho — disse Coleman —, eu pensei que era um pássaro ou algo assim.

— Volte e dê uma olhada; O'Neill, vá com ele.

Ele viu os seus dois homens desaparecerem na selva. Ele viu as paredes de Rangum a cerca de oitocentos metros à frente com rajadas de fumaça dos canhões de defesa e jingals. Ele ouviu o som animado do 80º avançando e os tiros dos canhões britânicos, morteiros gritando acima das suas cabeças.

— À frente, rapazes - Coleman e O'Neill vão nos alcançar. *Não posso perder tempo esperando.*

Então seguiram em frente novamente, caminhando em direção às paredes de Rangum com a tensão aumentando a cada segundo. *Meu Deus, quem me dera estar liderando uma companhia inteira e não um punhado de homens. Quem me dera ter as cores à mostra. Espero que o general esteja nos observando.*

— Smithy está morto, senhor. — A voz de O'Neill quebrou as suas imagens de glória. — Não encontramos o corpo dele, mas achamos isso. — Ele levantou a cabeça de Smith com a boca aberta num grito silencioso e os olhos fixos. Sangue pingava no chão.

— Malditos bárbaros — Coleman parecia chocado —, malditos bárbaros do inferno! — Ele levantou a voz. — Cortaram a cabeça do Smithy!

— Continuem em frente. — Jack não podia deixar de olhar para o rosto de Smith. Os olhos dele pareciam acusá-lo. — Atire em qualquer coisa que não seja britânica.

Eles caminharam, segurando seus mosquetes prontos, baionetas apontando para a frente e para cima e cada homem esperando a chance de vingar Smith. Agora não havia conversa, nem risadas, apenas uma determinação de avançar em Rangum e massacrar o inimigo. Jack viu uma bala acertar uma linha de infantaria nativa de Bengala, mas os homens se fecharam imediatamente. Um carregador de *doolie* passava com uma *liteira* para os feridos que gritavam, ignorando a bola de *jingal* que passou num borrão escuro.

Um grupo de birmaneses com casacas pretas apareceu na

frente deles como se tivessem saído do próprio chão. Imbuído de raiva após a morte de Smith, o 113º disparou sem ordens e correu em frente.

— Sangue, sangue, sangue!

Os birmaneses fugiram, deixando um homem ainda no chão e dois feridos contorcidos. Armstrong e Graham mergulharam com suas baionetas, e o 113º seguiu em frente, ainda não saciado, ainda vingativo após a morte de Smith. *Eles estão mais afetados pela decapitação do que se os birmaneses tivessem atirado nele – por quê? Ele estaria morto de qualquer maneira.*

Um tiro de largo calibre se cravou na terra à um metro dos pés de Jack, e alguns minutos depois outro do outro lado.

Eles estão apontando para mim como para um oficial. Bem, deixe-os, malditos assassinos.

— Vamos lá, 113º! Lembrem-se do Smithy!

Ereto para mostrar que não estava assustado, Jack seguiu em frente. Duas vezes ele viu movimento entre pequenos arbustos, e ambas as vezes parou seus homens, disparou uma salva e liderou um rápido avanço. Ambas as vezes os birmaneses fugiram antes que o 113º os alcançasse.

— Matem os sacanas! — Coleman se ajoelhou para um melhor equilíbrio, apontou e disparou. — Errei novamente!

— Você é um maldito vesgo, Coleman — gozou Wells.

— Tente você! — Coleman olhou para cima, olhos abertos. — Sempre tem muito o que dizer, sargento.

— Continuem andando! — Jack disparou em direção à pagoda, sabendo que era um desperdício de balas, mas tinha que fazer alguma coisa.

— Matem os sacanas! — O'Neill se inclinou para a frente, gritando alto.

A maior parte do fogo birmanês vinha de uma pequena pagoda diretamente à frente. Estava em uma baixa colina arborizada com planícies abertas em ambos os lados, que se estendiam até a parede defensiva externa de Rangum.

— É um matadouro perfeito — disse Armstrong.

À direita deles, o 40º regimento da Infantaria Nativa de Bengala parecia concordar. Eles deram uma olhada nos tiros birmaneses, pousando como granizo de metal na planície aberta e se retiraram apressadamente para trás da colina. Os Fuzileiros de Madras se alinharam perfeitamente para se juntarem a eles.

O avanço parou.

— Fixar baionetas! — A ordem passou de oficial para oficial, e uma risada sinistra passou pelas patentes enquanto cada homem clicava sua baioneta no lugar. O sol brilhou sobre centenas de lâminas maliciosamente afiadas; o argumento final da Rainha Vitória. O exército respirou fundo e esperou pelo próximo estágio. Acima, abutres circulavam num céu azul.

— Vamos atacar as muralhas em breve — disse Wells.

— Quando? — Coleman olhou para as paredes de lama robustas onde os chapéus dourados dos defensores se moviam acima do parapeito, e *jingais* disparavam rajadas depois de rajadas contra os atacantes.

— Assim que as armas abrirem uma fenda — disse Jack. Ele se abaixou quando uma bala de *jingal* assobiou por cima da sua cabeça. O tiro de largo calibre desapareceu atrás em algum lugar.

Eu já reconheço os diferentes sons; a bala de canhão é como o rasgar de tecido, os jingais assobiam e a bola de mosquete é silenciosa a menos que atinja uma pedra e ricocheteie com um grito agudo. Estou me tornando um soldado.

— Mexam-se! — Jack não viu o General Godwin dar a ordem, mas a ouviu passar de oficial para oficial.

— Certo, rapazes — ele deu um passo à frente. — O 113º está na carinha.

Toda a força de ataque se levantou atrás dele, regimentos da

Rainha e da Companhia criando comboios de escarlate na planície. Eles continuaram seu avanço em direção às paredes de Rangum. O mundo de Jack se concentrou numa série de imagens e pensamentos desarticulados, cada um deles uma imagem de horror ou bravura, cada um muito importante para o homem envolvido e cada um fundindo-se num todo confuso, uma monstruosidade de som e agonia da qual Hieronymus Bosch se orgulharia.

As notas finas de uma corneta soaram a parada e uma voz rouca ordenou "Para baixo!". Jack ordenou aos seus homens para obedecerem. Eles se deitaram na planície aberta com o fogo birmanês passando acima do 113ºenquanto os atiradores apontavam para a força de ataque principal. Houve gemidos e gritos quando balas encontraram seus alvos.

Jack viu um comboio de formigas negras passar pelo seu nariz, implacáveis nos seus assuntos coletivos.

— Vamos ficar aqui o dia todo? — perguntou Wells. — Deveríamos ir para a frente ou para trás. Ficar aqui sentado a ser alvejado como alvo só está encorajando os birmaneses.

— Só se passaram alguns momentos — Jack voltou ao barulho das armas. Ele verificou o relógio. *Meu Deus! São quase onze e meia! Partimos antes das sete. O que aconteceu com as horas?*

— Senhor! — Wells acenou para a Pagoda Dourada. — Um grupo de assalto está se formando.

Jack viu uma força mista se reunindo em frente ao lado leste da pagoda. Havia cerca de quinhentos homens; 80º regimento, 18º regimento Real Irlandês e sipaios ágeis do 40º regimento da Infantaria Nativa de Bengala.

— Eles têm trabalho pela frente — disse O'Neill suavemente. — Olhe para o chão que têm que atravessar.

Wells puxou a respiração. — É um terreno bem complicado — disse ele.

Jack sabia que lhe faltava a experiência que esses homens haviam reunido em sua campanha na Índia, mas mesmo um calouro como ele podia ver as dificuldades que enfrentavam. As posições britânicas traseiras, de onde a artilharia atacava as defesas de Rangum, estavam a oitocentos metros das muralhas, com um vale raso no meio, espalhado por zonas de selva e pequenas clareiras.

Se os atacantes conseguissem passar por esses obstáculos, eles enfrentariam uma colina íngreme encabeçada pela própria Pagoda Dourada. Essa era a posição mais fortemente defendida em Rangum, se não em toda a Birmânia, com três terraços, cada um protegido com um muro guardado pela infantaria e artilharia birmanesas. A primeira parece tinha as armas mais leves, depois as médias e, finalmente, a artilharia pesada na parede mais alta, mais larga e mais forte.

— Como vão escalar essas paredes? — perguntou Coleman. — Eles não têm uma única escada.

— Vê aquele portão? — Wells apontou para uma grande porta no centro da parede leste. — A artilharia enfraquecerá aquilo e os rapazes avançarão. Depois disso... — ele encolheu os ombros — depois disso é bota, rabo, bala e baioneta, e quem quer que tente impedi-los.

— Lá vão eles! — disse Wells.

Os comboios das tropas britânicas e indianas começaram a se mover através do solo acidentado.

A ideia chegou a Jack, completamente formada. O 113º havia sido ordenado a liderar o 80º até as paredes de Rangum. Eles haviam conseguido isso. Agora, esse avanço estava parado. O ataque estava acontecendo na parede leste.

— Thorpe! Corra até o General Godwin e avise que o 113º está se juntando ao grupo de assalto! — falou Jack, assim que tomou a decisão. *O coronel Murphy ordenou que eu aumentasse a reputação do 113º e não haverá melhor oportunidade do que participar na tomada de uma cidade importante e fortemente defendida.*

O que o Clausewitz disse? É melhor agir rapidamente e errar, do que hesitar até que o tempo de ação tenha passado.

Hora de agir! — Vamos lá, 113º! Vamos atacar Rangum!

— Jesus Cristo! — A voz de Coleman aumentou quando Wells agarrou seu braço e o empurrou para a frente.

O'Neill deu uma gargalhada estridente e correu para a frente.

— Vamos, rapazes — Jack saltou à frente dos seus homens —, juntem-se ao regimento Real Irlandês!

Ele correu para a frente, ciente de que quanto mais rápido cobrissem o terreno aberto em frente da cidade, menos tempo os defensores teriam para atirar neles. Ele ouviu Wells levantar o canto de guerra, mas só O'Neill e Graham se juntaram a ele, e depois estavam no flanco do 18º com um coronel de rosto vermelho os encarando e uma companhia da 40º Infantaria Nativa de Bengala marchando em patentes impassíveis. Jack não reparou como eles atravessaram o vale ou a selva. Ele estava levando seus homens em um assalto, com coronéis e o General Godwin observando; todos os olhos estavam no 113º; todos os olhos estavam nele.

Jack sacou sua espada. A luz brilhou na lâmina curva. — Vamos 113º! — Ele se abaixou quando uma bala britânica passou uivando através da sua cabeça e bateu no portão da pagoda. Os seus homens estavam atrasados, com Wells os empurrando e O'Neill cinco passos à frente.

A artilharia britânica silenciou quando a infantaria se aproximou do portão.

— Agora é conosco! — Um capitão do regimento Real Irlandês puxou a espada e colocou o ombro na teca densa. Os seus homens o seguiram, exaltando quando o seu peso combinado abriu o que restava do portão, e a Infantaria da Rainha e da Companhia invadiram o local. Rangum estava à frente deles.

— Em frente, rapazes! — Jack colocou a espada para cima — Comigo 113º!

Jesus: Para onde vamos agora? Esse ataque é um espetáculo Real Irlandês: a decisão é deles.

O portão se abria diretamente para uma longa série de degraus que levavam ao centro dos terraços da pagoda, degrau após degrau de escadas de pedra íngremes com estranhos animais esculpidos colocados em posições proeminentes.

— Senhor? — Wells se abaixou quando uma bola de mosquete bateu na parede a um metro do seu rosto. — Tem ordens?

Enquanto os homens do regimento Real Irlandês empurravam porta a dentro e se misturavam com o 113º, Jack olhou em volta. Soldados birmaneses defendiam os terraços acima. Alguns pisavam nas escadas para apontar para os intrusos.

Um dos irlandeses reais gritou e olhou para a mancha escarlate que se espalhava pelo seu peito. Ele largou o mosquete e caiu lentamente no chão. Um momento depois, outro grunhiu e agarrou o ombro.

— Senhor... — Wells apontou para os birmaneses e disparou.

— É a nossa deixa, rapazes! — O tenente Real Irlandês apontou para cima, e depois cambaleou quando uma bola de mosquete o atingiu no peito. Ele olhou para Jack através de olhos abertos e deslizou pela parede.

Sou o único oficial aqui agora, tenho que assumir a liderança.

— Sigam-me, homens! — Com seu revólver na mão direita e a espada na esquerda, Jack subiu os degraus dois de cada vez, se abaixando e se esquivando para colocar os mosqueteiros birmaneses fora do alvo. Os degraus eram íngremes e pareciam continuar para sempre, com bolas de mosquete e do maiores *jingais* martelando e apinhando nas pedras. Houve mais gritos atrás dele quando os birmaneses encontraram sua marca, mas os britânicos e os sipaios continuaram subindo as escadas.

Jack viu os chapéus dourados e casacos acolchoados pretos dos defensores, enquanto eles permaneciam nas muralhas, disparando para baixo, gritando, convidando os britânicos para subir, mas então ele estava nivelado com eles no primeiro terraço com seus músculos da perna gritando por alívio. Ele vacilou quando um defensor robusto disparou contra ele, gritou quando a bola raspou pelo seu quepe e levou o homem para longe com dois tiros do seu revólver. Um grupo de birmaneses correu para desafiá-lo, hesitou, disparou alguns tiros e se virou para correr quando o regimento Real Irlandês e o 113º encheram o terraço.

— Vamos, rapazes! — Wells levantou a baioneta.

O'Neill passou sorrindo.

— Sangue! — rugiu Knight — Sangue e morte! — Os homens do 113º seguiram em uma falange de lâminas e coronhas de mosquete balançando.

Deixando o 113ºpara lidar com o terraço mais baixo, os Irlandeses Reais subiram os degraus, atirando e gritando enquanto forçavam caminho para os níveis mais altos. Os defensores que se voltaram para lutar foram mortos, enquanto os outros correram e fugiram.

— Voltem e lutem! — gritou O'Neill.

Um soldado birmanês solitário se virou para enfrentar Jack. Ele gritou alguma coisa, nivelou o mosquete e disparou, com a faísca a poucos metros da cabeça de Jack, mas não houve nenhum sinal de fumaça.

Falhou, graças a Deus.

Jack apontou o revólver na direção do homem e apertou o gatilho. Ele xingou quando o martelo bateu em uma câmara vazia.

Raios! Está vazio!

Sem tempo para recarregar e os birmaneses chegando com

seus dha de ponta quadrada, Jack deixou cair o revólver e avançou poderosamente com sua espada. Apesar de ter frequentado algumas aulas de esgrima, nada o havia preparado para a pressa e fúria de uma luta até a morte nas defesas dos terraços da Pagoda Dourada. Quando a tentativa inicial de Jack falhou por cinco centímetros, o birmanês cortou o seu pescoço de lado. Jack se defendeu da dha com sua espada, mas a força do ataque o jogou cambaleando de costas. Ele deu um passo para recuperar o equilíbrio, viu o triunfo no rosto do soldado birmanês e avançou. O birmanês pisou de lado com facilidade e apontou um golpe vicioso que teria atravessado Jack como um coelho se ele não tivesse encolhido o estômago O dha passou tão perto que arrancou um dos botões de latão da sua túnica.

Por um momento, Jack não prestou atenção em mais nada. Tudo o que importava era a luta de espadas entre ele e esse robusto birmanês. Eles se enfrentaram novamente, lâmina a lâmina, músculo a músculo, olho a olho - ocidente e oriente em ambos os lados do aço afiado e ambos combinados pelo desejo de matar e pelo medo da morte.

Jack sabia que era mais alto e possivelmente mais forte, mas o guerreiro birmanês era rápido e musculoso, hábil com o seu dha. Dentro de um minuto, Jack estava na defensiva, recuando ao longo do terraço com o birmanês o seguindo, sério enquanto se concentrava apenas em matar aquele insolente invasor britânico.

O tiro de mosquete veio de trás dele. O guerreiro birmanês parou e colocou uma mão no estômago, justamente quando um soldado britânico o atacava e enfiava a ponta da baioneta fundo em seu peito.

— E esse é o seu fim, filho — disse O'Neill, enquanto o guerreiro caía no chão. Ele colocou um pé no estômago do homem e puxou sua baioneta. — Desculpe interferir, senhor, mas parecia que o senhor estava levando a pior.

— Obrigado, O'Neill. — Jack sentiu o suor jorrando dele. — Acho que você salvou a minha vida.

O'Neill sorriu. — Lembre-se disso da próxima vez que me levarem antes de você por embriaguez e desordem.

Jack percebeu que o disparo e o rugido da batalha se alteraram para aplausos e gritos, com batidas ruidosas ocasionais e estampidos de destruição.

— O que está acontecendo?

— Os birmaneses fugiram, senhor.

— Eles fugiram? — Jack encarou enquanto O'Neill limpava casualmente a baioneta no casaco da vítima.

Ganhamos. Eu liderei o 113º à nossa primeira vitória.

— Sim, senhor, e agora vamos saquear o lugar — sorriu O'Neill. — Vamos, senhor, ou os Irlandeses Reais e os sipaios vão pegar o melhor.

— Pare com isso! — gritou Jack. — Não estamos aqui para roubar. — Mas ele sabia que, desde tempos imemoriais, os soldados haviam saqueado qualquer lugar que tivessem invadido. Era um dos poucos privilégios do trabalho.

Jack chegou à beira do terraço e viu os soldados britânicos e indianos fazerem um motim. Alguns se espalharam para as pagodas menores, rindo enquanto seus oficiais temporariamente perdiam o controle. A maioria correu diretamente para a Pagoda Dourada. Jack ouviu os gritos altos de alegria quando alguns acharam tesouros, e vozes altas quando homens de regimentos rivais disputavam a posse de objetos inúteis ou estatuetas inestimáveis da pagoda.

— Vamos, rapazes! Há ouro e rubis aqui!

Essa parte de Rangum parecia dedicada à religião, com a Pagoda Dourada sendo apenas a maior de uma coleção de templos budistas. O projeto básico era sempre o mesmo, uma pagoda irregular com um topo muito bem moldado, coberto por um guarda-chuva com uma franja de sinos movidos a vento, para que cada movimento do ar fosse acompanhado por uma melodia delicada que não combinava com os sons e vistas da batalha. Era difícil conciliar a mensagem religiosa essencial da paz quando os corpos mortos poluíam a entrada e o sangue desperdiçado empoçava aos pés das estátuas guardiãs.

Havia mais santuários com esculturas de Gautama, a encarnação local de Buda, sentados em espaços abertos, às vezes em esplendor solitário, muitas vezes com estatuetas companheiras em alabastro ou tijolo coberto de ouro. Após o trovão da batalha, o canto dos pássaros adoçava o ar, enquanto o balanço das árvores verdes brilhantes lançava sombras cintilantes sobre um lugar que tinha sido bonito antes de projéteis britânicos forjarem a sua destruição. Jack se inclinou sobre um enorme crocodilo de pedra para reunir os seus pensamentos. A mulher o observava através de olhos atenciosos.

— Está de volta? — perguntou Jack.

— Nunca estive fora — Embora a mulher falasse calmamente, as suas palavras eram audíveis. As brincadeiras de uma multidão de casacas vermelhas vacilaram quando a viram. Um cabo manchado de sangue fez uma sugestão obscena, depois deixou cair os olhos enquanto ela o ignorava. Eles passaram e só olharam quando estavam seguros a uma dúzia de metros de distância.

Seguros? Por que escolhi essa palavra? Uma mulher é uma raridade na vida deles. Deixe que eles olhem. Só conhecem prostitutas baratas e esposas de oficiais que mal olhariam para eles como sendo da mesma espécie. Essa mulher é diferente.

— Você não tem medo? — Jack indicou os destroços do resultado da batalha e os soldados de olhos estreitos.

A mulher não pestanejou. — Eles são apenas homens — disse ela, com uma calma tão devastadora que Jack não pôde responder.

— Por que você está aqui? Está me seguindo?

— Esse é o meu país; por que você está aqui? Está à minha

procura? — A mulher acariciando o exterior do longyi com a mão era o gesto mais sensual que Jack já tinha visto. Ele percebeu que estava olhando para os quadris dela.

Pelo amor de Deus, homem, você nem sequer gosta de mulheres, se lembra?

— Você é a mulher mais irritante com quem falar — disse Jack.

Ela se endireitou outra vez. — Então não fale comigo.

— Como você se chama? — perguntou Jack, quando se tornou evidente que a mulher não iria embora.

— Qual é o seu? — respondeu ela.

— Sou Jack Windrush. — Ele esperou que ela respondesse.

— Jack Windrush. — Na sua boca, o nome soava tão musical como os sinos do templo. — Jack Windrush. — Ela acenou com a cabeça e saiu com os quadris mexendo o seu longyi e seu corpo esbelto e ereto como qualquer guarda. Os soldados do regimento Real Irlandês se afastaram para deixá-la passar. Um colocou a mão no quepe.

A mulher sorriu suavemente e se afastou.

Ela não me disse o seu nome. Qual foi o significado desse encontro? Por que me sinto tão diferente em relação a ela?

— Recompensa, rapazes! Encontrem ouro para levar para casa! — Era uma voz de Midlands, talvez de Birmingham, e as palavras pareceram permanecer no ar ameno.

Se encontrasse algo precioso, poderia comprar o meu lugar noutro regimento. Depois da ação de hoje, as pessoas saberão o meu nome e poderão perdoar o meu nascimento ilegítimo.

O pensamento se formou completamente na mente de Jack. Ele superou uma vida de treinamento e hábito, e ele quase correu pelas escadas e parou na entrada da Pagoda Dourada. Havia uma multidão de soldados deitados sobre as escadas, alguns com suas túnicas abertas, alguns apertados em qualquer sombra que estivesse disponível. Outros tinham-se enrolado sobre uma enorme estátua de Buda, em cuja cabeça um homem havia cuidadosamente colocado um quepe britânico branco, completo com a guarda do pescoço batendo. Eles olharam para cima enquanto Jack passava, e alguns se levantaram.

— Descansem em paz homens — disse Jack, e entrou na pagoda.

A diferença de temperatura foi imediata, com o alto telhado cônico mantendo o interior fresco, escuro e agradável. Meia dúzia de soldados vagavam em volta, olhando de boca aberta para as estátuas de dragão e para o enorme Buda, com as vozes silenciadas como se estivessem na igreja, onde, segundo Jack, de certa forma estavam.

Ele esperava ver uma única estátua de Buda com talvez filas de bancos como em uma igreja na sua terra natal. Em vez disso, ele viu um vasto espaço aberto rodeado por um número desconhecido de ícones em ouro, porcelana e bronze, com Buda sentado de pernas cruzadas com um sorriso pacífico em seu rosto. Ele não viu a fonte da luz que refletia da cobertura de ouro e a partir de uma centena de pedras preciosas.

Jack parou impressionado. Ele não esperava a magnificência ou a beleza desse templo, ou a pura riqueza dos adornos. Ele também não esperava experimentar tal atmosfera de santidade.

Essas não são pessoas primitivas; esse é um edifício tão bonito quanto a Catedral de Hereford; e muito mais rico.

Jack sentiu a necessidade de se ajoelhar perante o santuário dessa serena divindade oriental, se de fato era uma divindade, ele não tinha certeza. *Buda é um Deus*? Um sopro de vento pôs os sinos do templo a tocar, suavemente no início e depois mais alto até que eles pareciam preencher o vasto espaço abaixo do telhado cônico. A melodia penetrou seus pensamentos, então havia apenas os sinos que o convidavam a se submeter à sua calma autoridade e esquecer a avareza e agressão do mundo exterior. Jack estava na frente da enorme estátua de ouro e encontrou os olhos em forma de amêndoa, tão inexpressivos, mas acusando-o de roubo, assassinato e invasão.

— Esse é um lugar grandioso, Coley! — Era a voz de O'Neill, alta, alegre e sem preocupações com homem, diabo ou divindade oriental. — Há ouro suficiente aqui para nos manter na bebida para o resto das nossas vidas.

— E mulheres — Coleman parecia tenso. — Podíamos comprar um bordel, Paddy, e enchê-lo com as melhores prostitutas que Londres tem para oferecer.

As vozes dos soldados quebraram o feitiço e Jack viu a pagoda sob outra luz. Ao invés de um lugar espiritual de admiração e reverência, tornou-se apenas um templo oriental sofisticado com estátuas sem sentido e uma coleção de ouro. Com o ouro, Jack podia comprar uma promoção, sua entrada em um regimento melhor, talvez até no regimento Real, e adquirir terras e propriedades na Inglaterra. Sem dinheiro, ele era um zé-ninguém, um Segundo-Tenente indistinto e empobrecido.

Um bolso cheio de ouro pagaria a minha subida, mais do que isso/ faria de mim Capitão. Mas eu sou um cavalheiro inglês, um homem de honra. Não. Sou o filho de um servo! Aos olhos dos respeitáveis, sou ilegítimo sem direito a uma comissão no exército. Sou uma fraude numa posição muito precária.

Os Budas dourados sentavam-se em esplendor, serenos, sublimes, intocados internamente pela louca destruição dos homens ao torno do seu templo. Jack olhou em volta, mais furtivo e mau do que alguma vez se sentiu na vida. Ele se esgueirou até a parte mais escura do templo e ficou ao lado de uma fila de Budas sentados. *São apenas ídolos, falsos deuses - não significam nada.* Eles eram de vários tamanhos, de alguns pequenos o suficiente para passarem despercebidos em seu bolso, para outros do tamanho de uma criança bem-crescida.

Jack respirou fundo e levantou o menor; era mais pesado do que ele esperava, com o ouro quente ao toque e suave sob a sua palma. Por um segundo, ele fingiu examinar a arte, verificou que ninguém estava olhando, e depois colocou-o dentro do bolso direito da sua túnica. Ele se encaixava confortavelmente.

Agora sou um ladrão, já não estou apto a ser um oficial de Sua Majestade ou um cavalheiro britânico.

Com o código de honra quebrado, era mais fácil continuar. O próximo Buda se encaixou em seu bolso esquerdo com apenas uma pequena protuberância e um sentimento vago de desconforto que ele ignorou. Jack levantou a terceira e estava se perguntando onde armazená-la, quando ouviu uma explosão de canto quando um grupo de homens do regimento Real Irlandês vinha em direção a ele, suas botas de sola de ferro batendo no chão e suas vozes levantadas em desrespeito à santidade dos seus arredores.

— Ah, desculpe, senhor — disse um cabo coberto de fumaça preta — Nós não o vimos aí. Atenção, rapazes!

Os homens atrás dele pararam em atenção, com um deles tentando esconder o saque que havia pegado.

— Não se metam em encrencas — Jack reconheceu a saudação com um movimento do dedo, o que ele esperava que parecesse casual.

E se eles me viram roubando? Meu Deus, e se eles me viram? Arruinei a minha reputação e carreira.

— Nós o vimos, senhor. — As palavras do cabo fizeram Jack se sentir mal de repente.

— Me viu fazer o quê, cabo? — As estatuetas estavam pesadas no seu bolso; Jack tinha certeza de que os homens do regimento Real Irlandês estavam escondendo sua acusação por trás dos olhares impassíveis que os soldados adotavam quando enfrentavam um oficial.

— No ataque, senhor. — O cabo sorriu. — O vimos subindo as escadas. O senhor foi bom o suficiente para se juntar ao regimento Real Irlandês, se não se importa que eu o diga.

Jack quase suspirou de alívio. — Obrigado, cabo, mas não lhe cabe comentar sobre um oficial.

— Sim, senhor — O sorriso do cabo foi substituído pela mesma falta de expressão que os seus homens. — Desculpe, senhor.

— E você — disse Jack ao homem que tinha a estatueta — pode devolvê-la ao seu lugar. Pilhar é uma ofensa.

Ele foi embora sem mais uma palavra. Ele esperava ter agido como um típico oficial britânico, então não haveria suspeitas das suas ações dentro da pagoda.

Cavalheiros não roubam. Mas eu não sou um cavalheiro.

As estatuetas douradas pareciam tão pesadas que Jack sentiu como se os seus bolsos chegassem aos joelhos. Ele diminuiu, grato pelo rápido começo da noite para mascarar a culpa que ele sabia emanava do seu rosto.

— Senhor! — A saudação de Wells foi imaculada como sempre. — Procurei-o por todo o lado.

— Agora você me encontrou — disse Jack. *Ele sabe dos meus roubos. Esses malditos sargentos veteranos sabem tudo; eu posso ver a acusação nos seus olhos.* — O que você quer, sargento?

— O general está à sua procura, senhor. Ele pede que se junte a ele na tenda imediatamente. Wells relaxou um pouco. — Talvez ele o tenha visto liderar o ataque, senhor.

— E onde vou encontrar o General Godwin, sargento? — Jack tentou esconder a mistura de prazer e apreensão.

— Ele está na tenda fora da cidade, senhor. — Wells se permitiu um pequeno sorriso. — Boa sorte.

CAPÍTULO OITO

RANGUM, PRIMAVERA E VERÃO DE 1852

O Exército Britânico instalou-se em torno das muralhas de Rangum. A artilharia havia tomado posições defensivas no caso de um contra-ataque birmanês, e um conjunto de lanternas penduradas revelavam marinheiros ocupados correndo em volta fazendo o dobro do trabalho dos soldados na metade do tempo. Havia uma pequena floresta de tendas prontas, com sentinelas sérios do lado de fora e servos de oficiais ocupados apressando-se de um lugar para o outro em busca das bagagens dos seus mestres, água fresca, vinho e outros elementos essenciais da campanha. Fora do perímetro, a Birmânia esperava, aparentemente mais ameaçadora com o contraste entre a luz dentro do acampamento britânico e a escuridão exterior.

O General Godwin viajava com estilo, com assistentes nativos inteligentes atentos atrás da sua mesa e dois decantadores de cristal entre a confusão de papéis e mapas. Havia outros oficiais na sala, com casacos em vermelho ou azul, e o murmúrio de vozes educadas enquanto discutiam a próxima etapa da campanha. As traças flutuavam em torno das lanternas alimentadas a petróleo, e o som agudo dos mosquitos era tão familiar que Jack não lhes dava atenção.

— Quem é você e o que quer? — ladrou Godwin, quando reparou que Jack estava em sentido à frente da mesa.

— Segundo-Tenente Windrush, senhor. O senhor queria me ver.

Quando Godwin franziu a testa, um coronel de infantaria nativo de Madras sussurrou. — Esse é o oficial do qual lhe falei, senhor. Ele deixou o seu posto sem ordens para se juntar ao ataque a Rangum.

Não era isso que Jack esperava ouvir. O homem que falou era vagamente familiar, mas de onde Jack não podia dizer.

Godwin olhou para Jack enquanto os outros homens recuavam. Jack sentia a sua desaprovação.

Houve silêncio por um minuto inteiro, exceto pelo zumbido de insetos.

— Você é uma desgraça, Windrush. — A voz de Godwin era baixa, mas com palavras cortantes. — Foi lhe dado um trabalho para fazer, e você falhou em fazê-lo. Você quebrou patentes e levou os seus homens para uma operação que era função de uma unidade diferente. Agiu completamente sem ordens e deu um exemplo de má disciplina diante de todo o exército. Só Deus sabe os danos que você causou.

Jack não disse nada. Ele esperava por louvor por sua coragem e iniciativa; em vez disso, Godwin estava o tratando como um estudante desobediente na frente de meia dúzia de oficiais mais velhos. Ele sentiu o sangue subir para o seu rosto enquanto Godwin continuava a repreendê-lo.

— Você é do 113º, Windrush — Godwin parou por um momento —, pensei em lhe dar uma oportunidade. O coronel Murphy me convenceu - me assegurou - de que você era um oficial de confiança que ajudaria a recuperar a reputação desse regimento infeliz.

— Muito pelo contrário — disse o coronel da Companhia.

Ele balançou a cabeça. — Se me permite dizer, senhor, conheci esse oficial na Inglaterra e a sua conduta foi vergonhosa.

Jack balançou a cabeça. — Desculpe, senhor, mas deve estar enganado. Acho que não nos conhecemos antes.

— Silêncio, senhor! — A voz de Godwin parecia uma pinça de aço. — Como se atreve a contradizer um oficial superior? O coronel Harcourt é um homem íntegro e honrado, não um qualquer... — Enquanto Godwin se controlava, Jack percebeu que já tinha conhecido o oficial da Companhia antes.

Harcourt: esse é o pai de Lucinda Harcourt, o homem irascível que estava à porta quando eu trouxe Lucinda para casa naquela noite.

— Então, Windrush. — O tom de Godwin era mais moderado. — Em vez de tentar construir uma reputação melhor para o 113º, você a manchou ainda mais. Você e eles são uma desgraça regimental. No entanto, darei um desconto pela sua juventude e inexperiência. Você agiu, eu espero, por impetuosidade, em vez de um desejo de tomar a glória do dia do 18º regimento. Era glória que eles mereciam, juntamente com os soldados galantes das forças da Companhia. — Ele acenou com a cabeça para o Coronel Harcourt.

Jack não disse nada enquanto o sangue corria pelo seu rosto. Ele sentiu os Budas, volumosos no seu bolso.

— Não vou mencionar suas ações no meu relatório oficial, Windrush — disse Godwin. — Em vez disso, enviarei uma mensagem privada ao Coronel Murphy, informando-o da minha decepção com você. Ele pode decidir lhe chamar, ou não. Seja como for, pode ter certeza de que não avançou a sua carreira com esta ação de impetuosidade, e prejudicou ainda mais a já pobre reputação do seu regimento. Vou ficar de olho em você, Windrush.

Jack respirou fundo. — Capturamos a pagoda, senhor.

— Está dispensado, senhor — disse Godwin. — Saia da minha frente.

Jack saiu da tenda, sentindo que o seu mundo havia desabado. Enquanto ele saía, uma gota de chuva quente salpicou em seu rosto, um vislumbre da monção.

À medida que o exército britânico se consolidou e os birmaneses se retiraram para o norte, as chuvas começaram com uma sucessão de golpes de martelo que tornaram o movimento praticamente impossível. Em comum com os outros, Jack suportou o clima enquanto sofria seus tormentos privados.

Maldito Coronel Harcourt: Não fiz nada de mal para a Lucinda. Malditas sejam todas as mulheres. Não passam de problemas.

Uma imagem da mulher birmanesa voltou, com seus olhos profundos e aquele maravilhoso movimento do longyi em torno dos seus quadris.

Sou incrivelmente estúpido. Ela é uma mulher nativa.

Apesar de todo o raciocínio de Jack, a mulher birmanesa permaneceu em sua mente ao longo das semanas seguintes, durante as quais os britânicos se instalaram em Rangum e as monções acumularam seu poder. Os britânicos ansiavam pelos intervalos entre a chuva selvagem, e então os céus reabriram e desencadearam um dilúvio sobre eles.

As noites eram as piores. Durante as horas escuras, a mente de Jack girava com as visões de batalha e morte. Ele via os rostos dos homens com os quais havia lutado, e a memória da sua posição o atormentava. Em seguida, os rostos se alteravam, transformavam-se nos olhos firmes da mulher birmanesa com o longyi apertado em torno do seu quadril e Jack tentava alcançá-la, apenas para se recolher enquanto ela se dissolvia na neblina que cobria a Pagoda Dourada com os seus Budas roubados. Ele acordava encharcado de suor e se levantada para verificar os seus homens, que não sofriam em silêncio devido à chuva constante, olhando para a misteriosa escuridão dessa terra hostil.

Os dias eram quase tão ruins para Jack. Ele era um

convidado na confusão do 51º mas não fazia parte dele. Ele compartilhou a hospitalidade, mas não as tradições, e tentou ignorar as conversas apressadamente silenciadas.

— Ele está fora do seu habitat aqui, pobre rapaz. Deve ser difícil para ele.

— Ele foi expulso do regimento Real, sabia. Creio que a própria família o renegou.

— Ouvi dizer que ele também não gosta de mulheres. Quero dizer, que tipo de homem é esse para se ter no exército... aqui está ele agora. — Os oficiais desviaram o olhar num silêncio súbito.

Jack não passou muito tempo na confusão do 51º. Em vez disso, ele explorou Rangum, visitou as pagodas e continuou a ler quaisquer manuais militares que pudesse encontrar, pois as chuvas restringiram todo o movimento e o exército ficou amuado com a inação.

— Sei como Noé se sentiu. — Wells se abrigou sob a franja de uma cabana birmanesa enquanto espreitava em direção à selva.

— Como ele se sentiu? — Knight apertou o quepe na cabeça numa vã tentativa de mitigar o pior da chuva.

— Molhado como o diabo — disse Wells.

De pé a uns metros de distância, Jack escondeu o sorriso. O humor sardônico de Wells era sempre um tônico, mesmo nos dias mais deprimentes. Ele olhou através do rio torturado pela chuva para os homens birmaneses nus que guiavam seus búfalos através da lama dos campos de arroz.

— São pessoas fortes — disse ele.

— São diferentes dos Índios — Wells verificou a lona que cobria a fechadura e o cano do mosquete. — São mais limpos e menos excitáveis. — Ele segurou o cano do mosquete para baixo para evitar que a chuva entrasse no barril.

— Já serviu na Birmânia antes?

Quando Wells acenou com a cabeça, a água caiu da aba do

seu chapéu. — Sim, senhor, apanhei o fim da última guerra birmanesa, em 1826, quando era um novato.

Jack notou a medalha vermelha e azul no peito de Wells. — É a Medalha de Mérito de Serviço, não é? Não ganhou isso na Birmânia, sargento. Ela só saiu há alguns anos.

Wells olhou para baixo. — Não na Birmânia, senhor. Estive no Afeganistão com o 44º.

— Você esteve em Gandamak? — Jack sabia da desastrosa batalha em que os afegãos aniquilaram os remanescentes do 44º.

— Sim, senhor — disse Wells.

— Você sobreviveu — disse Jack.

— Sim, senhor — Wells não explicou nada mais. — Me transferi para esse regimento quando o meu partiu para Inglaterra. — Ele parecia desconfortável com a admissão, o que sugeria que ele tinha algo a esconder.

— O que aconteceu em Gandamak? — pressionou Jack.

— Uma mulher me arrastou da pilha de mortos, senhor — disse Wells.

— Por que ela fez isso?

A explosão dos disparos foi tão perto que Jack se assustou. — Que diabos?

— Preparem-se! — gritou Wells. — Venham, rapazes!

A chuva caía como uma cortina cinza opaca, martelando sobre a lama da planície e derramando dos terraços da Pagoda Dourada.

— Ninguém luta durante as malditas monções! — O'Neill se esforçou para prender a túnica enquanto tropeçava para fora da tenda.

— Diga isso aos birmaneses — disse Wells —, eles não conhecem as regras.

Jack se abaixou quando uma bala passou rasgando pela sua cabeça. Ele soltou o coldre e pestanejou contra a chuva. Figuras estavam se movendo, mas se britânicos ou birmanês ele não podia dizer. A luz fraca piorava as coisas.

—Ali! — Wells se ajoelhou e disparou contra a escuridão.

— O que está acontecendo, Wells? O que você viu? — Jack estava pronto com a pistola enquanto Wells recarregava.

Um sargento da infantaria nativa de Madras passou correndo em uma chuva de lama, seguido por um grupo de sipaios.

— Dacoits, senhor. — Wells colocou a percussão no mosquete e o armou. — Podem estar em qualquer lugar.

— Dacoit? O que é isso?

— Bandidos — explicou Wells. — Podem ser *rebeldes* locais vindo para roubar, mas é mais provável que algum grupo esteja ligado ao exército do rei da Ava. Não consigo ver dacoits comuns atacando uma guarnição britânica.

Alguém gritou por perto, as palavras em birmanês, e um grupo de homens pareceu sair do chão e correr através da planície, segurando mosquetes e agitando dhas.

— Cuidado, senhor! — gritou O'Neill, se ajoelhando e disparando. Um dos birmaneses caiu de uma vez, com os outros avançando corajosamente. O líder usava o que parecia um casaco vermelho, e Jack disparou três tiros nele em rápida sucessão. O homem de vermelho estava ileso, mas outro dos atacantes caiu, se debatendo no chão.

— Eles não estão atrás de nós, senhor — Wells disparou de uma posição de pé. — Eles querem o general.

Jack apontou para o casaca vermelha novamente e pressionou o gatilho, sem resultado. Ele xingou e recuou, perdeu a visão do seu alvo na chuva, mas viu outro homem correndo em sua direção; ele apertou o gatilho novamente e vacilou quando seu atacante cambaleou e continuou, segurando seu dha alto no ar. Largando a agora vazia pistola, Jack agarrou o punho da sua espada, gritando alto para aumentar sua coragem.

— Ele é meu, senhor! — Graham avançou com a baioneta e perfurou o homem por baixo do queixo.

O sargento da infantaria nativa de Madras apareceu através da chuva com seus homens em perfeita formação atrás dele e os formou em frente à tenda de Godwin. Uma ordem alta e uma barricada de baionetas se formou em torno da tenda.

— Eles se foram — disse Graham. — Os rapazes Madrasi os assustaram.

Jack concordou com a cabeça; os únicos birmaneses que ele podia ver estavam mortos ou feridos.

— Para onde eles foram? — Jack, finalmente, sacou sua espada e a segurou de forma ineficaz.

— Desapareceram na noite, senhor. — Graham colocou um pé no homem que havia matado e retirou a baioneta. Ele começou a recarregar o mosquete. — Malditos dacoits.

Havia três birmaneses e dois corpos de sipaios no chão, com dois birmaneses feridos.

— Eles não dispararam — disse Jack —, por que não dispararam?

— Os birmaneses só têm pederneiras, senhor — explicou Wells. — Não funcionam muito bem na chuva.

— São homens corajosos para atacar quando só têm facas — disse Jack. Ele levantou a voz. — Ranveer! — Ele mal disse o nome antes do sique chegar. — Você viu como os dacoits entraram?

— Como cobras, eles rastejaram sobre as suas barrigas — disse Ranveer imediatamente.

Godwin apareceu da sua tenda, com a espada na mão. — O que aconteceu? O que eles queriam? — Ele olhou para baixo para os birmaneses feridos. — Alguém sabe falar birmanês?

— Nem uma palavra, senhor — disse Jack. Ele olhou para Ranveer. — E você, Ranveer?

— Não, sahib.

— Sei algumas palavras, senhor — Wells se voluntariou.

— Pergunte a esse sujeito o que eles estavam pensando, atacando uma guarnição britânica — ordenou Godwin. — Tenho certeza de que pode ser persuasivo.

— Tenho certeza que sim, senhor. — O homem que estava deitado de costas sobre a planície chuvosa se contorcia de dor enquanto Wells levantava seu dha e passava o dedo na borda. — Certo, meu rapaz, está na hora de nos contar algumas coisas. — Ele colocou a lâmina ao lado de um buraco de bala na perna do homem e falou em um birmanês hesitante.

Quando o homem balançou a cabeça, Wells empurrou a ponta da faca para dentro da ferida e torceu lentamente. O homem se contorceu, com suor lhe cobrindo o rosto.

Pensei que éramos cavalheiros ingleses! Não fazemos esse tipo de coisa!

Godwin olhou, impassível, enquanto Wells repetia sua pergunta. — Onde aprendeu birmanês, sargento?

— Estive aqui antes, senhor, com o 44º.

— Estou vendo. — Godwin acenou. — Você se transferiu, então?

— Sim, senhor. — Wells olhou para cima. — Devo perguntar outra vez?

— Por favor. — Godwin virou as costas. — Me avise assim que descobrir alguma coisa, Windrush.

Me sinto doente, não é isso que fazem os ingleses!

— Não parece bem, senhor — disse Wells com tato. — Talvez seja melhor se deitar fora da chuva, eu continuo aqui. — Ele levantou a voz. — Tragam luz! — Levantando a bota, ele chutou o homem ferido com força na virilha, ignorou o grito resultante e ficou em pé sobre o ferimento a bala enquanto o dacoit se contorcia debaixo dele.

— Eu vou ficar. — Jack lutou contra a náusea que ameaçava embaraçá-lo.

Eu deveria ser capaz de fazer tudo o que os homens podem fazer, porém melhor e por mais tempo, e isso inclui ver o sofrimento humano.

— Como queira, senhor — Wells virou o dha e arrancou a tanga do birmanês do seu corpo e começou a golpeá-lo com a lâmina. Quando o choro do homem se transformou em gritos agonizantes, Jack puxou o braço de Wells.

— Já chega, Wells.

— Estamos quase lá, senhor. — Wells parecia tão calmo como se ele estivesse apenas perguntando as horas.

Jack olhou para os olhos suplicantes do dacoit. — Desculpe — disse ele. — Também não gosto disso, mas temos que saber.

— Só mais alguns minutos, senhor — Wells colocou a ponta da bota na virilha do homem e pressionou, torcendo, enquanto repetia a pergunta.

O homem gritou outra vez e tagarelou qualquer coisa.

— Esse é o meu garoto! — Wells removeu o pé imediatamente. — Era o que queríamos ouvir. Estavam atrás do general, senhor. Eles sabiam que ele estava na tenda grande e queriam matar a ele e aos funcionários. — Ele acenou para o dacoit que estava deitado em uma bola fetal no chão, agarrado aos seus ferimentos. — Você é um homem corajoso, Zé Dacoit. — Ele levantou a voz. — Preciso de alguém que cuide desse homem ferido. Tomem conta dele.

Inclinado, Wells examinava a dha.

Jack não conseguia encarar o homem ferido, e os Budas dourados estavam pesados no seu bolso. Ele hesitou, se odiando pelo que tinha que dizer a seguir. — Desculpe, sargento, mas há mais uma coisa que preciso saber. Pergunte porque o líder deles usava um casaco vermelho. Ele o roubou de um prisioneiro britânico?

Wells acenou com a cabeça. — Sim, senhor. — Ele puxou a cabeça do dacoit para trás e falou com ele novamente, apontando para sua virilha com a dha. Jack estremeceu; ele só conseguia imaginar o quê Wells estava dizendo.

Agora sou tão ruim quanto qualquer dacoit; perdoei a tortura e encorajei Wells a infligir mais dor àquele infeliz.

O dacoit disse algo, agarrando-se aos ferimentos, e Wells deu-lhe uma palmada no ombro.

— Essa foi fácil, senhor. Ele não sabe por que o líder deles usa um casaco vermelho, mas o chamam de Bo Ailgaliutlo ou algo assim. Não consigo entender o que ele está dizendo.

— Isso não é surpresa, considerando que ele está com muitas dores — murmurou Jack. — Bo Ailgaliutlo - é esse o nome do líder?

Wells balançou a cabeça. — Não, senhor. É o título dele. Bo é um comandante militar. O nome significa oficial ou comandante em inglês. — Ele colocou o dacoit numa liteira com tanto cuidado que era difícil imaginar que ele havia infligido uma dor terrível ao homem apenas alguns momentos antes. — Acho que o seu colega de casaco vermelho é inglês, senhor.

CAPÍTULO NOVE

RANGUM: VERÃO DE 1852

— Um Inglês? Um renegado? — O General Godwin pressionou os dedos da mão direita na mesa com marcas de balas. — Não posso permitir isso. — Ele olhou para Harcourt. — O que dizem os seus amigos, Harcourt?

— Nada, senhor. Não conseguiram encontrá-lo. Eles acham que os dacoits vieram pela água e escaparam da mesma maneira.

— Demônios astutos. — Godwin balançou a cabeça. — Isso faz sentido com um inglês no comando. Ele saberia que teríamos os sentinelas vigiando a fronteira terrestre e que confiaríamos na Marinha para manter o controle do rio. — Quantos homens pode dispensar, Harcourt? Temos de erradicar o nosso renegado, e os seus homens da Companhia são os melhores para esse tipo de coisa. — Godwin tirou um mapa da gaveta da mesa. — Todo esse país é um grande sistema fluvial; os dacoits podem estar em qualquer lugar.

— Não posso dispensar ninguém, senhor — disse Harcourt rapidamente. — Na nossa última guerra com o rei de Ava, perdemos milhares de homens para doenças. Não posso dispensar nenhum dos meus soldados; precisarei de todos eles.

— Ele acenou com a cabeça para Jack. — Mas o Windrush aqui, não está oficialmente ligado a nenhuma força, e todos nos lembramos de como ele está interessado.

Godwin olhou para Jack, apertou os lábios e juntou as mãos como se em oração. Depois de alguns minutos, ele falou novamente. — Como você parece desejar estar no centro das coisas, Windrush, e, obviamente, precisa de uma rigorosa mão para guiá-lo que o Coronel Murphy pode fornecer, eu vou tomar o conselho de Harcourt e lhe enviar atrás desse tal Bo Ailgaliutlo e dos seus dacoits.

— Rio acima, senhor? Até onde devo ir? — Jack sentiu mais do que viu o olhar presunçoso de triunfo de Harcourt.

— Você irá o mais longe que precisar ir — disse Godwin. — Vou separar você e os seus imprestáveis do meu exército. Não me esqueci da sua má conduta durante a invasão — Ele olhou mais de perto para Jack. — Eu entendo que os jovens oficiais têm fogo e ambição, Windrush, mas eles também devem obedecer as ordens dos seus superiores. Vou colocá-lo sob o comando do Comandante Marshall; ele sabe como controlar os jovens arrogantes como você.

Harcourt concordou com a cabeça vigorosamente. — Muito bem, senhor. Windrush é uma desgraça.

— O lugar para onde estou mandando você, Windrush, vai amortecer o seu ardor marcial e apresentá-lo às realidades de ser um soldado aqui fora. — O General Godwin separou as mãos e colocou-as no topo da mesa. — Siga aquele renegado, Windrush, e livre-se dele. Disperse o bando de dacoits dele e mate o líder ou traga-o de volta para um julgamento justo e para a forca.

— Sim, senhor.

Estou sendo expulso do teatro principal da guerra para perseguir alguns dacoits; ninguém vai saber sobre nada que eu fizer. É a maldição do 113ºoutra vez.

— Não fique tão triste Windrush — Harcourt estava

apreciando o desconforto de Jack. — Pense nisso como uma oportunidade para se redimir.

Godwin rabiscou uma nota curta, entregou-a a Jack e acenou para a entrada da sua tenda. — Reúna os seus homens e apresente-se ao Comandante Marshall antes do amanhecer de amanhã. Dê-lhe os meus cumprimentos e esse papel e informe-o que vocês são a escolta militar dele. Isso é tudo.

Então, o Coronel Harcourt tem a sua vingança por eu ter conhecido a sua filha. Vou ser enviado para além das fronteiras da civilização para que os bandidos birmaneses possam me assassinar ou alguma doença nojenta possa me matar. Vou ser enviado para o desconhecido, longe dos olhos de qualquer um que possa promover a minha carreira.

Jack mergulhou suas mãos fundo nos bolsos e se curvou através do tumultuado acampamento até que seus dedos tocaram o ouro suave dos Budas.

Ainda tenho esses, são mais importantes do que nunca, agora. Assim que sair desse lugar infernal, me demito da minha comissão e compro algumas terras. Deus sabe que com a minha carreira em ruínas mesmo antes de começar, não tenho futuro no exército. A culpa não importa; o futuro importa.

— Sargento Wells! — Jack berrou o nome através do acampamento iluminado por tochas.

Wells apareceu ao seu lado imediatamente. — Senhor! — Jack cheirou a bebida no seu hálito. Onde ele havia conseguido bebida ninguém sabia, mas os soldados britânicos tinham um dom para encontrar algo alcoólico onde quer que estivessem, e como um sargento com longa experiência, Wells saberia todos os truques do livro e muitos que ninguém nunca havia escrito.

— Vamos fazer uma pequena viagem, sargento.

— Sim, senhor. Eu ouvi o sermão, senhor.

Como ele sabia sobre isso tão cedo?

— Quero os homens prontos para partida imediata, com munições e rações duplas, e também garrafas de água cheias de água, e não... — Jack tornou óbvio que estava cheirando o hálito de Wells — não gin.

— Os homens estarão prontos, senhor. Terão duzentas balas cada uma e rações suficientes para cinco dias, mais o dobro do subsídio oficial de água.

— Muito bem, sargento. Não vamos ficar aqui, vamos nos afastar do exército britânico principal.

— Sim, senhor. — Wells não parecia chateado com a perspectiva. — Para onde vamos, senhor?

— Ainda não tenho certeza — Jack foi sincero. — Estamos atrás do renegado que nos atacou.

Wells acenou com a cabeça. — Caçar dacoits nunca é fácil, senhor. É como tentar apanhar fumaça com uma rede de pesca.

— Você já fez isso antes? — perguntou Jack.

— Sim, senhor, vezes demais.

— Temos que nos apresentar a um Comandante Marshall. — Mais uma vez, Jack se perguntou se estava sendo fraco demais na frente de um enlistado. Ele tinha sido educado para acreditar que os oficiais devem sempre manter uma distância estrita dos seus homens.

— Seria o comandante William Marshall, senhor? — perguntou Wells com uma expressão séria. — Ele é o capitão do *Serangipatame*, no rio Irauádi.

— Como diabos sabe disso, sargento? — Jack não escondeu a surpresa na voz. — Esqueça, certifique-se de que cheguemos todos lá, está bem? — Ele reconheceu o nome desse navio. O navio negro da Companhia, haviam dito.

A vida de um soldado é cheia de variedades. Há três horas atrás, eu era um subalterno entediado em serviço de guarda; agora eu estou indo além do alcance da civilização por dias ou talvez semanas.

— *Serangipatame* é um dos navios da Companhia das Índias Orientais que apoiam a Marinha Real nessa campanha. Ele tem oitenta anos, com dois mastros e um motor de setenta cavalos. O casco dele está perfurado para varreduras, e ele tem três canhões de doze libras em cada lado, um de seis libras virado para a frente e outro para a popa. — O comandante Marshall era de estatura média, mais forte do que largo e de um bronzeado tão escuro pelo sol que podia facilmente ter passado por um nativo do país. — Nós somos os olhos e ouvidos da frota, Segundo-Tenente; vamos à frente e vemos o que está acontecendo, tomamos os primeiros golpes do inimigo e relatamos quando encontramos algo importante, seja uma nova barricada, forças inimigas ou apenas um banco de areia.

Jack acenou com a cabeça. O *Serangipatame* parecia cheio de homens, mesmo sem os seus soldados. Marinheiros com roupas brancas estavam ocupados enrolando cordas ou esfregando o convés, trabalhando em um silêncio disciplinado que falava muito sobre o seu treinamento ou sobre a personalidade do seu comandante e dos três jovens oficiais que os supervisionavam. — Sim, senhor, e agora estamos seguindo o Bo Ailgaliutlo.

Marshall continuou como se Jack não tivesse falado. — O seu dever é seguir as minhas ordens. — Ele olhou fixamente para os soldados suados de Jack. — Onde o meu navio opera não há espaço para hesitação ou dissidência. Quando eu der uma ordem, você obedecerá instantaneamente. — As botas dele não fizeram nenhum som no convés branco enquanto ele passava e falava com o 113º.

— Vocês homens, o Segundo-Tenente Windrush é o seu oficial, e espero que façam o que ele diz. No meu navio, o seu dever é obedecer a todas as ordens dos seus oficiais. Qualquer outra coisa é motim, e no mar, enforcamos amotinados. Isso é tudo.

Jack piscou, a Marinha da Companhia fazia as coisas de forma diferente. Não havia nenhum fingimento. Ele verificou como os seus homens haviam reagido às ameaças. Eles pareciam despreocupados, com Wells observando os marinheiros no trabalho, o rosto de O'Neill tão expressivo como a teca birmanesa e até mesmo Coleman de pé em atenção como se Marshall não tivesse dito nada incomum. Só Thorpe parecia preocupado, com a boca trabalhando silenciosamente.

— Soldados, desçam até estarmos a caminho. — Marshall virou as costas e foi embora.

Felizmente, as chuvas acalmaram naquela noite. Um grupo de narcejas passou acima à medida que Marshall deu a ordem para zarpar e o *Serangipatame* entrou no rio largo. Por todo o lado, uma névoa fina deslizava através da água cor de lama e escondia a Pagoda Dourada de Rangum atrás de uma cortina úmida. Havia silêncio, exceto pelos insetos, pois os marinheiros trabalhavam com apenas um mínimo de ordens, cada homem sabendo sua tarefa e executando-a o mais rápido possível.

Agora que as chuvas estão abrandando, Godwin se vai preparar para marchar até Ava e derrotar o Tatmadaw – o exército birmanês - e aqui estou eu, subindo um rio com um marinheiro mal-humorado encarregado do meu futuro.

A fumaça do funil do *Serangipatame* se juntava à névoa crescente à medida que ele subia o rio com sua hélice criando espuma na água e sua passagem levantando ondas que batiam contra as margens em ambos os lados. De manhã cedo, pescadores e trabalhadores do campo de arroz pararam para assistir a este estranho navio, que se movia sem nenhum método aparente de propulsão, enquanto as aves gritavam suas chamadas raivosas acima.

— Olhe para isso. — Um tenente ruivo apontou para um par de búfalos que atravessavam um campo de arroz. — Aposto que fazem isso há dez mil anos, e aqui estamos nós passando num barco a vapor. Essa é a diferença entre nós e eles.

Jack se lembrou da passagem paciente dos rebanhos de gado de Herefordshire. — Às vezes penso que não somos assim tão diferentes — disse ele.

O tenente riu e estendeu a mão. — George Bertram. Bem-vindo a bordo.

— Jack Windrush.

— Eu sei, você liderou o ataque à Pagoda Dourada.

Jack gostou imediatamente do homem.

Em dez minutos eles estavam fora de vista de Rangum e subindo lentamente, com as margens uma mistura tediosa de selva e campos de arroz cultivado, variado por uma pequena ocasional aldeia cujos barcos de pesca balançavam com a passagem do *Serangipatame*. Duas vezes, homens emergiram da floresta irregular e apontaram mosquetes na direção eles, mas ninguém disparou, e o vapor continuou, deixando uma fina trilha de fumaça negra que gradualmente se fundiu com a persistente neblina matinal. Escombros eram arrastados ao longo do rio pela força da água, e uma vez o cadáver de um veado passou por eles.

Com o navio se movendo e um homem na proa usando uma guia para verificar a profundidade, o comandante Marshall enviou a maioria da tripulação para baixo, deixando apenas um punhado no convés.

— Os seus homens podem subir agora — disse ele a Jack. — Você vai querer que eles desfilem ou o que quer que os soldados façam. — O olhar dele nunca deixou o rosto de Jack, mas de repente ele gritou para o homem no alto para se lembrar de observarem a popa também.

— Vão ficar contentes com o ar puro. — Jack adivinhou que os homens estavam sofrendo em seus aposentos apertados abaixo do convés.

Marshall foi embora sem mais uma palavra.

O 113º fez fila no convés, coçando picadas de mosquito e se curvando sob vários tipos de equipamentos. Wells gritou para que ficassem em ordem, fez uma saudação a Jack e bateu em atenção. — Todos presentes e corretos, senhor: oito homens em parada.

— Estamos subindo o rio, homens — Jack lhes deu tantas informações quanto ele próprio sabia —, à procura de Bo Ailgaliutlo - o renegado que atacou o nosso acampamento e tentou matar o General Godwin. Nós não sabemos o que está esperando por nós ou para onde a trilha vai levar; só sabemos que vamos caçá-lo até que o apanhemos. Estamos muito adiantados em relação ao exército e sozinhos numa posição de honra. — Isso não era verdade, mas Jack achou melhor manter a moral elevada, aumentando a sua autoestima. — Os birmaneses não vão gostar de estarmos no território deles, e todos temos experiência da sua competência militar; são corajosos, teimosos e estão defendendo o seu país. Temos que estar preparados para tudo.

As expressões permaneceram estoicas, como convinha aos soldados britânicos.

— Certo, então vamos começar. — Jack ignorou o suor que já estava escorrendo pela sua espinha e molhando sua testa.

Ele marchou com seus homens para cima e para baixo no convés com suas botas pesadas batendo e os marinheiros sorrindo abertamente.

— Vá com calma no meu convés! — Marshall não levantou a voz. — Se houver arranhões, são vocês, soldados, que vão consertá-los.

O exercício de mosquete era o próximo, com os homens de pé na amurada apresentando e apontando para pontos nas margens do rio.

— Não dispare esses malditos mosquetes, Windrush. Não queremos alertar os birmaneses ou fazê-los retaliar.

— Apontem, mas não disparem. — Jack alterou as instruções e olhou para o tombadilho, onde Marshall estava assistindo. — Retiramos as munições mais tarde.

Ao meio-dia, o calor era intenso. O *Serangipatame* alterou a sua posição do centro do rio para o lado esquerdo.

— Vigiem aquela margem — ordenou Jack. — Fiquem alertas.

No meio da tarde, Marshall ordenou manobras que os fizeram entrar no que Jack presumiu ser uma bifurcação do rio. A água marrom se agitava à volta deles, transportando detritos rio acima.

— Essas árvores estão mais perto agora — disse Wells — os macacos podem cuspir em nós quando passarmos.

— Deixamos o rio Irauádi? — perguntou Jack a Bertram.

Quando Bertram sorriu, suas sardas se fundiram, e seu rosto parecia quase tão ruivo quanto seu cabelo. — Estritamente falando, Segundo-Tenente, estávamos no Rangum, ou em Yangon, como os birmaneses o chamam. Agora estamos em um dos afluentes do Yangon, o rio Pegu, mas ainda faz parte do delta do Irauádi. — Ele olhou para trás, onde Marshall estava de pé no minúsculo quarto de convés.

— O que devemos fazer? — perguntou Jack. — Como sabemos que Bo Ailgaliutlo veio por aqui?

— Só o comandante sabe — disse Bertram — e Deus. Ele deu um breve sorriso. — Se o comandante contou a Ele. — Ele olhou para o lado e brincou com uma das cordas que prendia um pequeno barco. — Acho que só sabemos metade da verdade de qualquer coisa, Windrush.

— Estamos perseguindo Bo Ailgaliutlo — disse Jack.

— Podemos estar — Bertram falou baixinho, com a cabeça virada enquanto inspecionava o equipamento a bordo do barco. — Nós também somos o que vocês no exército chamariam de a esperança perdida, a *verlorner hauf.* — Ele esperou pela resposta de Jack.

— O quê? — Jack não escondeu a sua confusão.

— Nós somos a *verlorner hauf*, como os alemães chamam; a facção perdida. — Bertram abriu o cofre na popa do barco e picou o pão duro como pedra. — Mas o comandante Marshall sempre volta.

Jack grunhiu. — O comandante Marshall sempre volta, mas e os seus homens?

Bertram se endireitou e olhou em direção ao tombadilho. O comandante estava lá, distante, digno e imóvel como qualquer um dos Budas dourados na Pagoda Dourada.

— Nem sempre — disse Bertram. Ele baixou a voz para um sussurro. — Muitas vezes não. Não dos lugares para onde o mandam.

— Você voltou — disse Jack.

— Eu voltei — concordou Bertram. — Mas os outros três oficiais na nossa última viagem não. — Ele voltou a olhar para a popa. — E perdemos a maioria dos fuzileiros, é por isso que vocês estão aqui.

— Não tenho certeza se entendi — disse Jack. — O General Godwin nos mandou atrás de Bo Ailgaliutlo.

— Ah, eu sei isso — disse Bertram —, e o comandante Marshall seguirá esse Bo até os confins da terra ou até os confins da Ásia mais escura, eu lhe garanto. — Ele baixou a voz. — Os métodos dele, no entanto, nem sempre são investigados. Esse é um navio da Companhia John — disse ele —, deveria ter fuzileiros navais da Companhia ou, pelo menos, infantaria, mas os seus comandantes se recusam a enviar homens sob o comando de Marshall. — Ele desviou o olhar enquanto falava.

— Isso é não é bom — disse Jack — quantos fuzileiros morreram na sua última viagem?

— Treze da sorte — Bertram testou as amarras do barco e foi para mais longe. — O comandante não gosta de conversa fiada. — Quando Bertram se moveu, ele parecia tão leve quanto um bailarino.

A novidade da selva e dos campos de arroz que passavam rapidamente empalideceu, enquanto a tripulação do *Serangipatame* se ocupava trabalhando no navio, os homens do 113ºcomeçaram a se inquietar com o tédio e o calor.

Mantenha-os ocupados, ou eles vão causar problemas; só Deus sabe quanto tempo essa expedição pode durar.

— Desfile extra! — gritou Jack. *Não sou um estudante para andar nas pontas dos pés, com medo de me mexer no caso de enfrentar a ira de um professor irritado da escola.* — Vamos, 113º! Todos para o convés! Quero um kit completo, incluindo mosquete e mochila!

Apenas sete homens resmungaram no convés. — Onde está o Thorpe? — Jack falou com Wells. — Traga-o aqui, sargento! — Jack sabia muito bem que Marshall estava observando do tombadilho. — O quero na parada daqui a três minutos!

Ao invés de esperar por Wells, Jack o seguiu abaixo do convés, com o calor úmido aumentando à medida que ele descia e o ar tão denso que ele lutava para respirar. Thorpe estava deitado na prateleira minúscula que usava como beliche, virado para cima com os olhos bem apertados e os punhos fechados em bolas. Ele usava apenas a camisa.

Jack grunhiu diante do seu estado despido. — Você tem dois minutos para se vestir e subir no convés, Thorpe!

Thorpe não disse nada.

O meu primeiro verdadeiro desafio disciplinar e está acontecendo num barco no meio da selva, sem apoio. Que diabos eu faço agora?

— Levante-se, Thorpe!

Jack agarrou a manga da camisa de Thorpe e o arrastou da prateleira. Apanhado de surpresa, Thorpe rugiu uma vez e caiu no chão.

Provavelmente estou quebrando todas as regras do livro.

— Para o convés! — Jack percebeu que estava tremendo, com raiva ou nervosismo ou uma combinação de ambos. — Mexa-se, seu preguiçoso! — Ele deu um pontapé no corpo de Thorpe. — Sargento, traga o uniforme e o equipamento dele!

Thorpe gritou e rolou de lado, então Jack lhe deu um pontapé firme no traseiro. — Vamos, Thorpe! — Ele chutou no mesmo lugar até Thorpe cambalear de pé e se inclinar para a frente, com Jack chutando cada vez que ele hesitava. — Mais rápido! Ele o empurrou pela curta escada até o convés.

Os outros homens do 113º estavam em pequenos grupos, vendo a cena acontecer.

— Atenção! — rugiu Jack. Ele arrastou Thorpe através do convés pelos cabelos e o jogou com força contra a amurada. — Você! Segure o mosquete acima da cabeça e ande para cima e para baixo do convés até que eu ordene que pare! Mexa-se!

Thorpe lhe deu um olhar assustado e obedeceu, com seus pés descalços batendo no piso de madeira quente e suas pernas nuas batendo contra a camisa, revelando várias partes dele de uma forma tão ridícula que, em outras circunstâncias, Jack teria rido.

— Mantenha ele se movendo, sargento. — Jack moderou a voz. — E se ele desacelerar, veremos se gosta do chicote. O resto de vocês... — Ele encarou os homens de repente subjugados — eu mesmo trato.

Com Wells gritando com o suado Thorpe, Jack fez os outros marcharem e manobrarem no convés, apresentando armas, se ajoelhando e apontando, de pé e apontando e marchando novamente enquanto o *Serangipatame* subia lentamente pelo rio lamacento.

O tempo todo ele sabia que Marshall estava no convés, assistindo, mas não disse nada. Jack o ignorou. Deixe que ele veja; *se ele tentar interferir com um oficial da Rainha cumprindo o seu dever, vai aprender que eu não sou um dos seus malditos marinheiros.*

Depois de apenas dez minutos, Thorpe estava fraco; depois de vinte, ele estava cambaleando ao longo do convés.

— Mantenha-o assim — rosnou Jack. — Levante essas pernas, Thorpe!

Só então Jack percebeu que havia mais alguém no convés ao lado do Comandante. Ela estava sentada numa cadeira de lona ao lado da amurada, assistindo a cena no convés. Assim que Jack encontrou seus olhos, ela virou o rosto, então ele viu seu perfil, com as maçãs do rosto altas e queixo determinado que o lembrou dos seus encontros anteriores em Rangum.

Que diabos está fazendo aqui, senhora, e quem é você para ser uma passageira num navio da Companhia John? Sem querer, Jack lhe deu um segundo olhar de lado.

— Thorpe! Levante essas pernas! Mexa-se, homem!

Deixe que a mulher pense o que quiser disso. Quanto mais Thorpe se movia, mais alto ele chutava suas pernas, mais sua camisa flutuava, revelando partes dele que Jack não tinha desejo de ver. Jack escondeu o sorriso. *Se aquela mulher escolheu entrar num navio cheio de homens, ela tinha que lidar com qualquer coisa que lá estivesse, incluindo as pernas de um homem.* Jack olhou sorrateiramente mais uma vez, a mulher ainda olhava para a popa do navio como se o que acontecia a bordo não fosse de interesse.

— Marque o tempo! — Jack levantou a voz, que ecoou das árvores de ambos os lados do rio. *Se alguns dacoits estiverem lá, não podem não ver o barco de qualquer maneira, por isso a minha voz não fará diferença.* — Homens, fixar as baionetas!

Ele gritou ordens até que estava rouco, trabalhou os homens até que eles estavam caindo, trabalhou-os até que eles obedeceram suas ordens sem duvidar ou sem pensar, se transformando em máquinas esgotadas. Ele viu Thorpe cair no convés e se encolher arfando.

— Levante-se, Thorpe! — Jack enfiou o dedo do pé da bota debaixo do quadril do homem e deu um empurrão forte. — Levante-se, homem!

— Ele já teve o suficiente, senhor — tentou Wells. — É o calor.

— Dane-se o calor! Ele é um soldado — Jack parou, ciente de que os seus homens o estavam observando pelo canto dos olhos. *O que estou fazendo? Vou matar o homem. Estou fazendo um espetáculo de bravura porque aquele marinheiro me irritou.* Ele respirou profundamente o ar úmido. — Atire um balde de água sobre ele, sargento, deixe que ele faça uma pausa e cuide dos homens. Parecem todos cansados agora.

Wells acenou com a cabeça. — Sim, senhor. — Ele parou por um momento. — Eles nunca o viram assim antes.

Jack escolheu ignorar a pergunta não respondida. *Nem eu. O que diabos estou fazendo?*

Não é aquele marinheiro, é aquela maldita mulher. Ela me deixou inquieto.

Wells jogou um balde de água tépida do rio sobre Thorpe e o cutucou com o pé. — Levante-se, Thorpey. — Se abaixando, ele agarrou o seu braço e o puxou para cima. — Agora vá se vestir decentemente como um soldado britânico e não como um miserável da pior parte de Brummagem.

— Lhe dê bastante água — aconselhou Bertram —, ou ele morrerá.

— Ouviu o oficial — Wells olhou para Jack, que acenou com a sua confirmação. — Beba mais água. Nada dessa cerveja e dessas bebidas podres que você coloca garganta abaixo, seu vadio!

— Fiquem à vontade, o resto de vocês — Jack sabia que Marshall não havia se mexido um centímetro. Sozinho no navio, ele parecia invulnerável ao calor, aos insetos voadores ou à fadiga. — Nós não sabemos que tipo de perigos estaremos enfrentando — disse ele —, então precisamos nos manter em forma e alerta. Dispensados.

Enquanto o 113º se enfileirava abaixo do convés, Marshall deu a ordem para que o *Serangipatame* desligasse os motores.

— Bem, estamos aqui — Wells olhou em volta —, onde quer que aqui esteja. Só consigo ver mais selva e campos de arroz e mais um desses templos birmaneses, senhor.

Jack viu a mulher aparecer ao seu lado. — O comandante Marshall pede que se junte a nós na sua cabine, Segundo-Tenente Windrush — disse ela.

CAPÍTULO DEZ

PEGU, OUTUBRO DE 1852

Jack concordou com a cabeça. — Estou contente por vê-la a bordo.

A mulher usava o mesmo casaco branco curto que havia usado em Rangum, mas com um longyi verde apertado em torno da cintura e uma orquídea brilhante colocada no cabelo. — O comandante Marshall pede que se junte a nós na sua cabine — repetiu ela.

Essa mulher não vai entregar nada.

— Então, me juntarei a ambos com prazer. — A reverência de Jack continha mais respeito do que escárnio.

— Por aqui. — Ela se virou sem mais uma palavra e começou a caminhar. Jack olhou brevemente para o deslizamento suave dos seus quadris dentro do longyi e olhou para longe novamente.

Não tenho tempo nem inclinação para distrações.

— Nós vamos à terra amanhã — Marshall começou a conversa mesmo antes de Jack ter se sentado na pequena mesa que era aparafusada ao convés —, eu, você, Myat Lay Phyu — ele acenou para a mulher — e tantos homens quanto você achar que será melhor para uma escolta.

Myat Lay Phyu - é um nome encantador. Lhe cai bem.

— Posso perguntar para onde vamos, senhor? Presumo que estamos à procura de Bo Ailgaliutlo e dos seus dacoits? — Jack manteve a voz nivelada e educada. — Se eu soubesse, me ajudaria a julgar quantos homens levar.

Marshall segurou seus olhos por trinta segundos antes de responder. — Estamos à procura do renegado, Bo Ailgaliutlo, Windrush. Myat Lay Phyu é a minha tradutora.

— Eu me perguntei por que ela estava no navio. — Jack estendeu a mão. — Como vai, Myat Lay Phyu? — Ele tropeçou nas sílabas do nome.

O toque dela era leve e firme. — Muito bem, obrigada, Segundo-Tenente Windrush. Como vai você? — O rosto dela era impassível. — Myat está bom, se não conseguir pronunciar o resto do meu nome.

— Você fala inglês muito bem — elogiou Jack.

— Você também — respondeu Myat. Ela puxou a mão e a dobrou ao lado da outra à sua frente. Mesmo com o seu casaco branco curto e longyi, ela não parecia tão deslocada como ele se sentia naquela cabine.

— Eu sou inglês — disse Jack.

— Eu sei — A expressão de Myat não se alterou.

Myat é a única mulher que eu sempre quis que gostasse de mim, e ela obviamente não gosta. Ela me trata como se eu fosse um palhaço.

— Agora as amabilidades estão completas; peço a ambos que prestem atenção. — Marshall mexeu alguns papéis na sua mesa imaculada. — Vamos atracar pouco depois do amanhecer. A essa altura, os locais terão tempo para se recuperarem da surpresa de nos verem aqui e terão chamado o chefe, seja qual for o seu nome. — Ele olhou para Myat.

— O nome dele é Bo Loung — disse ela, e ficou novamente em silêncio.

— Bo Loung — repetiu Marshall.

— Quanto tempo vamos ficar em terra? — Jack tentou calcular rações e água.

— Não sei — disse Marshall. — Vou falar com esse tal Bo Loung através da Myat e perguntar sobre o renegado Bo Ailgaliutlo. — Não havia expressão no seu rosto. — Esse é o meu dever. Também vou tentar convencer Bo Loung a apoiar os britânicos contra o rei de Ava. Essa escolha é minha. Ou ele se junta a nós, ou mandaremos uma expedição para destruir a sua pequena cidade. Essa é a realidade. — Por um segundo, Jack pensou ter visto um vislumbre de humor nos olhos frios de Marshall.

— Vejo que usamos sutileza na nossa diplomacia. — Jack desejou não ter falado assim que Marshall lhe deu um olhar gelado como granito.

— A força é a única coisa que essas pessoas entendem — disse ele rapidamente. — Eles são bárbaros infantis e, como todas as crianças, devem ser ensinados o certo e o errado.

— Sim, senhor. — Jack se perguntou se Myat gostava que Marshall chamasse o seu povo de bárbaros infantis. *Como ela aprendeu a falar inglês? Quem era ela?* — Eles certamente constroem alguns belos templos, senhor.

Marshall grunhiu. — Você precisa assegurar que tenho paz para falar com esse tal Bo Loung. Mantenha os seus conselheiros e não sei mais o quê longe – essas pessoas sempre têm uma horda de seguidores e puxa-sacos que se metem no caminho. Se alguém tentar interferir, detenha-os, custe o que custar. Alguma pergunta?

— Não, senhor. — Jack pensou se deveria se colocar em atenção ou apenas saudar. Em vez disso, ele acenou com a cabeça.

— Leve os homens que precisar. — Marshall se levantou. — Isso é tudo. Dispensados.

— Onde estamos, senhor? — Jack estava determinado a não agir como um jovem estudante.

— Estamos em Pegu. Dispensados. — Marshall era grosso. Pegu. Vou ver isso no mapa.

— CALMA — ordenou Marshall. Os marinheiros levantaram os remos, fazendo o barco seguir devagar para a margem do rio.

— Eles estão à nossa espera — disse Wells. Ele acenou para o grupo de homens que estava na margem do rio. Havia uma dúzia de guerreiros com casacos curtos e *longyis* escuros, com lanças na mão e dhas na cintura. No meio deles estava um homem vestindo um *longyi* fluído, até o joelho, com um tecido amarelo brilhante à volta do pescoço. O chapéu com pontas tinha uma cota de malha na parte de trás do pescoço.

— O homem robusto de amarelo é Bo Loung — disse Myat calmamente. — Por favor, lembre-se, comandante Marshall, que a nação de Pegu costumava dominar a Birmânia e não gosta de ser governada por Ava.

— Deixe a diplomacia comigo, Myat. Você está aqui para traduzir, não para dar conselhos. Windrush, certifique-se de que nenhum dos outros interfira.

Jack acenou. — Sim, senhor. — Ele levantou ligeiramente a voz. — Ouviram o Capitão, homens. Sigam-me, mas gentilmente. Essas pessoas não são nossos inimigos, mas ainda não sabemos se são nossos amigos.

Ele havia trazido todos os seus homens. Ele esteve tentado a deixar alguns deles no *Serangipatame*, mas decidiu que os marinheiros poderiam cuidar do navio. Se os peguanos se mostrassem hostis, ele precisaria de todos os mosquetes que conseguisse.

— Diga a ele que somos amigáveis — ordenou Marshall, quando os guerreiros ergueram as suas lanças. Outro corpo de homens correu para se juntar a eles, alguns com mosquetes.

— Prontos, rapazes — disse Jack suavemente — mas não disparem até eu falar.

Myat balançava na proa do barco, de frente para a costa. — *Min ga la ba —, disse ela.* — kama lo k'AW-ba-Deh Myat Lay Phyu.

Mesmo nessas circunstâncias, Jack percebeu que a admirava.

Bo deu um passo à frente e sinalizou para os seus homens ficarem quietos. Ele gritou algo, e Myat respondeu, com o nome "Comandante Marshall" incongruente entre as palavras birmanesas.

Houve uma pausa, e depois Bo respondeu.

— Bo Loung diz que você é bem-vindo para vir a sua cidade — disse Myat.

— Muito bom para ele — grunhiu Marshall. — Ou eu destruiria todo esse lugar.

Marshall saiu primeiro, à moda da Marinha, e depois Jack levou os seus homens para terra, mosquetes prontos para qualquer problema.

— Esse é o Bo Loung. — Myat apresentou o homem ornamentado, que fez uma graciosa reverência. — Ele é um chefe Pegu e tem direito a ser respeitado.

Jack respondeu a reverência do Bo enquanto Marshall acenava com a cabeça.

Uma mulher birmanesa sorridente se levantou e colocou uma grinalda de flores brilhantes sobre a cabeça de Marshall. O comandante fez um som impaciente até Myat o avisar que era um sinal de respeito.

— Onde vamos conversar? Pergunte a ele, onde vamos conversar? — Marshall foi tão abrupto para com o chefe Pegu como era com a sua tripulação. — E diga a ele para tirar esses puxa-sacos do caminho.

— É o nosso trabalho, rapazes. — Jack avançou à medida que os guerreiros peguanos se aproximavam do Bo. — Vamos, pessoal, deixem o comandante falar com o chefe em paz. — Ele empurrou gentilmente, sem efeito, até Myat falar com o Bo, que gritou uma ordem e seus guerreiros recuaram lentamente, olhos fixos em Jack e nos seus homens.

— Assegure-se de que eu tenha paz, Windrush — ordenou Marshall.

O Bo indicou uma grande cabana nas proximidades, com uma ampla varanda. Ignorando o bando de crianças nuas que sorriam e conversavam com ele, Marshall foi para dentro, com o Bo e Myat o seguindo.

— O que fazemos agora, senhor? — perguntou Wells.

— Esperamos. — Jack afastou os mosquitos que já se reuniam à volta da sua cabeça.

E fornecemos comida para os insetos. É essa a minha função agora? Ficar de guarda enquanto um comandante da Companhia John tenta intimidar um chefe birmanês a nos ajudar?

Mais crianças invadiram a varanda para olhar aqueles homens estranhos com roupas estranhas. Wells tentou ignorar um *chokerah* um pouco persistente que puxava a perna das suas calças, ele deu uma leve palmada no ombro do garoto e depois partiu um biscoito do exército ao meio e lhe entregou isso em vez de dinheiro. O garoto se retirou com o seu tesouro e o roeu, observando Wells através de olhos enormes. Um dos seus companheiros, com pouco mais de dez anos de idade, acendeu um charuto tão longo quanto o seu braço e deu uma grande tragada.

As vozes dentro da cabana se ergueram e caíram, com a de Marshall dominando. Jack ouviu o tom calmo de Myat enquanto o suor escorria pelo seu rosto e encharcava a sua camisa.

— Esses safados estão se aproximando um pouco — Wells indicou os homens da cidade. — Quer que os afugente, senhor?

Os guerreiros que haviam estado com Bo Loung haviam se juntado a muitos mais, e havia cerca de cinquenta homens reunidos entre as cabanas, a apenas trinta metros do 113º. Eles falavam entre si, gesticulavam para os britânicos e ocasionalmente apontavam as dhas que usavam. Cerca de metade carregava lanças ou mosquetes.

Wells apertou os olhos em direção aos homens. — Eles estão carregando mosquetes da Torre, senhor, pelo que parece, nossas próprias armas exportadas para serem usadas contra nós.

— Então eles sabem sobre mosquetes — disse Jack. — Faça dois homens apontarem acima da cabeça deles, mas não disparem ainda.

— Desculpe, senhor, mas talvez eu possa afastá-los sem ameaças. — Wells parecia quase arrependido. — Sei algumas palavras de birmanês, se lembra.

— Tente se quiser — disse Jack — mas tenha cuidado. — Ele assistiu enquanto Wells colocava o mosquete sobre o ombro e caminhava, aparentemente casual, em direção aos birmaneses reunidos. Quando ele estava a cerca de quinze passos de distância, parou, apertou as mãos como se estivesse prestes a orar e fez uma reverência antes de dizer meia dúzia de palavras em birmanês.

— Fiquem prontos, rapazes — disse Jack suavemente. Ele colocou a mão sobre a coronha do revólver, preparado para desembainhar e disparar se a multidão se mostrasse hostil. Em vez disso, eles pareciam mais surpresos por Wells conhecer a sua língua.

Um homem com o turbante completo, que Jack acreditava ser uma pessoa rica, avançou. Seu dha era mais longo do que a maioria, enquanto um charuto estava empurrado no buraco feito através do lóbulo da sua orelha esquerda.

— Se ele puxar a espada — Jack falou em voz baixa para O'Neill —, derrube-o, mas tenha cuidado para não atirar no Wells. — Ele acenou com a cabeça para Coleman e Thorpe. —

Fiquem de vigia do outro lado da cabana. Não confio na pontaria de vocês.

Não confio que não apontem para o seu sargento.

Wells e o birmanês estavam envolvidos em uma conversa que incluía muita gesticulação e, do lado de Wells, menos palavras. Depois de alguns momentos, tornou-se evidente que o birmanês não era hostil.

— Ele é um homem decente — disse Wells por cima do ombro. — Ele é peguano e não birmanês, e não tem amor pelo rei de Ava.

— Vocês ficam aqui — decidiu Jack. — O'Neill, você vai agir como cabo, Deus nos ajude. Mantenha-os sob controle, sem disparos a menos que sejamos atacados, e sejam agradáveis com os peguanos amigáveis.

Um menino fugiu da multidão birmanesa, sorriu para Jack e empurrou uma manga para O'Neill.

— Cuidado com o *chokerah* — avisou Wells — ele é filho desse homem.

O'Neill se ajoelhou e aceitou a fruta, entregando uma moeda em troca. — É muito gentil da sua parte, jovenzinho. — O seu sotaque irlandês parecia combinar estranhamente com esse lugar exótico.

O garoto deu um sorriso largo, escondeu a moeda dentro do avental e fugiu. Jack não resistiu um sorriso.

— Vejo que está fazendo amizade com os locais. — Mais uma vez, Jack não tinha visto Myat aparecer. Ela estava do lado de fora da cabana, imóvel como qualquer estátua de Buda.

— O sargento Wells tem tudo sob controle — concordou Jack.

Myat surpreendeu-o com um pequeno sorriso. — Você tem um bom sargento.

— A conversa correu como esperado? — Jack sabia que Marshall não lhe diria nada.

— O Bo nos informou que um chefe dacoit havia passado

por aqui — Myat foi mais aberta. — Ele não sabia se era Bo Ailgaliutlo ou não. — O sorriso dela era pequeno, mas parecia envelhecê-la. *Que idade tem essa mulher? Ela não é tão jovem como eu havia pensado no início. Ela é, sem dúvida, mais velha do que eu. Na Birmânia, é rude perguntar a idade de uma mulher.* — Ele ficou contente por ver o chefe passar sem o molestar.

— Quantos soldados? — perguntou Jack.

Quando Myat balançou a cabeça, o seu cilindro de cabelo acompanhou o movimento. — Ele não contou. Ele disse que eram muitos. — Ela olhou para o sargento Wells e para o fino cordão de casacas vermelhas, seus olhos estranhamente perturbados. — Muito mais do que você, Segundo-Tenente.

Um soldado britânico vale dez estrangeiros e vinte franceses.

— Tenho certeza de que podemos lidar com eles.

— Por favor, que isso não aconteça — disse Myat, e acrescentou: — Seria melhor se Buda estivesse com você. — Ela estendeu a mão, a palma para cima. — Levarei as estatuetas de volta ao templo para a sua paz de espírito.

— Você deu o seu melhor — aprovou Jack —, mas a minha mente está bastante tranquila, obrigado, e eu preciso deles.

— A sua vida e a dos seus soldados são mais importantes do que a riqueza ou os bens mundanos. — A expressão de Myat não se alterou.

— Sou responsável pela minha vida e pelas fortunas da guerra, e não é o sorriso de Buda que decide o destino dos meus soldados. — Jack sentia que uma raiva não habitual se apoderava dele. *Que direito essa mulher tem de me dar sermões?*

O aceno de Myat foi gracioso e inesperado. — Estarei pronta quando você reconsiderar — disse ela —, mas você está longe da Inglaterra. Em Pegu, os ensinamentos de Buda têm mais poder do que a busca da riqueza.

— Nem tudo é riqueza, raios! — Jack quase gritou as palavras enquanto Myat acenava com a cabeça novamente.

— É claro, Segundo-Tenente Windrush. — Apesar da sua

expressão não se alterar, Jack sabia que ela o estava repreendendo.

Jack enfiou as mãos nos bolsos e sentiu o ouro das estatuetas. *Esses são meus e continuarão assim. É direito de um soldado manter os despojos de uma dura batalha.*

Não é?

Ele lutou contra as suas dúvidas.

— A maior riqueza é uma mente pacífica — disse Myat seriamente. — Nascemos de novo a cada dia e o que fazemos hoje é o mais importante.

— Que diabos isso quer dizer, Myat?

— Significa que os erros de ontem podem ser cancelados pelo bem que fazemos hoje. — Ela acenou com a cabeça novamente, segurou seu olhar por um longo segundo e caminhou com passos curtos e graciosos em direção a Wells e a multidão de peguanos.

— Windrush! — ladrou Marshall. — Estou voltando para o navio. Assuma o comando.

Jack concordou com a cabeça. Ele era apenas um espectador enquanto três anciãos dignos davam ordens que viram uma multidão de pessoas se reunirem. Eles vieram em um e dois, em pequenos grupos e famílias inteiras, todos falando e rindo, brincando enquanto falavam com os homens do 113º. Jack observou enquanto ambos os grupos conversavam alegremente; o fato de que nenhum deles sabia uma palavra da língua do outro não parecia importar. *Soldados britânicos são assim mesmo.*

O som dos tambores o fez pegar seu revólver até Wells balançar a cabeça. — Está tudo bem, senhor. As pessoas estão montando uma *pwe* para nós, uma espécie de peça.

Não havia palco e nem luzes, e aparentemente não havia ensaios. A multidão simplesmente se abriu para revelar um grupo de homens e mulheres com trajes vistosos, com dois atores principais fazendo gestos tão dramáticos como qualquer coisa em um teatro de Londres.

— Olhe para a multidão, senhor; metade de Pegu deve estar aqui. — Wells estava sorrindo.

Jack concordou com a cabeça; os homens do 113º eram uma ilha escarlate no meio de um mar de birmaneses. Homens e mulheres juntos, conversando animadamente enquanto uma orquestra de instrumentos que Jack não reconhecia, tocava alegremente ao fundo. O ar cheirava a alho.

— Onde está Myat? O que está acontecendo?

— Estou aqui, Segundo-Tenente Windrush. — Myat emergiu da sombra de Wells. — As pessoas de Pegu organizaram essa pwe para vocês. Seria indelicado não assistir. — Ela deu outro sorriso fraco. — Os soldados podem até gostar do espetáculo.

Quando uma jovem dançarina apareceu ao lado dos dois artistas, Jack concordou que os soldados poderiam muito bem desfrutar do show. Ciente de que aquilo poderia ser uma armadilha elaborada, ele se manteve de guarda diante da multidão, mas todos estavam olhando para a dançarina. Não havia mosquetes à vista, e os poucos homens com dhas estavam assistindo a performance.

— A maior meditação é uma mente que se liberta.

Ele ouviu as palavras de Myat mesmo através da conversa da multidão e se forçou a observar a dançarina. Ela era magra como todas as mulheres birmanesas aparentavam ser, com seios minúsculos e quadris flamejantes por baixo de um longyi escarlate. Ela girava ao som do que pareciam ser gaitas-de-foles, saltando no ar e pousando ao bater dos tambores. Todos os soldados se concentravam na jovem.

Eventualmente, a música atingiu o clímax. O rosto da jovem estava branco com pasta de *thanaka* que protegia a pele do sol e rígido de concentração. O 113º estava em uníssono com a multidão de Pegu, torcendo diante dos movimentos rítmicos da dançarina; eles faziam parte dessa pwe, assim como ele. Jack deixou a atmosfera inundá-lo. Quando a jovem se virou e balançou o traseiro com o ritmo pulsante, os homens dos 113º vibraram em voz alta. *Me pergunto se Myat consegue fazer isso.* Jack descobriu que estava sorrindo, à procura dela na multidão.

Seus olhos se encontraram, brevemente, e ele olhou para longe antes dela. Então a música mudou novamente, a jovem saiu diante dos aplausos apreciativos do 113º e a multidão voltou para a frente.

Um grupo de homens cercou Jack, quase carregando-o em seu entusiasmo para fazer amigos.

— Beba! — Um homem tropeçou na estranha palavra inglesa enquanto enfiava um copo de madeira cheio de algo na mão de Jack. Ele o segurou à distância até que o homem pegou o copo de volta, bebeu, sorriu e o devolveu.

— Obrigado — disse Jack. O gosto era bastante doce. Ele bebeu mais. Ele permitiu que o homem o escoltasse para dentro de uma cabana, onde postes de teca nus seguravam um telhado de palha e bambu cobria o chão. Outros homens pressionaram mais perto, falando alto, oferecendo-lhe frutas e bebidas, sorrindo, conversando e tão obviamente desejando provar a sua amizade, que ele relaxou. Ele se sentou com as pernas cruzadas no chão ao lado dos outros, respondendo em inglês quando eles falavam em birmanês, mas de alguma forma, a língua não importava. Ele estava entre amigos. Ele bebeu mais do líquido doce e riu em voz alta.

A música da pwe continuou a reverberar na cabeça de Jack. Ele bebeu mais e sorriu enquanto seu amigo peguano enchia o copo, e depois viu Myat na porta aberta falando com um homem mais velho e acenou para ela. Ela acenou para ele e se aproximou, com os homens se movendo para dar espaço. Myat provou a bebida no copo dele.

— É muito doce — Jack ouviu o efeito das suas próprias palavras.

— É feito de cana-de-açúcar — disse Myat.

Jack bebeu mais. — A maior meditação é uma mente que se liberta. — Ele repetiu as palavras dela.

Myat se levantou e Jack assistiu enquanto ela se afastava. Ele queria alcançá-la e puxá-la de volta, sua mente cheia de imagens que ele havia reprimido por anos e outras que ele nunca havia conhecido antes.

— Myat...

Ela não respondeu.

— Myat...

Ela havia desaparecido. Havia apenas homens birmaneses na cabana e dois soldados dos 113°, juntamente com um punhado de mulheres em *longyis* baratos e sandálias; seus cabelos pretos pendurados frouxamente e bocas abertas exibindo dentes vermelhos manchados com suco de frutas.

Meu Deus, o que estou fazendo? Sou um oficial britânico que se associa a enlistados e mulheres de baixa moral.

Jack lutou para se levantar, derramando o conteúdo do copo. — Com licença — disse ele —, preciso ir. — Ele tropeçou da cabana para a escuridão da noite. — Sou uma visita aqui — disse ele à primeira pessoa que encontrou.

Myat concordou. — Eu sei — disse ela. Os olhos dela sorriram para ele.

CAPÍTULO ONZE

PROVÍNCIA DE PEGU, OUTUBRO DE 1852

De Pegu eles foram em direção ao norte, mais fundo para dentro da Birmânia com a paisagem crescendo mais selvagem a cada quilômetro. Todos os dias eles paravam em alguma aldeia, com Marshall conversando com o chefe enquanto Jack e os seus homens atuavam como acompanhantes num procedimento que se tornou tão familiar até virar rotina.

— Bo Ailgaliutlo tem uma prisão a apenas três dias de marcha daqui. — Marshall saiu da cabana com o que poderia passar por um sorriso no rosto. — Podemos estar lá em dois dias pelo rio. — Ele olhou para o céu. — E depois destruímos a ele, homens e garotos, e queimamos a barricada até o chão.

— Sim, senhor. — Jack se lembrou da artilharia e dos grupos de assalto para o Piquete da Casa Branca e se perguntou como Marshall pretendia capturar uma barricada realizada por dacoits birmaneses tenazes com um punhado de soldados de infantaria britânicos e a tripulação de um único navio da Companhia John.

— Dois dias para chegar até eles — repetiu o comandante Marshall —, dois dias para destruir o local, outro para enforcar os prisioneiros e uma semana para voltar a Rangum. Voltaremos dentro de quatorze dias, o mais tardar.

E depois? De volta a ser um oficial exilado sem perspectivas, enquanto o General Godwin lidera o principal exército britânico para se gloriar contra o rei de Ava.

Jack olhou para a sombria selva de bambu enquanto um macaco berrava para ele do seu poleiro em um galho alto. *Só a presença de Myat fazia essa campanha valer a pena.*

Os tambores começaram antes do amanhecer, tão silenciosos que Jack mal reparou. Eles vinham da densa selva das colinas Yoma de Pegu, que se estendiam ao norte até onde ele podia ver, ecoavam ao longo das margens escuras do rio e invadiam tudo o que ele fazia. Quando os primeiros feixes de luz cinzentos e verdes foram filtrados através das árvores, eles eram audíveis até mesmo ao menos sensível dos homens, até que Coleman cutucou O'Neill com uma pergunta sussurrada.

— Está ouvindo, Paddy? Acho que são os birmaneses.

O'Neill girou os olhos e virou a cabeça para o lado. Ele colocou uma mão sobre a orelha. — Claro que consigo ouvir, Coley, todo o maldito navio consegue ouvir.

— Silêncio, rapazes! — disse Wells, e os tambores invadiram novamente, latejando durante aquela manhã enquanto o *Serangipatame* subia rio acima com o 113º no convés, espantando mosquitos à medida que o suor molhava suas roupas e escorria para dentro dos seus olhos.

— Fiquem atentos, rapazes. — Soltando o revólver no coldre, Jack espreitou a selva, esperando ver um dos tocadores de tambor.

— Você não vai vê-los — Myat parecia ler a mente dele. — Eles podem nos ver, mas nunca os veremos.

— Quem são eles? As forças do rei? — Jack podia quase sentir os olhos predatórios sondando-o à medida que o navio subia pela correnteza.

— Talvez, ou talvez um bando de dacoits. Pode ser qualquer um.

— Mantenha os seus homens alerta, Windrush. — A voz de Marshall era tão baixa como sempre.

— Sim, senhor.

O rio se dividiu em uma sucessão de curvas, cada uma mais apertada do que a última, com Marshall dando ordens precisas ao timoneiro para se manter no centro do canal.

Um marinheiro passou por Jack e jogou uma corda pesada para o rio, puxou-a e começando a cantar a profundidade.

— Um quarto da velocidade — ordenou Marshall, e o *Serangipatame* foi mais devagar.

— Cuidado agora, rapazes. — Wells armou o mosquete. — Esse é o tipo de lugar que os dacoits podem escolher — Um macaco gritou das árvores, acompanhado por um grupo de outros.

— Malditos macacos. — Graham apontou o mosquete para um e fechou o olho esquerdo. — Bangue, bangue.

— Carreguem suas armas — ordenou Jack, e viu o alívio no rosto dos seus homens enquanto eles derramavam pó e balas pelos barris dos mosquetes e adicionavam a tampa de percussão. Ele começou a caminhar pelo comprimento do navio, com uma mão no revólver.

O som dos tambores aumentou, ecoando através das árvores.

— Postos de batalha — ordenou Marshall — generosamente!

Os marinheiros correram para as suas armas e ficaram alertas enquanto a fumaça do funil do *Serangipatame* passava espessa pelo convés.

O marinheiro continuou a cantar a profundidade como se nada mais estivesse acontecendo. — Quatro braças, fundo lamacento.

Os tambores continuaram a bater, mais alto agora como se

estivessem em competição com o barulho invasivo do motor do *Serangipatame*. Jack vacilou quando um pássaro colorido explodiu das árvores.

— Três braças e meia, fundo lamacento.

— Logo depois da próxima curva, homens, há uma aldeia amigável. — Era tão incomum para Marshall dar qualquer informação, que Jack sabia que os tambores persistentes deviam estar perturbando até mesmo a ele.

Não havia nenhuma aldeia ao redor da próxima curva ou a outra depois disso; apenas a selva; espessa, emaranhada e hostil. Trepadeiras se penduravam sobre o rio, com alguns arrastadas pela corrente. Um veado os observou por um segundo antes de desaparecer na vegetação. Havia outra coisa lá também. No início, Jack não tinha certeza do que era, macaco ou humano, mas quando olhou, viu que era um homem, ou melhor, um jovem, tão tatuado que parecia se fundir com a selva.

— Sinto cheiro de fumaça, senhor — voluntariou Thorpe. — Não é fumaça do funil. Algo está ardendo à frente.

— Obrigado, Thorpe — disse Jack. A fumaça tinha um cheiro diferente, mais acre, mais forte, misturado com algum odor que ele reconhecia, mas que não conseguia identificar.

— Carne — disse Myat — é cheiro de carne cozida. Eles fizeram um banquete para nós.

— Carne humana — disse Wells, discretamente. Ele passou as mãos sobre o estoque do mosquete. — Já senti isso antes.

Eles dobraram a curva seguinte e a aldeia ficou à vista. Era um típico assentamento ribeirinho birmanês com uma série de cabanas pontudas e meia dúzia de barcos afiados puxados para cima na lama, exceto que cada casa estava em chamas, e os barcos estavam furados e afundando. Empilhado na borda da água estava um monte de cadáveres, ardendo e acendendo dentro de um círculo de chamas.

— Jesus! — Knight levantou o mosquete.

— Jesus deve ter olhado para o outro lado — Wells olhou para Jack. — Vamos até lá, senhor?

Isso depende do Comandante.

— Siga em frente, timoneiro. — Marshall deu a aldeia apenas um único olhar.

— Pode haver alguém vivo, senhor — sugeriu Jack. — Talvez possamos ajudá-los.

— Eles não podem nos ajudar. — Marshall se curvou o suficiente para explicar.

A fumaça da aldeia se fundiu com a do navio enquanto eles passavam.

— Pode haver um sobrevivente, ferido...

Marshall não respondeu. O *Serangipatame* virou na curva seguinte e a paisagem se alterou com figueiras em meio a campos pantanosos de arroz em uma margem e floresta irregular na outra.

— Esses campos não serão cuidados, então — disse Wells.

— Porque, sargento? — perguntou Coleman.

— Não há mais ninguém para cuidar deles. — Wells apontou com a cabeça na direção da aldeia. — Os dacoits mataram todos. — Os tambores os cercavam, batendo em seus ouvidos, reverberando do casco do navio.

— Onde estão eles? — Thorpe lambeu os lábios com uma língua seca. — Por que não atacam?

— Eles vão atacar — disse Wells. — Quando estiverem prontos e pensarem que não estamos.

— Vamos ancorar no meio do canal essa noite — Marshall deu a ordem. — Mantenha os sentinelas informados, Windrush. Os dacoits podem tentar atacar no escuro.

— Eles estão em todo lugar — disse Knight —, estão ao nosso redor.

— Há algo no rio, senhor — gritou o marinheiro no mastro —, é uma espécie de barco.

— Atenção! — gritou Marshall. — Devagar, homens com sabres para a frente.

— Prontos, homens — ecoou Jack. Ele tirou o revólver do coldre enquanto meia dúzia de marinheiros passavam, cada um segurando um sabre.

O Serangipatame diminuiu.

— Aí está — apontou o Tenente Bertram. — É uma jangada, senhor, com alguém nela.

— Ganchos — ordenou Marshall —, tragam ele até aqui.

— Mantenham-se alertas, homens — ordenou Jack. — Isso pode ser um truque.

A jangada tinha cerca de dois metros quadrados com um homem deitado em cima. À medida que a corrente trouxe a jangada até o lado do navio, Jack viu que o homem estava completamente nu, com as mãos e os pés amarrados às tábuas de bambu. Um marinheiro prendeu a jangada e ela balançou ao lado do *Serangipatame*. O homem olhava para cima sem enxergar.

— Ele está morto, senhor — disse o marinheiro.

— Solte-o — ordenou Marshall.

O marinheiro libertou o barco e a jangada retomou a sua viagem solitária. Os tambores continuaram, zombando do punhado de marinheiros e soldados britânicos.

Apesar do calor abrasador, Jack tremeu durante a noite. Os sons da selva sempre pareciam mais altos no escuro, o grito de animais invisíveis e pássaros desconhecidos eram sinistros, como se fossem de uma alma torturada para além da resistência.

— Sentinelas duplas, sargento — disse ele. — Não quero os homens sozinhos essa noite. — Ele sabia que não precisava explicar a sua decisão.

— Eles estarão cansados amanhã — Wells se aproveitou da sua clemência.

— Eles terão mais chances de estarem vivos amanhã! — Jack se virou e se afastou abruptamente.

Ele se jogou no cubículo sufocante que era mais como um caixão do que uma cabine. *Sou brando demais com esses homens. Se eu não mantiver uma distância adequada para manter a minha autoridade, eles vão se aproveitar de mim. Devo ser motivo de riso.* O lapso do dever em Pegu ainda o preocupava. *Espero que os homens não tenham me visto bêbado.*

A cama estava úmida com o suor do engenheiro com quem ele a compartilhava, e o som agudo dos insetos perturbava suas tentativas de dormir. Pensamentos e imagens se moviam pela sua mente, desde os cadáveres empilhados na última aldeia até o constante bater dos tambores.

O grito penetrou na confusão da sua mente, o fazendo se sentar com um susto.

— Pare e se identifique!

Jack estava na porta da cabine antes de perceber que não tinha espada nem pistola. Quando virou as costas, ouviu o barulho de um mosquete, e depois outro.

— Para trás, seu cão do inferno! Volte para a selva, maldito!

Quando Jack chegou ao convés, não havia nada para ver. O'Neill estava recarregando, enquanto Armstrong espreitava a escuridão perigosa.

— O que aconteceu aqui?

— Havia algo na água. — O'Neill testou o martelo do seu mosquete. — Podem ter sido dacoits, ou não, mas achei melhor deixar que vissem que estamos prontos para eles.

Marshall apareceu no convés. — Chamem todos. Windrush, coloque os seus homens no convés. — Como sempre, ele falava baixo, mas suas palavras eram ouvidas por todo o navio.

— Lanternas — ordenou Marshall. — Bertram, coloque lanternas em postes longos e pendure-as nos lados.

A escuridão parecia pressioná-los, densa, úmida e viva com

o som dos insetos. Uma a uma, Bertram acendeu lanternas e as pendurou nos mastros, assim, uma auréola de luz iluminou o *Serangipatame*; ele era um navio fantasma preso em um círculo de noite predatória.

— Agora eles podem nos ver — Wells ficou em atenção na amurada do navio —, mas nós não podemos ver porcaria nenhuma.

— Estamos atraindo todas as mariposas e bestas voadoras da Birmânia — disse Coleman.

Por alguns momentos, Jack não percebeu o silêncio; ele simplesmente sabia que algo havia mudado.

— Eles pararam — a voz de O'Neill quebrou o silêncio. — Os tambores pararam. — Apenas os sons da natureza permaneceram, assustadores em sua variedade e intensidade, enquanto insetos e criaturas noturnas competiam para tornar a noite hedionda.

— O que isso significa? — perguntou Thorpe — Talvez eles tenham ido embora?

A luz da lanterna refletiu no cabelo de Myat quando ela apareceu no convés. Ela falou com Marshall. Ele acenou com a cabeça e levantou um pouco a voz. — Homens às armas.

— Ali! — gritou Bertram. — Barcos de guerra - dezenas deles!

Eles apareceram no círculo de luz, barcos longos, de proa alta, cheios de guerreiros, cada um com homens musculosos remando o rio até formar uma espuma branca de fúria.

Meu Deus, há muitos deles.

— Apontem para o primeiro barco — ordenou Jack. — Fogo! — Dez mosquetes atiraram. — Recarreguem, o mais rápido que Cristo permitir. — Ele não olhou para ver o resultado, mas se encolheu quando a equipe de tiro ao seu lado disparou. O som era chocante, os resultados terríveis, enquanto uma carga de balas caía diretamente no segundo barco de guerra birmanês. A carnificina foi imediata, com homens mortos e feridos atirados para trás e para frente, armas e torsos desmembrados lançados no ar. Por um segundo, Jack viu uma cortina de sangue que decorou a água.

— Essa é para vocês, seus desgraçados! — A voz de O'Neill soou através dos gritos e berros dos feridos.

Uma lança bateu no convés ao lado de Jack e um marinheiro gritou, arrancando a flecha que apareceu miraculosamente no seu braço.

— Eles estão nas árvores acima de nós! — gritou Jack. — Wells, você e o O'Neill se concentram nas árvores, e os outros nos barcos de guerra.

— Um quarto de velocidade à frente, ordenou Marshall. — Bertram, coloque um homem nos arcos com uma linha.

O *Serangipatame* balançou enquanto acelerava, ficando à frente dos finos barcos de guerra que se amontoavam. Um barco de guerra tentou ultrapassar e embarcar, mas Marshall alterou o curso e o *Serangipatame* o atingiu na meia-nau e o partiu em dois. Jack viu pedaços de destroços e homens gritando em ambos os lados do casco, com marinheiros e soldados disparando contra os sobreviventes.

— Mantenham-os à distância! — disse Jack. — Fogo de salva é melhor; seis tiros para um barco são mais úteis do que tiros soltos para meia dúzia deles. — Aquele barco ali! — Ele indicou um navio que se aproximava rapidamente dos arcos. — Deem uma salva!

Jack se encolheu quando uma bola de canhão birmanesa atingiu a amurada e outra levantou uma placa de madeira do convés. A luz da lanterna refletiu na fumaça nebulosa de pó que se espalhou no seu rastro.

Outros dois barcos birmanês apareceram no círculo de luz, e por um segundo, Jack viu um pesadelo de homens rígidos, fortes e vestidos de tangas e turbantes simples, remando vigorosamente enquanto um grupo de guerreiros gritava brandindo dhas, ou disparavam longos mosquetes em direção ao *Serangipatame*.

O homem que estava no arco do barco principal usava um casaco outrora escarlate que havia virado um rosa sujo. Por um instante, ele olhou diretamente nos olhos de Jack, e apesar da neblina de fumaça de pó e da luz cintilante da lanterna, Jack sabia que aquele era Bo Ailgaliutlo. Aquele homem não tinha nenhum traço de medo; os seus olhos eram aguçados e vivos como se ele apreciasse o encontro com um navio da Honrosa Companhia e o seu contingente de soldados britânicos.

— Aquele barco! — Jack apontou diretamente para Bo Ailgaliutlo — E aquele homem. Disparem uma salva.

Mas o renegado tinha outros planos. Ele gritou algo e os homens com mosquetes no seu barco de guerra dispararam uma salva. Os mosquetes, birmaneses e britânicos, se encontraram, e duas das lanternas britânicas explodiram em mil fragmentos de vidro.

— Ele está apagando as luzes — gritou Jack. — Disparem outra salva!

— Não consigo vê-lo, senhor. Onde ele está? — gritou Graham.

Jack xingou. O renegado havia puxado o seu barco de volta para a escuridão. — Ouçam os remos — ordenou ele.

Só a onda constante do rio e o pulso dos motores perturbavam o silêncio. Os tiros de mosquete haviam parado os sons noturnos habituais do rio.

— Eles fugiram — gritou Coleman. — Ganhamos! — Ele começou a aplaudir até Wells o calar.

— Duas braças — soou a voz do marinheiro, como provavelmente havia feito durante todo o encontro.

— Bertram, substitua as lanternas quebradas. Homens, mantenham as armas. — A voz de Marshall soou.

— Eles estão lá fora, à espera — Wells espreitou para o escuro. — Consigo sentir o cheiro deles. — Ele levantou ligeiramente a voz. — Certifiquem-se de que estão todos carregados e prontos, rapazes. Os dacoits ainda não acabaram conosco.

— Qual será o próximo passo deles? — perguntou Jack.

— Não sei, senhor — disse Wells. — Nunca havia visto dacoits atacarem um barco bem armado antes. As táticas típicas deles são assassinar sentinelas ou grupos de forasteiros, queimar aldeias e roubar viajantes. Esse Bo Ailgaliutlo é diferente de qualquer outro que eu tenha encontrado antes. Eles dizem... — Ele desviou o olhar rapidamente e recaiu em silêncio.

— Dizem o quê? — perguntou Jack. — Eles dizem o quê, Wells, e quem são eles?

— Nada, senhor — Wells estava estranhamente hesitante.

— Desembuche, homem! — Jack olhou ao redor. — Qualquer informação pode ajudar e se apresse antes que eles voltem.

— Ouvi dizer que esse Bo Ailgaliutlo era um soldado britânico, senhor — disse Wells — isso é tudo.

— Já adivinhamos isso. — Jack não escondeu a irritação. — Você sabe de algo mais, Wells?

— Foi só uma coisa que ouvi numa das aldeias, senhor. O senhor sabe que eu falo um pouco de birmanês. — Wells desviou o olhar. — Bem, senhor, os birmaneses numa destas aldeias em que estávamos dizem que Bo Ailgaliutlo era um oficial britânico, não apenas um soldado ou mesmo um sargento.

— Meu Deus! — Jack não conseguiu evitar sua exclamação de surpresa.

Um oficial? Um cavalheiro? Os cavalheiros ingleses não fazem esse tipo de coisa. Eu estaria preparado para acreditar que um enlistado poderia se juntar ao inimigo, mas não um oficial.

Enquanto Jack se afastava, o Buda no seu bolso parecia duas vezes mais pesado do que antes. *Os cavalheiros ingleses também não devem roubar e nem pilhar, mas agora sei que fazem isso.*

— Obrigado, sargento. — Jack tentou esconder qualquer expressão da sua voz.

— Uma braçada e meia — informou o marinheiro.

— Devagar em frente — ordenou Marshall, um instante antes do *Serangipatame* esbarrar em algo no rio.

O choque da colisão derrubou a maioria das pessoas no convés, com engrenagens soltas chocalhando para a frente e uma corda no alto se partindo com um barulho violento.

— Estamos encalhados! — gritou Bertram.

— Jesus do céu! — blasfemou Knight. — O que aconteceu?

— São os birmaneses — gritou Thorpe.

Em seguida, os tambores começaram novamente, um rugido estrondoso que veio de todos os lados, acompanhado por um canto alto que levantou os cabelos da nuca de Jack.

Os motores do *Serangipatame* aceleraram, emperrando ainda mais o navio no que quer que ele tivesse atingido. — Parar os motores; verificar os danos abaixo. — A voz de Marshall atravessou o clamor. — Disparem a artilharia de proa, preparem-se para repelir os invasores! — As suas ordens vieram numa procissão rápida. — A toda a popa! Sr. Bertram, verifique os danos no alto. Sr. Windrush, os dacoits vão atacar agora, prepare os seus homens.

O trovão dos tambores subiu para um crescendo e em seguida parou quando uma fuzilada de mosquetes atingiu o casco e a parte superior do *Serangipatame*. Um marinheiro cambaleou, xingou e agarrou o seu ombro. Sangue brilhante escorria entre os seus dedos. Easterhouse, o mais silencioso dos homens de Jack, caiu no convés, olhando para o sangue que saía da sua coxa.

— Salva de tiros — Jack se aproximou da amurada. Ele estava se apresentando como um alvo para cada atirador birmanês, mas sabia que precisava dar o exemplo aos seus homens.

— Qual é o alvo, senhor? — perguntou Wells. — Não podemos enxergar coisa alguma.

— Aponte para o brilho dos canos dos mosquetes — disse Jack.

— Eles não estão atirando — disse Coleman.

— Vou fazê-los atirar. — Jack sentiu o aumento dos batimentos do seu coração enquanto se esticava contra a amurada. — Vamos, Bo Ailgaliutlo; aqui estou eu, seu traidor, seu canalha desgraçado! Sou o Segundo-Tenente Jack Windrush do 113º- venha e me mate!

Como ele esperava e temia, os birmaneses responderam com uma fuzilada de mosquetes, mas atirar de barcos em movimento em um alvo se deslocando pelo rio, à noite, não era fácil, mesmo para soldados treinados. Para guerreiros nativos com mosquetes de má qualidade, era quase impossível. As bolas de mosquete se espalharam ao redor de Jack, mas nem uma sequer se aproximou dele, enquanto os canos brilhavam, traindo as posições birmanesas. Jack xingou quando uma bola esmagou a lanterna a estibordo.

— Fogo, rapazes ! — Wells deu a ordem, e o 113º disparou uma salva. Os clarões dos canos rasgaram a escuridão da noite.

— Devagar à ré. — Marshall ignorou a batalha que o rodeava enquanto se concentrava em salvar o seu navio. — Como ele está?

— Estamos presos, senhor! — respondeu Bertram imediatamente. — Nós esbarramos em uma estaca pontiaguda; os birmaneses as colocaram no rio aqui.

Fingiram o ataque com barcos de guerra para nos forçar a andar mais depressa, por isso não vimos as estacas. Bo Ailgaliutlo é um homem sutil e perigoso.

— Meia ré, disparem ambas as armas — Marshall deu a

ordem. — Destrua-os com tudo o que temos. — Ele levantou a voz. — Sr. Windrush, mantenha os seus homens disparando.

O rugido das armas do *Serangipatame* interrompeu a resposta de Jack. Cada brilho das bocas dos canhões revelava uma vinheta da batalha. Jack viu imagens de homens do 113º carregando e disparando, bocas abertas e mãos em movimento, casacos vermelhos e rostos concentrados. Ele viu marinheiros segurando balas de canhão ou varetas, nuvens de fumaça branca definidas contra o fundo preto da noite, mastros do *Serangipatame* estilhaçados pela artilharia birmanesa. E então, do nada, um mar de rostos apareceu enquanto vários dacoits cercavam os lados do Serangipatam.

— Homens com sabres! — gritou um jovem e ágil tenente quando as vinhetas se fundiram num quadro de violência e coragem.

— Comigo, 113º! — Ouviu-se o som do aço quando Jack puxou a espada e avançou. — Dependam das baionetas, rapazes! Não disparem nos coletes azuis.

Os birmaneses a bordo subiram em direção ao convés, cortando com seus dhas em um frenesi silencioso enquanto o 113º os encontrava com baioneta, bota e mosquete. Os oficiais da marinha deram ordens altas que atraíram os marinheiros juntos em uma linha compacta; eles tiraram seus sabres e se moveram lentamente para a frente, marchando, cortando, lutando e empurrando em um show de habilidade disciplinada que Jack teria admirado se tivesse tempo para assistir.

O'Neill avançou na virilha do primeiro dacoit e quando o homem baixou a guarda para se defender, ele levantou a ponta da sua baioneta e o espetou sob o queixo. — E essa é para você! — rugiu ele.

Jack empurrou sua espada contra um homem de olhos ferozes com um grande turbante, falhou e vacilou quando um dha passou raspando perto da sua orelha, recuperou a pontaria e cortou em vez disso. Ele xingou quando o birmanês se defendeu; mas se recuperou e empurrou a lâmina contra o estômago do homem e o viu cair sob a coronha de um mosquete britânico.

— Comigo, 113º!

Então o *Serangipatame* estava se movendo mais rápido, subindo à ré pelo rio e deixando os barcos de guerra no seu rastro. Percebendo que não havia esperança de reforço dos seus companheiros, os dacoits a bordo se voltaram para fugir, com casacas vermelhas e coletes azuis cortando-os enquanto subiam na amurada e pulavam na água.

— Acabem com eles, rapazes! — O tenente Hook devia ter se levantado do seu beliche, porque estava completamente nu exceto por um cinto, enquanto balançava um sabre contra os dacoits, gritando encorajamentos aos seus marinheiros. — Mande-os para Nirvana!

Dentro de alguns momentos, o convés estava livre de dacoits e os britânicos estavam em um grupo suado, observando os poucos sobreviventes nadando para fora do círculo de luz e desaparecendo na escuridão. O silêncio foi repentino e denso.

— Chamada — gritou Jack. — Alguém se machucou? — Ele viu Easterhouse deitado no convés com sangue em volta da coxa e a garganta cortada. *Outro dos meus homens morto.*

Myat apareceu entre eles, passando pelos marinheiros sem olhar para eles. Ela olhou para Wells, com as sobrancelhas levantadas. Só quando ele acenou ela se aproximou de Jack. — Os seus homens estão ilesos, Segundo-Tenente Windrush?

Jack contou os 113º. — Um morto, todos os outros presentes e de pé.

Myat olhou em volta; seus olhos se moveram para cima e para baixo do corpo nu de Hook e se afastaram.

Me pergunto o que essa mulher está pensando.

— Tire esse lixo do meu convés, Tenente Bertram. Quero

todos esses corpos removidos e o convés limpo de todo o sangue. — A voz de Marshall soou do quarto deck.

— E os feridos, senhor? Devemos-

— Atire-os borda fora. — Marshall não permitiu que Bertram terminasse a frase. — Tenente Hook, estamos vazando na frente onde a estaca penetrou. Tenente Sinclair, verifique os danos no alto. Ouvi algo cair quando batemos. Resolva isso. Tenente Buchanan, trate das nossas baixas. — Marshall estava completamente vestido, incluindo um casaco azul bem abotoado no pescoço e seu quepe na cabeça. — Parar os motores. Segundo-Tenente Windrush, posicione os seus homens para guardar o navio, não quero mais dacoits a bordo.

Com os motores parados e as âncoras para fora, o *Serangipatame* estava no centro do rio, silencioso, lambendo as suas feridas enquanto Bertram restaurava o seu círculo de luz. Não havia sentimento enquanto os marinheiros atiravam os dacoits borda fora, lidando com os feridos tão casualmente como os mortos e ignorando quaisquer apelos que eles possam ter feito por misericórdia.

— Se eles apanhassem algum de nós — disse Wells —, nos torturariam até a morte. Somos mais bondosos do que eles; lembrem-se do que aconteceu com o Smithy, ou aquele rapaz na jangada.

Jack pensou nos retratos na parede da mansão Wychwood; gerações de Windrushes parecendo nobres em frente a vários campos de batalha. Não havia romance na guerra nessa fronteira.

O amanhecer trouxe a névoa habitual que se mantinha baixa no rio e escondia as margens, então a visibilidade era pouco melhor do que à noite. Jack posicionou seus homens ao redor do navio e caminhou pelo convés sem parar em um círculo à medida que os sons matinais dos pássaros aumentavam, e os insetos zumbiam em torno dos seus ouvidos.

— Eles verão tudo o que fazemos — Wells mexeu na

fechadura do seu mosquete. Ele olhou para o quarto deck onde Myat estava ao lado de Marshall. — Serei mais feliz quando estivermos em movimento outra vez.

— Pelo menos sabemos que estamos no caminho certo — disse Jack. — Bo Ailgaliutlo deve estar fora de controle para arriscar um ataque em grande escala.

— É estranho, senhor — concordou Wells. — Nunca conheci um dacoit que atacasse um navio de guerra, especialmente um com escolta militar. Acho que esse homem é do exército birmanês, e não apenas um bandido.

— Devagar em frente — ordenou Marshall. — Leve-nos para onde batemos nas estacas. — Ele se virou para a proa. — Sr. Hook, já controlou o vazamento? Sr. Sinclair, está tudo resolvido acima? Sr. Buchanan, leve os homens para o café da manhã, por favor. — Ele passou por Jack sem uma palavra e olhou para a névoa. — Esta porcaria estará limpa dentro de vinte minutos; eu quero estar em movimento até lá Senhor Bertram, quando chegarmos às estacas, mande um barco com homens na frente e verifique; remova os obstáculos que encontrar. Windrush, leve o bote salva-vidas e faça a escolta.

CAPÍTULO DOZE

PROVÍNCIA DE PEGU, OUTUBRO DE 1852

A selva parecia mais próxima e ainda mais ameaçadora de um pequeno barco no rio aberto. Jack apertou seu revólver enquanto Bertram remava vagarosamente para a frente, testando a água com um longo mastro para procurar estacas ou outras obstruções.

— Aqui estamos — informou Bertram imediatamente. — Eles bloquearam o canal de águas profundas com estacas.

— Marque as estacas com uma bandeira — gritou Marshall da proa do *Serangipatame*. — E isolem uma linha à volta delas.

Toscas e pontudas, as estacas saíam da água em uma linha irregular, seguras no leito do rio e letais. Bertram se despiu e saltou para o rio para amarrar uma linha à volta de cada uma.

— Há mais estacas debaixo d'água — informou ele.

Insetos logo encontraram os homens no barco, zumbindo e mordendo, apesar de todas as tentativas de esmagá-los.

Rápido.

Jack assistiu Bertram deslizar para baixo d'água com um corpo esbelto. Ele olhou em volta; a selva se aglomerava sobre eles, árvores sobrepostas parecendo convidar dacoits ágeis a emboscá-los.

— Não há tambores. — Wells sondou as margens do rio. — Por que não se aproveitam de nós quando estamos parados?

— Talvez tenhamos matado tantos ontem que eles tenham que se reagrupar — esperava Jack.

Bertram emergiu com uma onda de água e se empurrou para dentro do barco. — Uma a menos. — Ele entregou a linha a um dos marinheiros. — Amarre isso num cabo mais forte, Hughson. — Ele piscou para Jack. — Mais três e teremos espaço suficiente para o velho *Seringy* passar.

Tomando outro comprimento da linha fina, ele se posicionou na borda do barco e mergulhou novamente. A água verde subiu e diminuiu. Jack observou seu corpo pálido sob a superfície por um momento e retornou sua atenção para as margens do rio.

— Duas a menos — Bertram estava ofegante quando emergiu. Ele descansou os braços no lado do barco antes de se puxar para dentro. — Faltam duas.

— Como está o progresso, Tenente Bertram? — chamou Marshall.

— A meio caminho, senhor — respondeu Bertram. Ele saltou de volta para a água assim que a flecha bateu na prancha de madeira ao lado de Jack.

— De onde veio isso? — Jack observou o abrigo imaginário da borda livre do barco. Ele sabia que não podia se esconder na frente dos homens.

— Da margem esquerda, senhor. — Wells sondou a selva. — Não vejo ninguém.

Jack vacilou quando um papagaio-de-cauda-azul passou gritando acima dele. — Fiquem alertas. — Ele sabia que a ordem era supérflua.

— Sim, senhor.

A segunda flecha bateu na proa do barco, a um centímetro de um marinheiro.

— Só há um arqueiro, eu acho. — Wells estava tão calmo como se estivesse sentado num pub inglês.

— Três a menos. — Bertram estava ofegante. Ele se inclinou na borda como apoio. — Está tudo bem aqui em cima?

— Tudo sob controle — disse Jack. — Recupere o fôlego antes de voltar para baixo.

— Lá está ele! — Armstrong apontou e disparou no mesmo instante, com o som do mosquete enviando cem pássaros gritando das árvores.

— O quê? — Bertram parecia espantado.

— Não é nada com o que se preocupar, senhor. Coloque uma linha naquela última estaca. — Jack se esquivou ao som de outra flecha. — Alguém pode acertar aquele maldito arqueiro?

Dessa vez o 113º estava pronto, e quatro mosquetes dispararam em uníssono.

— Lá está ele! —Jack viu movimento nas árvores e gritou. — Não disparem! É só um garoto!

— Ele é um garoto morto! — Armstrong teria disparado, se Jack não tivesse agarrado o cano do seu mosquete.

— Eu disse, não disparem! Não estamos aqui para atirar em crianças! — Por um segundo, os dois homens olharam um para o outro, e depois Armstrong abaixou os olhos.

— Desculpe, senhor.

Jack liberou o mosquete e afastou Armstrong. — Tente colocar essa linha rapidamente, Bertram, pode ser?

Bertram submergiu com um redemoinho. O 113º vasculhou a selva.

— Wells, grite que somos amigos. Se ele não disparar, nós também não vamos disparar. — Jack respirou fundo e ficou de pé. Fiquem abaixados.

— Não sei como dizer isso, senhor — disse Wells —, mas farei o meu melhor. — Ele ficou ao lado de Jack e gritou: —

twé-yá-da wùn-tha-ba-deh — e depois baixou a voz. — Acho que isso significa "Prazer em conhecê-lo", senhor.

— Abaixe-se, sargento. — Jack ficou de pé até Bertram aparecer.

— Voltem a bordo — ordenou Marshall — e vista-se, Bertram. Você é um oficial da Marinha.

Bertram se apressou vestindo o uniforme enquanto os marinheiros passavam a linha das estacas até o *Serangipatame*. — Nos leve de volta para o barco, rapazes.

— Metade à ré — ordenou Marshall, assim que eles entraram a bordo.

O *Serangipatame* navegou à ré com uma grande descarga de água castanha cremosa ao longo da margem do rio. Jack se juntou aos homens na proa quando o cabo esticou, e então começou a vibrar.

— Não está acontecendo nada, senhor — informou Sinclair.

O rio ao lado do *Serangipatame* se agitou numa espuma cremosa à medida que os motores trabalhavam, e então as quatro estacas saltaram para fora da água e flutuaram, pontiagudas e farpadas da metade para baixo.

— Parar motores — ordenou Marshall calmamente — Um quarto de velocidade à frente. Bertram, coloque um líder na proa.

— É mais uma vantagem de um barco a vapor com relação à um de vela. — Bertram estava sorrindo. — Se fôssemos apenas movidos a vela, teríamos tido muito mais dificuldade com essas estacas. — Ele gesticulou para as margens do rio. — Esses birmaneses não vão entender como podemos voltar e avançar à vontade sem usar remos ou o vento ou mesmo a corrente do rio. Será como magia para eles.

Jack olhou para a densa folhagem que lotava cada margem do rio. — Mesmo assim — disse ele — foi uma emboscada bem trabalhada, e eles avançaram bem. Bo Ailgaliutlo sabe o que está fazendo.

Bertram deu uma piscadela. — Com certeza — disse ele —, mas o comandante Marshall também. O chefe dos dacoits encontrou o seu par dessa vez. O comandante vai caçá-lo e arrastá-lo de volta para Moulmein acorrentado, ou enforcá-lo em uma árvore conveniente.

Há algumas semanas, Jack ficaria surpreendido ao ouvir sentimentos tão sanguinários de um jovem como Bertram, mas a realidade da guerra na fronteira o havia endurecido. A morte, a doença e o massacre de inocentes haviam retirado ilusões infantis.

— Enforcamento é a melhor coisa para renegados e dacoits — concordou Jack. Ele segurou os Budas dourados nos bolsos do casaco. Foi bom Bo Ailgaliutlo não ter organizado uma emboscada onde o jovem arqueiro havia estado.

Marshall não havia se movido da popa. — Sinclair, coloque um barco de reconhecimento com um cabo à frente para vigiar estacas e outros obstáculos. — Ele arrumou o quepe na cabeça. — Mantenha os seus homens alerta, Windrush.

— Sim, senhor. — Jack viu a figura estática no galho. Primeiro, ele pensou que fazia parte da árvore e depois se concentrou. Era um garoto, talvez com quatorze anos de idade, e tão coberto de tatuagens que era difícil ver onde o menino terminava e a árvore começava. Assim que Jack o viu, o garoto recuou um passo e acelerou tão rápido que Jack achou difícil segui-lo.

— Era um macaco, senhor? — Thorpe havia visto o movimento.

— Algo assim — disse Jack. Ele já havia visto esse garoto tatuado antes; Bo Ailgaliutlo havia enviado um espião e sabia exatamente o que eles estavam fazendo.

O progresso diminuiu consideravelmente enquanto subiam

o rio, com os remadores substituídos a cada duas horas e os soldados a cada quatro. Não houve mais ataques naquele dia, nenhum som de tambores, nada exceto a constante onda do rio, os sons naturais das aves e o sempre presente zumbido dos insetos.

— Foram todos embora. — Thorpe se deslocou na rampa de madeira do barco. — Não há mais ninguém no mundo.

— Só nós — Wells esperou por alguns momentos antes de adicionar —, e dez mil dacoits.

— São tantos assim? — Os olhos de Thorpe se alargaram.

— Há pelo menos esse número — Wells manteve a voz baixa —, e todos à sua procura. Por isso fique atento, Thorpey, mantenha a sua arma carregada e vigie os bancos como um falcão faminto!

— Você ouviu o sargento? — Thorpe repetiu num sussurro — Ele diz que há milhares deles nos observando o tempo todo.

— Há um deles ali — Coleman apontou para uma figueira — Estou vendo!

— Eu também! — Thorpe apontou o mosquete, mas antes de apertar o gatilho, Jack puxou o cano para cima.

— Calma Thorpe, não deixe que a sua imaginação domine você. — Ele olhou para Coleman. — E mantenha sua boca sob controle, Coleman.

Essa expedição é uma loucura. Bo Ailgaliutlo tem centenas de dacoits, enquanto nós somos apenas um punhado; ele sabe exatamente onde estamos e o que estamos fazendo. Seus homens são mestres da floresta, e embora possamos sempre vencê-los em uma luta direta, os dacoits são especialistas em emboscadas e demônios para truques. Tudo o que estamos fazendo é fornecer comida aos insetos e enfraquecer o nosso exército.

— Âncora a meio do curso — Marshall pediu uma hora antes do anoitecer — e armar redes de embarque.

Jack observou enquanto os marinheiros içavam redes de

corda áspera para os mastros e as prendiam à amurada ao redor do navio. — Mantenham elas folgadas — Marshall deu instruções breves. — É mais difícil cortar cordas folgadas do que tensas, e mais difícil de subir.

— Acha que ainda estão lá? — perguntou o tenente Sinclair.

— Eles estão lá — disse Marshall. — Estão nos observando nesse momento.

Jack lutou contra o arrepio que lhe atravessou a espinha. Ele imaginou aqueles guerreiros fortes e ferozes escondidos atrás da tela da selva com seus mosquetes longos e dhas afiadas. — Metade dos homens de vigia o tempo todo, sargento Wells — disse ele.

— Ali está um! — Thorpe apontou para a escuridão. — Estou vendo um! — Ele apontou o mosquete e disparou, o tiro ecoou à volta deles.

— Também consigo ver um! — Armstrong disparou — Estão voltando!

— Cessar fogo! — gritou Jack. Ele agarrou o mosquete de Coleman antes que ele desperdiçasse uma bala. — Não há nada lá a não ser sombras!

— Se não controlar os seus homens, Windrush, vou desarmá-los e prendê-los a ferros. — A voz arrepiante de Marshall veio do convés.

— Sim, senhor — reconheceu Jack.

— Certo, homens! — Jack ouviu a raiva na sua voz. — Não quero que ninguém dispare sem a minha permissão, entenderam? Se alguém disparar sem ordens, vai receber cinquenta chibatadas. — Ele respirou fundo. — Na verdade, não quero que ninguém faça nada sem ordens. Só quero que fiquem atentos aos dacoits. Está claro?

— Sim, senhor — disseram Coleman e Thorpe imediatamente.

Jack devolveu o mosquete de Coleman. — Está bem. Recarreguem e mantenham as suas posições. Gritem se virem os dacoits, mas fora isso, não digam nada e não disparem!

Jack respirou fundo e virou as costas. *Eles não conseguem evitar. Só podem trabalhar dentro das limitações das suas capacidades.*

— Lanternas novamente, Tenente Bertram — ordenou Marshall —, mas escureça o lado que está virado para o navio para que a luz seja projetada para o exterior e o *Serangipatame* permaneça na escuridão. Em outras palavras, podemos vê-los, mas eles não conseguem nos ver. Preparem dez homens com sabres e mosquetes, e a patrulha de serviço também deve estar armada. Armas carregadas com projéteis e prontas para disparar.

Apesar da sua posição precária, Jack sempre achou que o pôr-do-sol possuía uma beleza calmante. Ele ficou ao lado do mastro principal, observando o sol brilhar laranja-ouro atrás das árvores enroscadas da selva, com o reflexo cintilando ao longo das ondulações do rio. Ele desfrutou da rara serenidade, entre o calor do dia e os sons desconhecidos da noite.

Ele olhou para trás, onde Myat se sentava na amurada da popa, com o seu perfil contra o sol que desaparecia enquanto conversava com o Sargento Wells. De nariz curto e com um queixo determinado, ela tinha os seios pequenos e estava serena.

Meu Deus, ela é linda.

O pensamento veio despercebido à mente de Jack, e ele abruptamente olhou para longe. Ele não estava aqui para entrar em aventuras amorosas infrutíferas com os povos indígenas, ou com qualquer outra mulher. Ele estava aqui para melhorar a reputação do 113º e avançar a sua carreira. A lembrança fez com que ele colocasse a mão no bolso e acariciasse o ouro suave de um Buda.

Essa estatueta é o primeiro passo em direção à onde pertenço. Essa estatueta é o meu futuro, não uma birmanesa.

Myat riu, o som tão musical como os sinos de um templo durante um quente pôr-do-sol. Jack olhou para cima enquanto Wells também sorria. Ele sentiu a onda de raiva irracional e abriu a boca para gritar, e então fechou-a rapidamente.

Estou com ciúmes! Tenho ciúmes de um sargento porque ele está conversando com uma nativa.

Jack se virou para encarar a escuridão do leste.

— Já refletiu, Segundo-Tenente Windrush? — A voz de Myat era serena enquanto ela ficava de pé ao seu lado. A orquídea era fresca e branca contra o seu cabelo escuro.

— Refleti sobre o quê, Myat? — Ele usou o seu nome deliberadamente, embora as sílabas fossem estranhas na sua língua.

— Pensou em devolver as estátuas roubadas à casa onde elas pertencem? — Myat foi brusca sem ser ofensiva.

— Elas permanecem comigo.

— Você é um cristão — Myat deu um pequeno aceno gracioso — e eu respeito sua crença, mas às vezes, Segundo-Tenente Windrush, é sábio prestar atenção à nossa religião e filosofia.

Isso foi uma ameaça?

— Obrigado pelo seu conselho, Myat. — Jack se curvou em troca. — No entanto, estou certo de que sobreviverei sem a boa opinião do Senhor Buda.

A expressão do Myat não se alterou. — Como queira, Segundo-Tenente Windrush. Por favor, lembre-se de que a maior ação não está em ganhar posição, mas em não se conformar com os caminhos do mundo. Quando decidir mudar de ideia, por favor, me diga.

Jack reparou seu aceno de cabeça negativo enquanto passava por Wells.

Então é isso. Myat e Wells estão juntos nisso, ele quer que ela pegue os meus Budas.

— Sargento Wells! — Jack falou mais alto do que pretendia. — Fique com o primeiro turno, por favor. Me acorde à meia-noite.

O som era leve, mas fora de lugar. Jack percebeu que o estava ouvindo há algum tempo antes da sua mente tomar consciência. Ele verificou a hora, duas da manhã, cerca de quatro horas até o amanhecer. Estava de vigia há duas horas.

São os meus nervos? Ou estou imaginando coisas e minha mente está me pregando peças?

O barulho continuou - parecia que alguém batia no casco com a mão, uma batida oca e irregular.

— Está ouvindo, Hook? — Jack só sussurrou.

Hook era o Agente da Patrulha. Ele ouviu, balançou a cabeça, tirou o quepe e ouviu outra vez. — Consigo ouvir algo — disse ele —, eu acho.

O som continuou enquanto Jack caminhava pelo convés. — Consegue ouvir isso, Thorpe?

— Sim, senhor — Thorpe se colocou em atenção.

— Sabe o que é?

— Não, senhor — disse Thorpe.

— Por que não reportou, Thorpe? É seu dever reportar algo incomum. — Jack lutou contra a sua exasperação.

— Nos disseram para não disparar nem fazer nada sem ordens, senhor. — Thorpe tentou parecer estoico, como um soldado britânico.

Jack suspirou. — De fato, Thorpe. No futuro, se vir ou ouvir algo que não ache certo, comunique imediatamente ao Sargento Wells ou a mim mesmo.

Posso confiar essa responsabilidade ao Wells? Não tenho escolha, raios.

Aquele som minúsculo continuou a irritar Jack. Ele atuava como um pano de fundo para os sons naturais da noite, enquanto ele excursionava pelo navio, tentando rastreá-lo até a sua fonte.

— Senhor — o marinheiro era baixo e forte, com olhos que brilhavam inteligentemente acima de um rosto castanho cor de noz-moscada. —, creio que está à procura de um barulho, senhor.

— Isso mesmo — Jack acenou com a cabeça.

— Está aqui, senhor. — O homem quase agarrou a manga de Jack na sua ânsia de ajudar.

Jack se ajoelhou na amurada. Uma seção da rede de embarque estava aberta, e uma das pontas soltas seguia pelo lado, batendo contra o casco com cada balanço do navio. — É normal que isso aconteça... como se chama?

— Anderson, senhor. — O marinheiro balançou a cabeça. — Não, senhor. A rede deve estar intacta. — Ele se aproximou mais. — Acho que alguém a cortou, e recentemente.

Quando Jack examinou as extremidades, viu que alguém havia cortado a corda. Rastreando os quadrados da rede, ele encontrou cinco cortes distintos. — Um homem pequeno pode entrar aqui — disse ele. Quanto mais ele olhava, mais enxergava. O convés estava molhado apenas nos lugares dentro da abertura da rede de embarque, com o que poderia ser a aparência de um pé humano. — Alguém veio a bordo aqui — disse ele.

— Um desses birmaneses — Anderson concordou imediatamente. — Há pegadas molhadas aqui também, senhor, levando à escotilha número dois.

— Informe o Tenente Hook — decidiu Jack. A escotilha número dois levava à sala de máquinas por uma escada curta e uma passagem escura. Jack sacou o revólver e desceu a escada cuidadosamente. Ele não tinha nenhum desejo de encontrar um grupo de dacoits no escuro. Com aqueles dhas ferozmente afiados, eles eram perigosos o suficiente quando podia vê-los.

Jack aplicou uma pequena chama à lanterna e se espremeu

pela passagem. A luz se acumulou à frente, amarela contra a madeira escura. Ele a manteve baixa, vendo as manchas úmidas no convés e o salpico de algo que não era água. Colocando a lanterna no convés, Jack olhou mais de perto. O líquido era escuro e pegajoso, enquanto a direção do salpico indicava que alguém que vinha da sala das máquinas o tinha deixado cair.

É sangue. Há três, não quatro, manchas de sangue no convés.

Algo terrível aconteceu aqui.

Havia outra pequena escotilha com uma segunda escada descendo até a sala das máquinas que, juntamente com o depósito de carvão, ocupava mais da metade do espaço no deck mais baixo. Jack segurou a lanterna sobre a escotilha aberta e olhou para baixo. Deve haver um dos dois engenheiros de vigia no calor sufocante, juntamente com um dos quatro foguistas, os trabalhadores que alimentavam as caldeiras e faziam todas as tarefas essenciais de trabalho no calor da fornalha abaixo dos conveses.

— Olá — Jack chamou baixo.

Não houve resposta.

Ele deslocou sua lanterna, a luz tocou na máquina brilhante e silenciosa abaixo.

— Olá! — Ele levantou ligeiramente a voz.

Ainda sem resposta.

Segurando a lanterna em sua mão esquerda e o revólver na direita, Jack desceu a escada, pulou os três últimos degraus e olhou em torno da sala de máquinas.

Meu Deus do céu!

O sangue brilhava no convés a cada movimento do navio. O engenheiro estava deitado de costas, com a camisa e as calças brancas sujas, todas manchadas de sangue. Alguém havia cortado a sua garganta tão profundamente que a cabeça estava em um ângulo distinto do corpo. Um foguista estava deitado ao seu lado, sem camisa e com os punhos fechados em bolas apertadas; sua garganta também foi habilmente cortada.

— Windrush? — A luz da lanterna de Marshall se fundiu com a dele. — Afaste-se. — Ele se ajoelhou ao lado do engenheiro. — Morto — disse ele —, e o segundo engenheiro também foi assassinado no seu beliche. Os seus homens não ouviram nada?

— Nada — informou Jack. — Os dacoits devem ter vindo a bordo durante a noite, cortado a rede e movido direto para a sala das máquinas e os aposentos do engenheiro.

— Eles sabiam exatamente onde ir e quem matar — disse Marshall. — Eles mataram os homens mais vitais a bordo, pois, sem engenheiros, estamos totalmente dependentes do vento e da corrente. — Pela primeira vez desde que Jack o conheceu, Marshall parecia preocupado. — Bo Ailgaliutlo atingiu forte dessa vez. — Ele acenou com a cabeça. — Ele deve ter tido ajuda. Nenhum dacoit birmanês saberia o caminho em um navio a vapor. — A voz dele era baixa e cortante. — Os seus soldados deveriam ter mantido uma vigilância adequada; isso constará no meu relatório, senhor Windrush - pode contar com isso.

Sem mais uma palavra, Marshall correu até o deck. — Myat! Venha aqui!

Ainda faltava uma hora para o amanhecer, com o rio escuro para além do círculo de luz da lanterna e todo o navio chocado pelas notícias dos assassinatos.

— Eles devem ter tido ajuda. — As palavras eram sussurradas de um homem para o outro. — Foi aquela mulher, nunca confiem em uma birmanesa.

Teria sido Myat? Ela ajudaria Bo Ailgaliutlo?

— Myat não é birmanesa — disse Wells discretamente. — Ela é de Pegu. Ela nunca nos trairia.

— Você parece saber muito sobre a tradutora, Wells. — O ciúme voltou, torcendo uma faca dentro de Jack enquanto ele imaginava Wells e Myat juntos, se contorcendo nus nas esteiras de bambu naquela cabana em Pegu.

Antes que Wells pudesse responder, Myat apareceu no convés, caminhando tão serena como sempre com suas sandálias de laca silenciosas no piso de madeira.

— Lá está ela, a cadela assassina! — Um dos engenheiros restantes apontou um dedo acusador. — Devíamos enforcá-la!

— Parem com isso! — gritou Jack.

— Segundo-Tenente Windrush! — Marshall não levantou a voz. — Eu mesmo cuidarei da disciplina no meu navio. A sua preocupação é a negligência dos seus guardas que permitiu que os dacoits matassem a minha tripulação. — Ele agarrou o braço de Myat. — Você, madame, fique ali.

Um sub oficial se aproximou enquanto Marshall conversava com Myat.

— Você sabe alguma coisa sobre o assassinato de três membros da minha tripulação? — Marshall foi tão direto como sempre.

Myat curvou a cabeça perante o comandante. — Não sabia de nada até que um dos seus homens me contou — disse ela calmamente.

— Não há medo nela — disse O'Neill. — Ela não tem medo de nada.

— Isso é porque ela é inocente. — A voz de Wells era árdua.

Jack se lembrou das suas dúvidas sobre Myat e Wells no dia anterior. Wells se deslocou nervosamente pelo convés. Seus olhos fixos no deck onde Marshall conduzia o seu interrogatório público.

— Os dacoits nos abordaram ontem à noite e assassinaram os meus engenheiros e um dos meus foguistas. — Marshall contou os fatos. — Eles só poderiam saber para onde ir se alguém houvesse explicado, e só você fala birmanês e conhece o design do navio.

— Eu não tive nenhum acordo com Bo Ailgaliutlo ou

qualquer um dos seus homens — disse Myat suavemente. — Ele é inimigo do meu povo.

— Como eu disse — disse Wells suavemente.

— Estou inclinado a pendurá-la para fora do navio — gracejou Marshall —, e deixar o seu corpo balançando acima do rio como um aviso para os outros. — Ele olhou para Myat. — Ou posso mandar o cabo do navio arrancar a verdade de você!

Wells endureceu. A mão dele se desviou até a coronha da sua baioneta.

Devo interferir? Devo falar em favor da Myat? Por quê? Eu não confio inteiramente nela, e ela é a única pessoa a bordo que pode se comunicar com os dacoits, mas eu também vi Wells falar algumas palavras de birmanês.

Indo de encontro ao bom senso, Jack colocou um único dedo no braço tenso de Wells. — Calma, sargento.

— Eu acabo com ele, senhor, eu acabo com ele.

— Já chega, sargento. *Ele caiu sob o feitiço de Myat tanto quanto eu.*

— Em vez disso, vou confiná-la a ferros sob guarda armada, aguardando interrogatório quando voltarmos a Rangum. — Marshall falou mais alto do que o habitual. — E se tentar fugir, o guarda a matará.

Jack viu Wells relaxar um pouco; sua mão deslizou para longe do punho da baioneta.

Myat não protestou quando dois marinheiros a empurraram para baixo; ela trocou um olhar com Wells, e depois o cabo do navio a empurrou para baixo do convés.

— Reúna todos ao amanhecer — ordenou Marshall, e deixou o convés.

Jack tocou os Budas dentro do bolso. — O que foi tudo aquilo, sargento?

— Não gosto de ver mulheres tratadas assim, senhor.

Especialmente aquela mulher em particular, não é,

sargento?

— Compreendo, sargento, mas se tivesse tirado a baioneta, o comandante o teria enforcado por motim.

— Sim, senhor. — O rosto de Wells era ilegível.

Jack tocou os Budas. *Tudo o que tenho que fazer é sobreviver a esta campanha e voltar para Inglaterra.* Ele imaginou a casa nas encostas ocidentais das Montanhas Malvern, em frente aos doces campos de Herefordshire. Ele teria criados e terras, uma carruagem ou duas e uma esposa elegante. *Sobreviver e partir.*

— Homens! — O comandante Marshall havia vestido um uniforme completo, incluindo uma espada de punho de ouro e um casaco imaculado. Ele olhou para baixo, para a sua tripulação reunida, e apenas pela segunda vez desde que Jack o conhecia, sorriu. — Perseguimos esse renegado Bo Ailgaliutlo de Rangum até esse lugar abandonado por Deus; vimos as atrocidades de que ele é capaz, derrotamos a sua emboscada, e sabemos exatamente onde está o seu covil.

Marshall apontou com a mão para a selva atrás de si em um gesto tão melodramático que poderia pertencer à um palco de Londres ou à uma peça de Pegu.

— Ele está lá! Lá dentro, da sua fortaleza fedorenta, Bo Ailgaliutlo enviou assassinos para matar três dos nossos companheiros! — Tirando o quepe, Marshall balançou a cabeça. — Os meus homens e os seus amigos, massacrados sem misericórdia. — Ele esperou até que a tripulação reunisse sua indignação. — Bem, meus rapazes, está na hora da retribuição. Vamos atrás dessa raposa, desse lobo, desse renegado maligno, desse traidor manchado de sangue. Vamos atracar naquela costa — Marshall apontou para a margem do rio —, e vamos atacá-lo, vamos caçar o leão para fora da sua toca, vamos acabar com esse traidor!

Isso é muito florido. Esse discurso não vai inspirar marinheiros e soldados britânicos.

Jack balançou a cabeça enquanto os coletes azuis

irromperam em poderosos aplausos que ecoaram na selva e silenciaram os sons dos pássaros. Ele viu os seus homens - Coleman e Armstrong - aplaudirem com os marinheiros, enquanto o veterano O'Neill parecia pensativo. Só Wells estava em silêncio. O sargento mantinha a mão na baioneta e atirava ao comandante um olhar que poderia tê-lo matado.

CAPÍTULO TREZE

PROVÍNCIA DE PEGU: OUTUBRO DE 1852

O comandante Marshall voltou a se vestir de forma mais mundana, porém prática, enquanto organizava a expedição à barricada de Bo Ailgaliutlo. Ele deixou apenas uma tripulação mínima de seis homens a bordo, enquanto o restante e todos os homens de Jack participariam do ataque.

— Podemos precisar de Myat como tradutora, senhor. — Jack não gostou da ideia de Myat deitada a ferros a bordo do *Serangipatame* por um período de tempo desconhecido.

— Não há nada para traduzir, Segundo-Tenente — disse Marshall. — Já passamos a fase da conversa. — O tom de Marshall avisou Jack para não continuar.

— Bo Ailgaliutlo pode querer negociar uma rendição — aventurou Jack.

— Não haverá negociação. O Bo não-sei-das-quantas atirou essa carta no fogo quando matou os meus homens. — Marshall encarou Jack com um olhar venenoso. — É melhor tratar dos seus assuntos, Segundo-Tenente, e deixar as decisões importantes para os seus superiores. — Ele se virou nos calcanhares e marchou, ereto e inacessível.

Jack acenou depois de se retirar. — Sim, senhor — disse ele, e voltou ao seu pequeno comando.

— Leve muita água — ele lembrou a Wells, que acenou com a cabeça.

— Sim, senhor.

— Quantas munições nos restam? — perguntou Jack.

— Noventa e duas balas por homem, senhor. — Confie em Wells para saber com precisão. — Temos um homem doente e todos os outros aptos e capazes de lutar. — Ele ficou em sentido.

— Quem está doente? — perguntou Jack. — Aposto que é o Thorpe.

— Não dessa vez, senhor, é o Knight. Ele está com febre. — Wells foi sincero. — É verdade, senhor. Tivemos sorte até agora; a última vez que fiz campanha nessa região perdemos cerca de sete décimos dos homens por causa de doenças e a maioria dos outros estavam doentes em um momento ou outro.

— Muito bem, deixe-o para trás — decidiu Jack. — Dê a ele vinte cartuchos de munição e distribua o resto entre os homens.

Marshall tinha os seus coletes azuis bem treinados. Eles usaram guinchos e roldanas para içar os dois canhões do navio para o barco e remaram até à costa, onde o 113º de Jack forneceu guarda para uma área de defesa que se expandia a cada hora. A expedição demorou apenas seis horas para atracar; quarenta homens do *Serangipatame*, os seus homens do 113º e os oficiais, com Hook deixado relutantemente para trás com ordens para proteger contra algum ataque birmanês.

— Eu também vou, sahib. — Jack havia quase se esquecido do eficiente Ranveer, mas agora ele tocava o punho do *sabre tulwar* que sempre usava. — Uma espada pode fazer toda a diferença.

— Você era um guerreiro, não era? — perguntou Jack.

— Eu era um soldado do Khalsa — confirmou Ranveer.

Posso confiar nele? Passaram-se apenas alguns anos desde que travamos duas guerras sangrentas contra os siques E se ele tiver ressentimentos contra nós? E se ele fosse o traidor e não Myat?

— Proteja a minha retaguarda. — Jack decidiu arriscar. — Isso pode ser um assunto sangrento.

O sorriso de Ranveer atingiu os seus olhos.

Na margem do rio, tudo estava agitado com alguns marinheiros montando cordas de arrasto para as armas, outros verificando nós ou empilhando suprimentos, e um grupo de trabalho liderado pelo cabo do navio abrindo o início de uma estrada para a selva.

— Sabemos a que distância fica essa barricada? — Jack se aproximou de Marshall.

— É claro que eu sei. — Marshall evidentemente não estava satisfeito com a pergunta. — O meu informante na última aldeia foi muito particular sobre a localização.

— Posso perguntar a que distância, senhor? — Jack olhou para o *Serangipatame* atrás deles. Ele flutuava a vinte metros da margem, enfeitado com redes de embarque, seu funil parado e inútil sem nenhum engenheiro para trabalhar os motores. Bo Ailgaliutlo os privou da sua principal vantagem em uma noite; ele poderia muito bem ter outras surpresas prontas.

— A menos de um quilômetro e meio. — Marshall deu o braço a torcer um pouco. — Devemos alcançar a barricada essa noite, tomá-la amanhã e estar de volta a bordo no dia seguinte.

Jack fez a próxima pergunta com cuidado. — Deseja que eu escolte à frente, senhor?

— Para o inferno com a sua imprudência! — Marshall balançou a cabeça. — Eu disse que sei onde fica a barricada, Segundo-Tenente. Quero que garanta que os seus homens lutem quando forem ordenados.

— Sim, senhor. — Jack se colocou em atenção. — Eles lutarão, senhor.

— É melhor não fazer muitas perguntas ao comandante —

aconselhou Bertram discretamente. — Ele gosta de manter as coisas para si mesmo.

— Estou vendo — disse Jack. Ele indicou a agitação na margem do rio — Mas por que Bo Ailgaliutlo está nos permitindo atracar em paz? Ele poderia ter grupos de ataque disparando contra os nossos sentinelas e perturbando os nossos movimentos. Se eu fosse ele, tornaria a nossa vida muito difícil.

Bertram encolheu os ombros. — Esses orientais pensam de forma diferente de nós. Talvez seja Ramadã ou outro festival. Talvez pensem que a barricada deles é muito forte. Talvez simplesmente não liguem. — Ele balançou a cabeça. — Seja qual for a razão, é melhor para nós e pior para eles.

Era o início da tarde antes da expedição partir da margem do rio. Uma dúzia de marinheiros de camisas e calças brancas lideraram o caminho, protegidos do sol por chapéus de palha e dos dacoits por quatro soldados do 113º. Com Jack na liderança, eles cortaram caminho para os dois canhões de seis libras usando espadas e esforço. O canhão foi a seguir, puxado por força muscular ao longo do caminho rústico, com mais dois soldados como escolta. O restante dos marinheiros seguiu com Marshall na liderança e Armstrong como retaguarda. Jack se lembrou da artilharia necessária para reduzir o Piquete da Casa Branca e pensou que era uma força pequena o suficiente para tentar capturar uma barricada birmanesa no meio da floresta.

— Vamos, rapazes! — ordenou Bertram. Ele emprestou sua pouca força às cordas. — Mantenham essas armas em movimento!

A presença de tanto suor humano atraiu insetos, então os britânicos se moveram no meio de uma série de criaturas que picavam e mordiam, e que nenhuma quantidade de acenos com os braços era capaz de desencorajar.

— Malditos mosquitos — disse Coleman, frustrado.

— Eles gostam de você — disse O'Neill. — Quanto mais morderem você, menos vão me morder!

O progresso foi lento, com os homens de sabre tendo que ser substituídos a cada meia hora já que trabalhavam no calor, e Jack se movendo em torno dos seus homens em um círculo constante.

— Está tudo bem, sargento? — Jack bateu num mosquito que lhe picava o pescoço. A selva era densa aqui, com arbustos lutando uns contra os outros pela luz filtrada, plantas rasteiras sufocando os troncos das árvores e escondendo horrores que só Deus conhecia.

Wells estava à frente dos outros, olhando para a frente. — Está tudo em ordem, senhor — relatou ele. — Essa selva dura mais uns cem metros, e depois há uma pequena planície.

— Algum sinal dos birmaneses?

— Nenhum rastro, senhor. Eles são tão silenciosos quanto os mortos. — Wells limpou o suor da testa. — Posso passar pela planície, senhor?

— O comandante Marshall não quer isso, sargento — disse Jack —, então vamos apenas continuar.

Wells acenou com a cabeça. — Muito bem, senhor. — Só um sargento experiente podia dizer uma coisa, enquanto uma ligeira inflexão de tom indicava exatamente o contrário

Os birmaneses pareciam ter desaparecido à medida que os britânicos invadiam árvores e vegetação, que compartilhavam sua quota de insetos atacando marinheiros que xingavam e rebocavam armas que estavam relutantes em se mover no terreno que cedia. A vida era um pesadelo de esforço muscular ofegante, mordidas de insetos e homens reclamando.

Jack só viu o movimento furtivo porque estava olhando para o lugar certo. Ele encarou o brilho de olhos escuros; o jovem olhou para ele brevemente e desapareceu entre a vegetação, escondido por suas tatuagens.

— Fiquem atentos, homens — disse Jack. — Os dacoits estão nos observando. — Ele soltou o revólver no coldre.

— Aposto que fugiram todos. — O'Neill empurrou um ramo de árvore e xingou quando uma aranha gigante se esgueirou sobre as suas botas. — Devem nos ouvir chegando e fugiram.

— Não. — Coleman pisou na aranha, falhou e quase se desequilibrou. — Estão à nossa espera no seu belo forte, todos confortáveis e seguros enquanto nos cansamos aqui.

Aquele rapaz tatuado é um dos seguidores de Bo Ailgaliutlo. Por que não atacam enquanto estamos vulneráveis?

— Senhor! — A saudação de Wells não foi tão precisa como de costume. — Chegamos à planície.

O sol estava no oeste, cor de bronze queimado enquanto chamuscava a terra abaixo. Envolto em erva amarela alta, a planície se estendia em ambos os lados dos britânicos cansados, até a cordilheira Pegu Yoma coberta pela selva ao sul e outro cinturão florestal a leste. Na frente, se estendia por talvez um quilômetro, onde terminava em uma pequena colina protegida atrás por bambus verde escuros.

A colina era solitária, sem árvores em suas encostas mais baixas e coroada com uma barricada, coberta com uma enorme bandeira.

— Aqui estamos então. — A voz de Wells era baixa. — Agora podemos vê-los, e eles podem nos ver.

Esse é o covil de Bo Ailgaliutlo. Se pudermos destruir esse lugar, então posso me juntar à força principal.

— É um alívio sair daquela maldita selva abençoada. — Bertram limpou o suor do rosto. — E ao ar livre, temos todas as vantagens. — Ele sorriu. — Os dacoits deviam ter-nos atacado lá atrás, perderam a oportunidade.

Jack pensou no garoto tatuado. — Eles sabem que estamos aqui — disse ele suavemente.

— Formem um comboio! — Marshall deu ordens. —

Windrush, mande os seus homens para guardar os flancos. Vamos, homens. Quero as armas em posição ao anoitecer.

Com o suor descolorindo suas roupas brancas, os marinheiros reuniram força para um grande viva e continuaram seus trabalhos, puxando as armas pesadas. Os homens de sabre se juntaram a eles, por isso, apesar da relva na altura da cintura, fizeram progresso mais rápido através do terreno plano.

— Como vamos reduzir um forte? — perguntou Bertram.

Jack se lembrou dos manuais que havia lido na sua viagem à Índia. — Nós apontamos para a base do muro e subimos gradualmente — disse ele.

— Parece fácil! — Bertram bateu no cano da arma mais próxima.

— Ouça, senhor — reportou Wells. — Os dacoits acordaram.

Os tambores começaram suavemente, uma pulsação de fundo que Jack mal notou, e então aumentou para um rugido que cercava a pequena força britânica enquanto eles rastejavam através daquela planície assada pelo sol.

— Senhor! Estão atrás de nós! — Havia medo nos olhos de Thorpe enquanto ele corria para relatar.

Jack olhou para trás. Um grupo de homens de jaquetas pretas estava na franja da selva que eles haviam deixado tão recentemente.

— Obrigado, Thorpe; agora volte para o seu lugar. Não façam nada a não ser que ataquem.

— Posso disparar contra eles, senhor?

— Somente se um oficial ou o sargento Wells der permissão. — Jack estava se mexendo enquanto falava. O comboio tinha apenas cem metros de comprimento, com o canhão na frente e homens com munições e mantimentos no centro. O punhado de homens do 113º tinha dificuldade em cobrir todos os ângulos.

— Ali, senhor, nas franjas da selva. — O dedo de Thorpe tremeu enquanto apontava.

A grama alta na altura do peito tornou a observação difícil, mas Jack adivinhou que havia cerca de vinte birmaneses de pé em um nó apertado em torno de um homem alto com um capacete de pontas.

— Estou vendo — disse Jack. — Fique de olho neles, Thorpe. Se parecerem perigosos, me avise.

— Eles parecem perigosos agora, senhor. — Thorpe levantou o mosquete. — Permissão para disparar?

— Não. — Jack empurrou o cano do mosquete para baixo. — Somente se nos ameaçarem. Pelo que sabemos, eles são de uma aldeia amigável apenas observando para ver quem somos.

O comboio empurrou lentamente, metro após metro dificilmente conquistado com as rodas do canhão esmagando a grama e marinheiros e soldados olhando em redor, mãos cautelosas sobre sabres e mosquetes. Insetos faziam nuvens ao seu redor, mordendo ferozmente.

— À frente, senhor — informou Wells. — Birmaneses.

Havia outro grupo de cerca de uma dúzia de homens, observando-os.

— Faça uma saudação, sargento. Pergunte o que eles querem. — Jack precisou levantar a voz acima do rugido dos tambores.

— Sim, senhor. — Wells respirou profundamente o ar úmido e gritou algo que Jack não conseguia traduzir. Não houve resposta.

— Fique de olho neles — disse Jack —, mas não dispare a não ser que nos ameacem.

Havia outro grupo no flanco direito, observando, mas não interferindo, enquanto o comboio se aproximava da barricada.

— Estão por todo o lado, senhor — A voz de Thorpe subiu.

— Eles são apenas dacoits, nós somos soldados britânicos. Recomponha-se, homem!

— Isso vai servir — Marshall deu uma ordem repentina. — Prepare as armas, Bertram. Quero os dois canhões prontos para disparar dentro de uma hora. Teremos as cores britânicas voando sobre essa barricada amanhã ao anoitecer.

Jack viu a fumaça da barricada um instante antes de ouvir o estalar da arma. — Esse é o começo — disse ele.

— Canhão de quatro libras — Bertram deu sua opinião profissional — e muito curto.

— Atirem assim que for possível — Marshall deu uma ordem lacônica. — Windrush, guarde os flancos e a retaguarda; deixe a frente conosco.

O segundo tiro birmanês bateu no chão cinquenta metros para a esquerda e o terceiro trinta metros para a direita.

— Eles só têm uma arma e um artilheiro vesgo. — Wells cuspiu seu desprezo no chão. — Afinal de contas, podemos tomar este lugar. — Ele olhou para o céu. — Os tambores pararam, senhor.

Jack concordou com a cabeça. Ele não percebeu o silêncio dos tambores, mas agora percebia que eles estavam quietos desde que o canhão havia disparado. — Talvez o mesmo homem dispare o canhão e bata os tambores — disse ele.

— É isso, senhor — concordou Wells.

Bertram tinha ambos os canhões apontando para a barricada, a trezentos metros de distância e subindo cinco metros acima da relva.

— Apontem para o portão principal — ordenou Marshall. — Não temos escadas, por isso não podemos passar por cima do muro. — Ele estreitou os olhos. — Se apresse, Bertram, e talvez acabemos com isso antes de escurecer. Não espero muita resistência de um bando de dacoits.

— Carregar! — ordenou Bertram — E deixem que eu aponte. — Ele supervisionou os seus artilheiros como um pai com um grupo de crianças, fazendo piadas e verificando tudo o que faziam. — Bom, homens, muito bem. Agora fogo, fogo!

A salva dupla ecoou em torno da planície, com os canos queimando a grama imediatamente na frente das armas.

— Recarregar! — gritou Bertram, enquanto todo o acampamento britânico encarava a fortaleza birmanesa para ver o aterrissar dos tiros.

— Muito longe para a direita — Marshall usou seu telescópio para observar. — Dois pontos para bombordo, Bertram, e você o acerta.

— Permissão para disparar, senhor? — A voz de Thorpe elevou-se a um grito de pânico. — Birmaneses - centenas deles!

Jack correu para a retaguarda. As centenas de Thorpe contavam cerca de vinte, avançando em velocidade pela selva em direção à pequena força britânica. Ao contrário dos soldados em Rangum, eles não usavam uniforme, apenas uma variedade de pequenos turbantes e aventais ou *longyis*.

— Fogo, rapazes — disse ele —, e continuem disparando até que eles fujam. — Ele mostrou o caminho esvaziando seu revólver contra a massa. Ele não viu o resultado enquanto baixava a cabeça para recarregar, empurrando cartuchos nas pequenas câmaras do seu revólver. Ele deixou cair um, se inclinou para recuperá-lo e se endireitou novamente. Os disparos haviam parado.

— Porque não dispara, Thorpe?

— Eles se foram, senhor — disse Thorpe. — Todos eles.

A retaguarda da planície estava vazia; os birmaneses haviam desaparecido. Os britânicos estavam sozinhos.

— Eles podem ter deitado no chão, mantenham os olhos abertos. — Jack xingou quando os mosquetes começaram no flanco direito. Ele correu até lá para encontrar O'Neill recarregando. — O que aconteceu aqui, O'Neill?

— Pode ter sido apenas uma sondagem, senhor, mas achei melhor avisá-los que estávamos acordados. — Ambos os homens vacilaram quando o canhão de Bertram rugiu novamente, seguido rapidamente por uma resposta da barricada.

— Quantos birmaneses eram?

O'Neill fez uma careta enquanto pensava. — Não tenho certeza, senhor. Eles se moviam muito para todo o lado. Podiam ser quinze ou talvez vinte. Não mais do que isso.

Os birmaneses estão sondando as nossas defesas, vão tentar a esquerda a seguir.

Houve apenas um único tiro de mosquete da esquerda, em seguida, uma salva, seguida por um crepitar irregular. Jack chegou enquanto Graham desembainhava a baioneta. — Para onde vai, Graham?

— Atrás dos malditos dacoits, senhor. Foram eles que mataram o Lacey.

— O Lacey está morto? — Jack olhou em volta.

— Atiraram nele, senhor. — Graham carregou a baioneta no lugar. — Vou atrás dos desgraçados.

— Você vai ficar aqui! — disse Jack. Ele viu Lacey deitado no chão com os olhos arregalados e metade do peito aberto. — O que aconteceu?

— Eles apareceram do nada, senhor. Um se levantou do chão e atirou nele e depois outros vieram e todos dispararam contra o Lacey, e depois fugiram. Eu disparei atrás deles.

Outro homem se foi; eles estão matando os meus homens um a um e nos testando. A retaguarda e os dois flancos, estão nos assediando.

— Quantos eram, Graham?

Graham respirou fundo e tentou se concentrar. — Não sei, senhor. Mais ou menos dez.

— Bem, eles já foram embora. Fique de vigia.

O canhão britânico disparou novamente, com a resposta birmanesa falhando. Jack deu um sorriso tenso enquanto pedaços voavam do portão da barricada, e os marinheiros comemoravam largamente.

— Belo tiro, senhor! Isso foi um seis, se já vi um! — gritou Sinclair.

Jack acenou com a cabeça. — Tente outra vez, Bertram!

— Silêncio! — Marshall gritou a palavra. — Vocês são marinheiros britânicos, não crianças de escola. Continue disparando, Tenente Bertram. Eu espero sempre um acerto, não um acerto a cada meia dúzia de tentativas!

Os tambores começaram novamente, baixos e sinistros.

— Eles gostam de música — disse O'Neill, e ignorou o olhar de Marshall.

— O que é aquilo? — Coleman apontou para o movimento à distância.

— Parece cavalaria — disse O'Neill. — Não sabia que os birmaneses tinham cavalaria.

Cavalaria - a palavra se espalhou pela força britânica, e cada rosto se virou para essa nova ameaça.

— Mantenham as suas posições — ordenou Jack. Ele pisou além dos piquetes. Colorida à distância, a cavalaria birmanesa se aproximava sobre a grama. Com o calor e o seu movimento constante, era difícil estimar números, mas Jack adivinhou cerca de cinquenta, talvez mais. Pareciam ágeis e eficientes, com lanças longas e uniformes de cor clara.

— Lide com eles, Windrush — ordenou Marshall. — Bertram, se apresse com esse portão. Eu o quero destruído, não com cócegas.

— Sim, senhor — disse Bertram.

Lidar com eles? Só tenho um punhado de homens!

— Muito bem, rapazes. — Jack deu ordens rápidas. — Thorpe, vigie a retaguarda, Armstrong, vá pelo flanco esquerdo, todos os outros vêm comigo.

Tenho cinco homens para enfrentar um número desconhecido de cavalaria, que pode ser muito boa ou muito ruim.

— Sargento Wells, como é a cavalaria birmanesa?

— Cavalaria Cassey. — Wells fez uma careta. — Ouvi dizer que são bem disciplinados e ferozes quando pensam que estão ganhando, mas não tão bons quando as coisas estão contra eles.

— Bem, então, vamos ver se conseguimos colocar as coisas contra eles. Formem uma linha e me sigam. — Jack tomou uma decisão rápida que foi contra a primeira máxima quando se enfrentava uma cavalaria. *Eu deveria formar um quadrado e esperar por eles, mas como posso fazer isso com apenas um punhado de homens?*

A relva sussurrava debaixo dos seus pés e se enrolava nos seus joelhos e tornozelos, fazendo Coleman tropeçar e xingar. Enquanto se moviam, a cavalaria avançava em direção a eles com ambas as forças convergindo na planície, enquanto o canhão rugia atrás deles e fumaça de pó branco se movia baixa e acre.

— Coloquem as suas cápsulas de percussão — ordenou Jack calmamente. Ele sentiu a tensão aumentar. O próximo encontro seria um conflito sem reconhecimento em local desconhecido numa guerra menor. Não havia glória aqui se ele ganhasse e uma morte sórdida e esquecida se perdesse. Jack olhou para cima, onde um par de abutres circulava, sentindo a morte. *Esses pássaros são as únicas criaturas a ganhar aqui.*

— Mantenham-se em linha e marchem devagar. — Jack havia ouvido falar de alguns regimentos que podiam disparar e marchar simultaneamente, mas ele não havia treinado seus homens para fazer isso. — Quando estivermos a cem passos, vamos parar e disparar uma salva.

Ele podia ver os birmaneses claramente agora; eles estavam observando o avanço desse pequeno punhado de soldados britânicos com mais curiosidade do que agressão, falando uns com os outros e apontando sem medo.

— Alto! — ordenou Jack, e acrescentou — Organize a linha, sargento.

Por Deus, se vou morrer aqui, quero morrer como um soldado.

— Presente!

Cinco mosquetes encaixaram no lugar.

— Fogo!

Quatro mosquetes dispararam; Coleman xingou. — O meu falhou, senhor!

— Recarregue, Coleman, puxe essa carga.

Um dos cavaleiros havia caído numa confusão de homem e cavalo. Os outros haviam parado como se não pudessem acreditar na audácia de um número tão pequeno de homens em atacá-los.

Jack sentiu o calor como um grande peso pressionando-o. Ele limpou o suor que se formou nas sobrancelhas e pingava na frente dos seus olhos.

— Apresentar, fogo!

Outro cavaleiro caiu; os outros deram a volta e se retiraram. O cavalo caído chutava e relinchava. Mais três abutres se juntaram-se ao par.

— Vamos voltar, homens. — Jack experimentou uma mistura de alegria, alívio e confusão.

Por que não avançaram e nos mataram? O inimigo está desperdiçando a sua vantagem.

O canhão voltou a rugir quando eles regressaram. — O portão está bastante danificado, senhor — informou Bertram. — Quatro tiros diretos.

O comandante Marshall abriu o telescópio e examinou a barricada. — É a nossa entrada. Dispare mais duas balas, e depois vão todos para a frente. Teremos esse lugar sob controle antes do cair da noite.

— E os canhões, senhor? — perguntou Bertram. — Se os deixarmos sozinhos, os birmaneses vão levá-los.

— Os birmaneses estarão muito ocupados fugindo de nós para sequer pensar em um par de canhões perdidos — disse Marshall.

— Mas a cavalaria, senhor — Bertram estava obviamente preocupado com os seus canhões.

— Os nossos soldados os afugentaram. Você os viu fugir. As minhas ordens se mantêm, prepare os seus homens para o ataque, tenente Bertram. — Marshall apontou para Jack. — Windrush, lidere o ataque. Dirijam-se diretamente para o portão e não parem diante de baixas. E se acontecer algum daqueles disparates de Chillianwala, eu mesmo mato você como um cão e enforco os seus homens. Você entendeu?

Jack acenou. — Sim, senhor. O 113º tomará a posição de honra enquanto você fica atrás de nós. — As palavras saíram antes que ele pudesse contê-las.

— Seu maldito insolente! — Por um momento, Jack pensou que Marshall estava prestes a atingi-lo, mas o comandante refreou seu temperamento. — Vou denunciá-lo ao seu comandante, Windrush. Por Deus, esse assunto ainda não acabou! Cumpra o seu dever, homem!

— Sim, senhor. — disse Jack.

— Esse assunto ainda não acabou, por Deus! — O'Neill repetiu silenciosamente as palavras de Marshall em um tom agudo. — É a primeira vez que ouço um oficial defender o 113º, senhor.

Eu não deveria encorajar outras patentes a falar contra os seus superiores, mas diabos, esses homens não fizeram nada de errado.

— Somos todos 113º, O'Neill, mas não me orgulho do que disse.

— Não faz mal, ficarei orgulhoso pelo senhor.

— E eu também — acrescentou Coleman. — Maldita Companhia John de bundões!

— Já chega! — Jack os acalmou. — Preparem-se para o ataque. Agora temos que mostrar a esses coletes azuis como lutar. — Ele levantou a voz. — Em frente, 113º!

— Jesus do céu, Rangum não foi suficiente? — murmurou Thorpe, hesitando um pouco e seguindo o resto.

Os homens se dirigiram para a frente, mosquetes nas mãos, baionetas fixas, cabeças curvadas como um meio subconsciente instintivo de proteção contra tiros de mosquete, bolas de jingais e de canhões esperados vindos das paredes da barricada.

— Não demorem, rapazes - somos o 113º. Vamos mostrar a esses da Companhia John o que os verdadeiros soldados podem fazer! — Ataquem! — Foi a primeira vez que Jack usou essa palavra a sério. Ele correu para a frente, aumentando os passos enquanto os tiros de mosquetes começaram a partir da barricada. Ele viu longos jorros de fumaça branca e ouviu o brilho e o bater de bolas no chão. Não importava – ele estava no comando, os birmaneses não podiam tocá-lo - ele era Jack Baird Windrush e era invulnerável.

— Ao ataque!

Os restos do portão estavam diretamente à frente, abertos, pois a artilharia havia deixado apenas fragmentos de madeira pendurados em pedaços do que já haviam sido as dobradiças.

— Cavalaria! A cavalaria está atrás de nós! — Jack ouviu o pânico no grito e olhou por cima do ombro.

A Cavalaria Cassey havia se movido através da planície e se formado em três longas linhas atrás do avanço britânico. Eles cavalgavam a trote com as lanças baixas, como cavaleiros medievais. A grama longa escondia as pernas dos seus cavalos, então eles pareciam deformados - cabeças de cavalo e a metade superior de homens flutuando acima de uma nuvem marrom-amarelada, gritando um grito de guerra birmanês.

— Senhor, também há infantaria nos flancos! Eles cortaram a nossa retirada! — O'Neill apontou para o lado. A planície estava viva com a infantaria birmanesa, movendo-se através da grama longa em ambos os lados da pequena força britânica.

Coleman vacilou; ele quase se virou, até Wells empurrá-lo para a frente.

— Em frente, Coleman! Não há para onde ir, rapaz. A nossa

única chance é invadir a barricada. Em frente, homem, em frente!

— Vamos, 113º! — Sentindo-se muito melodramático, Jack sacou a espada e correu. Ele havia nascido para ser soldado; lutar havia sido o sonho ocupando muitas das suas horas quando criança, liderando seu regimento em um ataque de morte ou glória em direção ao inimigo.

O portão estava a trinta metros à frente... vinte... dez... Jack conseguia ver o interior da prisão com meia dúzia de birmaneses vigiando o ataque britânico. Ele ouviu Wells gritando um desafio, ouviu O'Neill gritando como um demônio irlandês, ouviu Coleman repetir a mesma palavra obscena várias vezes, e então o chão se abriu debaixo dele, e então ele estava caindo, para aterrissar com um terrível golpe. Havia dor excruciante em sua perna esquerda, e outros corpos estavam pousando ao lado dele. Alguém gritava em agonia terrível, Wells gritava algo que ele não conseguia entender, e o mundo inteiro havia mudado.

CAPÍTULO CATORZE

PROVÍNCIA DE PEGU: NOVEMBRO A DEZEMBRO DE 1852

Durante muito tempo, a dor dominou a vida de Jack. Ele fechou os olhos e lutou contra o grito que queria emitir, mas sabia que não podia. Toda a sua vida, ele foi treinado para controlar as suas emoções, como um cavalheiro britânico deveria. Sua mãe - ou a mulher de olhos frios que ele havia pensado ser sua mãe – lhe ensinou a nunca reagir à dor infligindo mais do mesmo, o que foi uma lição reforçada no colégio interno, onde ele havia sofrido sua infância e anos de juventude.

Jack resgatou essas lições agora e colocou a dor em perspectiva. Havia mais de uma dor; havia a dor mental geral da derrota, e havia a agonia aguda em sua coxa esquerda. Era essa última dor que ele achava difícil controlar - era essa dor que ele precisava identificar e melhorar, ou pelo menos entender.

Ele olhou em volta. Ele era uma das três pessoas dentro do poço defensivo, um buraco com estacas pontiagudas apontando para cima para que os atacantes caíssem; um *trou de loup* como os peritos técnicos diriam. Os birmaneses haviam camuflado sua armadilha com tapetes de grama seca, e ele havia liderado o 113ºdiretamente para ela, como o calouro inexperiente que era. Coleman estava sangrando na cabeça, enquanto Graham gritava com uma estaca pontiaguda atravessada na virilha e outra no peito. Jack olhou para sua coxa; a ponta da estaca havia ido direto para o outro lado. A dor veio em ondas. Sua espada estava entre as estacas, o brilho ineficaz de sua lâmina zombando dele.

Meu Deus, estamos à mercê de Bo Ailgaliutlo. Em vez de trazer honra e glória aos 113º, os conduzi para outra derrota, essa é a maldição do 113º.

Os tiros desconexos cessaram, em seu lugar vieram vozes birmanesas e risos agudos. Quando Jack olhou para cima, um círculo de rostos birmaneses olhou para ele, alguém apontou e riu, e três homens magros usando trajes típicos e turbantes curtos saltaram para dentro do poço. Eles ignoraram os soldados britânicos e pegaram os mosquetes e a espada de Jack, que eles atiraram para os seus companheiros.

Dois homens ficaram ao redor de Graham, que continuava a gritar. Um birmanês com uma marca profunda no rosto se sentou sobre ele, fazendo-o deslizar mais fundo sobre a estaca, enquanto os outros riram dos gritos renovados.

— Seus desgraçados imundos! — ofegou Jack — Torturando um homem ferido! Seus cães imundos!

Deixando Graham, os dacoits se aproximaram de Jack e olharam para ele. Um deles lhe deu um pontapé na perna ferida enquanto o outro revirava seu uniforme.

— Oficial britânico — disse Jack. — Deixem os meus homens em paz!

Os dois birmaneses falaram novamente, ignorando Graham e a estaca que foi empurrada através da perna de Jack até Graham dar um longo gemido. Jack percebeu a presença de um homem na borda do poço, assistindo tudo o que acontecia. Ele usava um casaco vermelho desbotado, mas eram os olhos que pareciam familiares.

— Olá — Jack ouviu a rouquidão na sua voz. — Você é Bo Ailgaliutlo, o inglês?

O homem do casaco vermelho olhou para ele, mas não disse nada.

— Ajude o soldado Graham — disse Jack —, ele está gravemente ferido e precisa de atenção. Ele não pode lhe fazer mal na sua condição. Por favor. — Ele achou difícil ser educado com um renegado e inimigo do seu país, mas Graham era um de seus homens. — Por Favor, Bo Ailgaliutlo.

O homem de casaco vermelho disse algo, e um dos birmaneses no poço desembainhou seu dha e caminhou em direção a Graham.

— Não! — gritou Jack — Ajude-o!

O homem olhou diretamente para Jack, e depois puxou a cabeça de Graham, deixando sua garganta exposta, e, lentamente, cortou-lhe deliberadamente a garganta. Graham gorgolejou enquanto o sangue jorrava dele.

— Seu assassino maldito! — Jack tentou se livrar da estaca, mas a dor se intensificou, e ele se encolheu, praguejando. Bo Ailgaliutlo assistiu a cena de cima sem nenhuma expressão, então falou novamente e apontou para Jack. O birmanês com o dha avançou e agarrou o cabelo de Jack.

— Me largue! — Jack deu um soco. Ele sabia que era inútil, mas estava determinado a não facilitar para eles.

Então é assim que eu morro, assassinado num poço fedorento na Birmânia por um dacoit. Sem glória e sem honra, sem uma última bravura em torno das cores, sem medalhas e sem testemunhas admiradas. Sórdido, sujo e desconhecido, aqui morre Jack Windrush, bastardo indesejado.

— Deixe o Segundo-Tenente Windrush em paz! — Jack não sabia que Coleman estava consciente. — Eu disse, deixem o Segundo-Tenente Windrush em paz, seus malditos birmaneses!

Bo Ailgaliutlo disse uma palavra e levantou uma mão. O

birmanês com a espada fez uma pausa. Bo Ailgaliutlo falou novamente, e o homem guardou o seu dha.

— Como você se chama? — Bo Ailgaliutlo falou com dificuldade, como se achasse as palavras dolorosas de usar.

— Segundo-Tenente Jack Windrush do 113º Regimento de Infantaria — disse Jack. — E esse é o soldado John Coleman do mesmo regimento. O soldado ferido que o seu brutamontes tão terrivelmente matou era o soldado Henry Graham, e-

— Ele estava morrendo em grande agonia — disse Bo Ailgaliutlo lentamente. — O meu homem lhe prestou um grande serviço ao matá-lo. Ele teria passado horas sem esperança de sobreviver. — Ele mudou para birmanês novamente, dando ordens agudas.

Os birmaneses se aglomeraram em torno de Jack e examinaram a estaca através da sua coxa.

— O que você vai fazer? — perguntou Jack.

Ignorando-o, eles agarraram a estaca e a arrancaram do chão. Jack gritou e gritou novamente quando eles o içavam entre eles e o arrastaram para a superfície.

Controle-se; oficiais britânicos não demonstram dor.

Bo Ailgaliutlo olhou de perto para o rosto de Jack, acenou e deu mais ordens.

Jack mordeu o lábio quando os birmaneses o deitaram no chão. Bo Ailgaliutlo ficou sobre ele enquanto os homens brandiam um dha e o colocavam na sua virilha.

Agora vou ser torturado. Bem, eu não sei nada de útil para ninguém.

Um dos birmaneses revistou os seus bolsos tão habilmente como qualquer ladrão de carteiras de Londres. Ele disse algo ao seu companheiro, empurrou a mão até o fundo e saiu segurando um dos Budas dourados de Jack. Eles riram e saquearam os seus pertences, tirando os Budas e a sua carteira.

— Então você tem pilhado, não é? — Bo Ailgaliutlo balançou a cabeça. Ele estendeu a mão e pegou os objetos.

Mexendo na carteira, ele atirou todas as moedas e notas para os birmaneses. — Vou analisar os seus documentos mais tarde, Segundo-Tenente — disse ele, e falou com os seus seguidores.

O birmanês cortou as calças de Jack da cintura aos tornozelos, e puxou-as para longe, e depois Bo Ailgaliutlo atou um torniquete à volta da sua coxa.

— Isso vai doer — disse ele, e segurou Jack para baixo, enquanto os birmaneses empurravam a estaca diretamente através da sua perna e para fora do outro lado.

Jack se ouviu gritar, e a inconsciência misericordiosa o libertou da dor.

Ele abriu os olhos. Havia luz solar entrando através da escuridão e o som de movimento. Dor, sempre dor, em tudo o que ele fazia havia dor. Ele olhou em volta. Ele estava em uma grande cabana de madeira com um telhado de palha através do qual o sol se infiltrava por barras cheias de mota. Dor. Havia outras pessoas lá, homens, alguns dos quais ele reconheceu, outros não.

— O oficial acordou. — Era a voz de Thorpe.

— Bem-vindo de volta, senhor. — Havia sangue seco na cabeça de O'Neill até o queixo, e algo havia rasgado seu uniforme na altura do peito. — O senhor esteve dormindo há dois dias, pelo que pude contar.

— Onde estamos? — A cabeça de Jack doía com cada palavra, enquanto ambas as suas pernas estavam ardendo em agonia. Ele olhou para baixo; ele estava deitado de costas, acorrentado pelos pulsos a um longo poste com as pernas nuas para o alto e fixadas a outro poste. Alguma boa alma havia colocado uma massa de folhas e bananas maduras na ferida pulsante na sua coxa.

— Numa cabana de prisão, senhor — disse O'Neill. — Muitos dos rapazes estão aqui, mas não todos. Alguns dos marinheiros também estão aqui.

Jack fechou os olhos e permitiu que a dor tomasse conta dele.

Sou prisioneiro dos birmaneses. Conduzi os meus homens à derrota e ao desastre. Falhei como oficial.

— Chamada — Jack ouviu a tensão na sua voz. — Vamos ver quem está aqui. — A voz dele era um grasnado. — Sargento Wells, faça a chamada, por favor.

Houve silêncio por um momento antes de O'Neill falar novamente. — Desculpe, senhor, mas o sargento não sobreviveu. Ele não está aqui.

Wells morto! Aquele sábio, sutil e astuto veterano, morto.

— Como ele morreu? — perguntou Jack.

— Não sei, senhor. — O'Neill balançou a cabeça.

— Alguém sabe?

Ninguém sabia. Ninguém o tinha visto cair. Thorpe e Armstrong sobreviveram, com O'Neill e Coleman, mas todos os outros do 113º estavam mortos. Os marinheiros também sofreram baixas, com oficiais, assim como soldados, caindo diante dos tiros e lâminas birmaneses. Havia apenas quarenta prisioneiros naquela cabana, alguns feridos e todos desanimados.

— Não foi o melhor dia, então. — A voz de Bertram soou do canto mais distante da cabana. — Vi o comandante ser levado, então ele ainda está vivo, mas não sei para onde. Mas o velho Sinclair está morto. Um dos homens da cavalaria o perfurou diretamente.

— O que acontece agora? — O tenente Buchanan perguntou fracamente. Tal como todos os outros, ele estava acorrentado de costas. Ele agitou as suas correntes em desespero.

— Temos duas opções — disse Jack. — Ou nos sentamos e esperamos pelo resgate, ou tentamos sair daqui nós mesmos.

— Esperemos que o Tenente Hook tenha tido o bom senso de voltar para Rangum — disse Bertram. — Mesmo sem motores, ele deve estar lá dentro de uma semana ou dez dias, e pode haver um comboio de socorro dentro de um mês no máximo.

— Um mês! — Buchanan levantou os pés e as correntes se agitaram. — Eu não aguento um mês assim.

— Espero que venham antes disso — disse Jack. Ele olhou para cima quando a porta se abriu e dois birmaneses entraram, escoltando Bo Ailgaliutlo entre eles.

— Você é o Windrush. — Bo Ailgaliutlo não perdeu tempo.

— Eu sou Segundo-Tenente Jack Windrush do 113º — concordou Jack.

Bo Ailgaliutlo acenou. — Você tem alguma relação com o Major William Windrush?

— O General William Windrush era meu pai. — Jack levantou o queixo.

Bo Ailgaliutlo recuou um pouco. — Então ele se tornou general, e você é o seu aprendiz. — Ele se inclinou mais perto, seus olhos azuis, e rindo. — Você pode ser útil como moeda de troca, mais tarde.

— Então você conhecia o meu pai, seu traidor desgraçado. — A língua de Jack o traiu mais uma vez.

— Eu ouvi falar dele. — Bo Ailgaliutlo não parecia preocupado com o insulto. — Me surpreende que você esteja no 113º. Aquela família sempre serviu nas Malverns Reais. — Ele acenou para os birmaneses e deu uma ordem que fez Jack ser solto e arrastado para fora da cabana com sua perna atrás dele. Ele gritou uma vez e mordeu o lábio contra a dor.

— Mantenha a cabeça erguida, Windrush! — gritou Bertram.

— Não machuquem o Segundo-Tenente, seus desgraçados! — acrescentou Coleman, mas acorrentado como estavam, o 113º não podia fazer nada além de gritar encorajamentos enquanto Jack era arrastado para fora. Eles estavam em um conjunto de cabanas dentro dos muros da barricada, com grupos de homens e mulheres birmaneses caminhando, alguns armados, outros não. Alguns pararam para observá-lo.

— Seu maldito traidor! — Jack tentou ignorar a agonia da perna ferida. — Assim que o General Godwin souber disso, enviará um comboio de socorro e destruirá o seu forte e todos os seus homens. Você será enforcado, Bo Ailgaliutlo.

— Duvido muito, Segundo-Tenente Windrush — disse Bo Ailgaliutlo, seco. Ele disse algo em birmanês e os dois guardas silenciosos puxaram Jack para uma linha de postes verticais colocados no centro da barricada. — Como o bom general vai descobrir, quando capturarmos o seu lindo barco?

Náusea se espalhou pelo estômago de Jack quando ele viu que havia um homem amarrado a cada poste. — Bom Deus — disse ele —, o que você fez com eles?

— Nós os matamos — disse Bo Ailgaliutlo.

— Seu selvagem, seu cão assassino! — Jack reconheceu o primeiro corpo mutilado como pertencendo ao Tenente Hook e o segundo como o que restou de Knight. Depois disso, ele parou de olhar, pois todos os homens haviam sido cortados e mutilados até a morte.

— Selvagem? — Bo Ailgaliutlo encolheu os ombros. — Isso é totalmente possível, Segundo-Tenente, mas há pouco você ameaçou a mim e aos meus homens com enforcamento, enquanto o seu sargento Wells torturou um prisioneiro ferido. A chaleira e o pote são ambos negros em tempo de guerra, meu amigo íntegro e cavalheiresco.

E Myat? Onde estão Myat e Ranveer?

— Você matou todos a bordo? — perguntou Jack.

— Nem todos; não somos tão implacáveis como os britânicos — Bo Ailgaliutlo não explicou mais. Ele falou novamente em birmanês, e seus homens puxaram Jack para dentro de uma pequena cabana. Eles provaram sua experiência nesse tipo de operação quando acorrentaram Jack a um tronco com alguns movimentos hábeis, e se afastaram.

— Agora, eu tenho dois reféns — Bo Ailgaliutlo apontou para o canto mais distante da cabana —, e só preciso de um. Qual de vocês eu manterei vivo e qual darei aos cuidados dos meus homens, ou das minhas mulheres?

— Maldito seja, seu traidor assassino — disse Jack. Ele espreitou para o canto mais distante da cabana. O comandante Marshall estava deitado no chão, bem amarrado.

O que eu faço agora? Somos prisioneiros de um renegado no coração da Birmânia. Os birmaneses capturaram o meu navio, e todos os meus homens estão mortos ou presos. No entanto, Bo Ailgaliutlo conhece a minha família e julgando pelo seu sotaque; ele é bem educado. Ele não era um soldado, era ao menos um sargento, ou talvez um cavalheiro enlistado.

— É você, Windrush? — Apesar da sua situação, a voz de Marshall estava tão ácida como sempre. — Maldito seja, seu palhaço incompetente! Eu mandei você afastar a cavalaria, e eles apenas nos cercaram. Mandei você abrir caminho para a força de assalto principal, e você caiu imediatamente numa vala.

Jack não tentou conter sua língua. — Todo o assalto foi inútil, senhor, atacando uma prisão com um punhado de homens e dois pequenos canhões.

— Você me dá imprudência, Windrush! Vou colocar isso no meu relatório, pode ter certeza. A sua carreira está no fim, pois ninguém irá contratá-lo depois desse fiasco.

Esse homem percebe que é um prisioneiro?

— As nossas carreiras podem estar no fim, se Bo Ailgaliutlo decidir nos matar. Ele já matou metade da sua tripulação.

— Disparate! Sou um comandante da Honrosa Marinha da Companhia das Índias Orientais; ele sabe que se algo me acontecer, a vingança da Companhia será rápida e terrível.

— Sim, senhor, mas ninguém sabe onde estamos, e Bo Ailgaliutlo capturou o *Serangipatame*, então não há ninguém para levar as notícias.

Marshall recaiu em silêncio.

— Há quanto tempo estamos aqui? — Perguntou ele mais tarde.

— Eles nos capturaram há dois dias, senhor, talvez três — disse Jack. — Se tivermos sorte, o General Godwin pode enviar uma expedição para nos salvar daqui a um mês.

Isso é improvável. Estamos por nossa conta. Temos que sobreviver o melhor que pudermos.

Depois de algum tempo, um birmanês gordo entrou com uma mistura de arroz e peixe e os alimentou, empurrando seus dedos profundamente na boca de Jack.

Jack contou o passar do tempo pelas visitas daquele homem com o arroz. Havia períodos de escuridão e períodos de luz, e havia a hora da alimentação. De vez em quando, um par de birmaneses o levavam para fora, a luz do sol tão brilhante que lhe feria os olhos, e atiravam baldes de água sobre ele.

— Noite do banho. — Jack tentou fazer uma piada, embora Marshall não tivesse dito nada.

Depois do encharcamento, os guardas levaram Jack de volta para o seu lugar na cabana e o algemaram. No início, ele contou os dias. Quando a monotonia se arrastou, ele parou; não importava que dia fosse, já que eram todos iguais.

Após um tempo, os guardas arrastaram o comandante Marshall para longe da cabana. Jack nunca mais o viu; ele não sentia falta dele; ele preferia sua própria companhia. A rotina continuou. Jack descobriu que era muito agradável se deitar e deixar a sua mente à deriva. Ele pensou sobre os sonhos do seu início de vida e os prazeres torturados da escola pública, as ambições abortadas de glória militar, e a concentração em sua carreira que não permitiu tempo para se divertir. Então ele pensou em Myat Lay Phyu.

Ela não era tão jovem como ele havia pensado, mas ele achava difícil julgar a idade dessas mulheres birmanesas. Eram todas muito magras. Ele pensou na sua serenidade, naquele impulso determinado do seu queixo e no deslizar do seu *longyi* sobre os quadris. Um som perturbou o seu sonho.

Que barulho foi esse? Era como o marchar de pés, como se um exército estivesse em movimento. Melhor pensar em Myat e...

Os arranhões eram irritantes. No início, Jack os ignorou, mas quando persistiram ele olhou para a escuridão do canto distante. — Vá embora — sussurrou ele —, me deixe em paz.

Os arranhões continuaram, ficando mais altos.

— Segundo-Tenente Windrush! — A voz era silenciosa, mas distinta.

— O quê? — Jack tentou trazer razão ao seu cérebro atordoado. — Quem está aí? — Ele estava tão habituado ao silêncio que precisava descobrir o significado das palavras. — O que é?

— Sou eu, senhor. — A voz era familiar, mas Jack não se lembrava de onde. Semanas de cativeiro solitário haviam atordoado a sua mente.

— Quem é? — Ele tentou girar apesar das suas correntes.

— Sargento Wells, senhor. Vim libertá-lo.

— Você está morto — disse Jack, e riu. — Eu também estou morto? Você vai me levar para o paraíso?

— Você não está morto, senhor. — O tom da voz de Wells era doloroso depois do silêncio da cabana. — Nem eu. — Ele estava com a barba por fazer e o cabelo despenteado, mas ainda usava o uniforme. Ele rastejou pelo chão com uma faca na mão. — Como essas correntes estão presas, senhor? — Wells examinou-as brevemente. — Ah, estou vendo, é um trinco simples. Vamos tirá-lo daqui em breve.

— A maioria dos homens está morta. Graham, Knight, Lacey se foram. Myat e Ranveer também, eu acho. — Jack notou que as palavras saíam dele.

— Myat está viva, senhor. — Wells trabalhou nas correntes.

— Essa coisa está enferrujada pela umidade. E o Ranveer também está aqui.

Myat está viva?

— O comandante Marshall está morto. — Wells xingou enquanto lutava com as correntes. — Peço desculpas pelo linguajar, senhor, mas essa ferrugem é difícil de tirar. Quando foi libertado pela última vez, se me permite a pergunta?

Jack balançou a cabeça. — Não sei, sargento. Que dia é hoje?

— Não sei, senhor. Estamos em meados de novembro, eu acho.

— E os homens, sargento? Você também os libertou?

— Não senhor, eles estão num lugar diferente. — Wells fez um grunhido quando libertou o parafuso na corrente do tornozelo de Jack. — É isso, senhor. Consegue mexer as pernas?

Nem um centímetro.

— Me dê um minuto. — Jack sabia que seus músculos estavam fracos depois de muitas semanas imóveis, mas queria desesperadamente sair da cabana. Ele segurou os braços para a frente. — Também consegue tirar essas algemas?

— Sim, senhor. Fique quieto. — Wells libertou os parafusos e atirou as algemas no chão. — Eu o ajudo, senhor.

Jack tentou se levantar, mas embora a ferida na perna esquerda estivesse sarando, nenhuma das pernas suportava o seu peso. — Vou precisar rastejar.

Se movendo como um caranguejo pelo chão, Jack seguiu Wells até um buraco na parede.

— Ele está seguro? — Myat estava agachada no buraco, seu rosto tão impassível como sempre.

— Seguro, mas fraco — disse Wells. — Venha, senhor.

Até o ar úmido da barricada cheirava bem depois dos densos confins da cabana. Jack respirou fundo e começou a tossir até que uma mão cobriu a sua boca.

— É melhor ficar calado, sahib, até estarmos longe desse lugar.

— Ranveer! — Jack não conseguiu evitar o sorriso enquanto empurrava a mão do sique. — Pensei que você também estivesse morto.

— Se ficar calado, Segundo-Tenente Windrush, podemos sair daqui vivos. — Myat balançou a cabeça em desaprovação.

Só então Jack notou o cadáver no chão. O sentinela birmanês estava deitado de costas com uma única ferida no lado do pescoço. — Foi você, sargento Wells?

— Não senhor, eu peguei aquele ali. — Wells apontou para um segundo corpo na parte de trás da cabana. — Esse foi o Ranveer.

Jack olhou à volta da barricada. — Onde estão os birmaneses? O lugar está quase deserto.

— Não tenho certeza, senhor. O lugar tem estado cheio de guerreiros esse tempo todo, mas nos últimos dois dias Bo Ailgaliutlo reuniu todos em seus barcos e ontem eles remaram rio abaixo. Foi assim que conseguimos tirá-lo de lá. Temos vigiado a prisão desde que capturaram o senhor, mas essa foi a nossa primeira oportunidade.

E esse é o homem que pensei que estava conspirando contra mim.

— Obrigado, sargento. Estou mais grato do que posso dizer. — Jack tentou se levantar de novo, cambaleou, e Ranveer o agarrou antes que caísse. — Como estão os outros homens?

— O que resta deles está naquela cabana. — Wells acenou para a grande cabana que ficava no centro da barricada. — Há cerca de uma dúzia de guardas, senhor, mais do que conseguimos lidar.

— Não vamos deixá-los para trás — disse Jack. — Que armas temos?

— O meu mosquete, senhor, o *sabre tulwar* do Ranveer e o que esses dois birmaneses carregavam.

— Tragam os mosquetes e dhas deles. — A ideia se formou

na sua cabeça, mesmo enquanto ele falava. — Eles não sabem que só há dois de vocês, uma mulher e um marinheiro fraco. Vamos fazê-los pensar que somos mais do que isso.

Jack observou os sentinelas na cabana maior durante cerca de quinze minutos. Como Wells havia dito, havia doze deles, todos armados com mosquete e dhas.

— Eles não parecem muito vigilantes — disse ele. — Estão conversando e fumando charutos.

— Por que deveriam estar vigilantes? — perguntou Wells. — Eles têm mantido os rapazes como prisioneiros há semanas sem qualquer dificuldade. Os nossos homens estão acorrentados pelas mãos e pés e alimentados com arroz e água. Não estão em posição de fazer nada.

— Nós temos três mosquetes. Quantas munições?

— Eu tenho trinta balas, senhor, e esses colegas — Wells indicou os birmaneses mortos — tinham algumas balas, algumas bolas de pedra, e um pouco de chumbo.

— Isso terá que servir. Myat, você sabe carregar um mosquete?

— Claro que sim, Segundo-Tenente Windrush. — Jack tinha certeza de que havia zombaria no aceno de Myat.

— Eis o que faremos. Pegaremos um mosquete cada um e abriremos fogo contra os sentinelas. Com sorte, poderemos atingir alguns deles, mas é mais provável que apenas chamemos sua atenção. O objetivo é fazê-los acreditar que somos um comboio de socorro inteiro, então gritem como o diabo. — Ele viu Wells e Myat trocarem olhares.

Os sentinelas estavam em dois grupos, um em cada extremidade da cabana, com um homem saindo ocasionalmente para cuidar de algo pessoal. O cheiro acre do tabaco birmanês se espalhava pelo complexo.

— Vamos nos concentrar em um grupo — decidiu Jack. — Dessa forma, podemos assustar metade deles e o resto deve ser mais fácil de gerir. — Ele apontou para o grupo de sentinelas que estavam mais perto. — Sargento, você conhece melhor a sua arma, por isso fique com ela enquanto o Ranveer e eu usaremos os mosquetes birmaneses. Myat, por favor, carregue ele para mim. As minhas mãos não estão funcionando muito bem.

Abrigando-se no ângulo da antiga prisão de Jack, eles apontaram para os guardas. O mosquete parecia pesado e desajeitado nas mãos de Jack, mas ele lutou contra a sua fraqueza.

Eu conduzi os meus homens à derrota e ao cativeiro. Tenho que fazer alguma coisa direito.

— Ao meu comando — disse Jack suavemente. — Preparar, apontar... fogo!

Dois dos mosquetes atiraram imediatamente; o de Jack travou por um segundo e, em seguida, disparou. Um dos soldados birmaneses caiu, gritando, e os outros se voltaram surpresos para ver de onde havia vindo o ataque.

— Recarregar! — Jack entregou o mosquete a Myat — E gritar!

— 113º! Comigo, 113º! — O rugido de Wells ecoou ao redor da barricada, junto com o grasnado muito mais fraco de Jack.

Ranveer deu um rugido do fundo da garganta: — *Bole So Nihal, Sat Sri Akal!*

Wells disparou novamente, com Ranveer alguns segundos depois e Jack em terceiro. Outro dos dacoits caiu, chutando e se contorcendo. Os outros estavam levantando os mosquetes ou procurando refúgio. Jack apontou para as costas de um dos fugitivos e disparou. O homem gritou, agarrou a perna e caiu, se remexendo no chão.

Isso é pelo Lacey e por Graham.

— Continuem disparando! — pediu Jack. Ele se abaixou quando uma bola birmanesa atingiu a quina da cabana a poucos metros da sua cabeça. Wells gritou novamente e disparou uma terceira vez.

— Cuidado com os flancos! — avisou Jack.

O segundo grupo de birmaneses estava vindo pelo lado. Eles avançaram, alguns segurando os seus mosquetes, outros desembainhando seus dhas.

— Peguem aqueles — ordenou Jack. Ele pegou o mosquete recarregado das mãos de Myat, apontou para o centro do grupo e disparou. O seu tiro acertou o líder direto no peito e o atirou para trás, fazendo-o colidir com o homem imediatamente atrás dele. Ambos caíram. Os quatro restantes hesitaram; dois deram a volta e dois levantaram seus dhas para o alto, gritaram um grito de batalha, e correram contra os seus atacantes. Wells disparou e falhou, Ranveer disparou e atingiu um dos homens em retirada, sacou seu sabre tulwar e avançou.

— *Bole So Nihal, Sat Sri Akal!*

— Seu sique maluco! — gritou Wells, guardando sua baioneta e correndo para ajudar. Jack deu um passo, cambaleou e caiu no chão. Ele só podia assistir enquanto Ranveer cortava o birmanês que avançava através do estômago e depois da cabeça. Os birmaneses caíram imediatamente. Wells enfiou sua baioneta em um dos homens em retirada e seguiu desaparecendo ao virar a esquina da construção.

— Tenha cuidado, Edmundo! — Myat se levantou bruscamente, com a mão na boca.

Edmundo? Eu não havia pensado no Sargento Wells como um Edmundo - e como Myat descobriu o seu nome?

— Mosquete! — Jack estendeu a mão. — Wells sabe cuidar de si mesmo, onde está o meu mosquete?

Os olhos de Myat estavam largos quando olhou para ele, e então ela pareceu se lembrar do que estava fazendo e recarregou apressadamente.

Por alguns momentos, Jack ouviu o grito de guerra de Ranveer ao lado dos rugidos de Wells e das vozes mais leves dos dacoits. Ele tirou o mosquete de Myat quando três birmaneses saíram do esconderijo com Wells e Ranveer atrás deles.

— Eu lhe disse que Wells ficaria bem — disse Jack. Ele se arrastou para uma posição ajoelhada e apontou para o líder birmanês. À espera de que o homem estivesse a apenas vinte metros de distância, ele apontou para o seu estômago e puxou o gatilho. A arma recuou ferozmente em suas mãos, e o birmanês cambaleou. Ranveer acabou com ele com uma facada nas costelas.

— Dois fugiram. — Wells fez uma saudação. — Fugiram antes de os alcançarmos.

— Você podia ter morrido! — Foi a primeira vez que Jack viu Myat mostrar alguma emoção real. Ela seguiu até Wells, gritando em uma mistura de birmanês e inglês, e bateu com força no seu braço. — Podia ter morrido, Edmundo Wells!

Jack achou melhor olhar para o lado enquanto Wells gritava de volta para Myat, seu inglês também misturado com uma pequena quantidade de palavras birmanesas. — Você está muito preocupada com a vida de um soldado britânico.

Myat olhou para ele com olhos que ainda tinham vestígios de raiva. — Você ainda não percebeu, Segundo-Tenente Windrush? Ele é meu marido!

Meu Deus do céu! Jack olhou para ela. — Wells é seu marido? — Ele tentou controlar as emoções que ameaçavam envolvê-lo.

— Myat. — Wells estendeu a mão, mas parou quando ficou evidente que era tarde demais. Myat havia dito as palavras. Ele ficou em atenção. — Myat e eu somos casados há mais de dez anos, senhor.

— Legalmente? — perguntou Jack.

— Pela tradição birmanesa, senhor. — Wells permaneceu em atenção.

Muita coisa faz sentido agora. Foi por isso que Wells escolheu ficar na Índia. Um soldado britânico com uma esposa nativa não acharia a vida fácil na Inglaterra. Myat não seria aceita pela convenção militar, enquanto as esposas do outros sargentos a teriam no mínimo desprezado.

— Foi Myat quem salvou você de Gandamak — disse Jack.

— Sim, senhor. — Wells permaneceu em atenção.

— Myat é a razão pela qual você se transferiu para o 113º quando o seu primeiro regimento voltou para casa? — Jack notou que Myat estava ombro a ombro com Wells, homem e mulher enfrentando os problemas juntos.

— Correto, senhor. — Wells permaneceu em atenção, apesar de Myat ter interligado seu braço ao dele.

— O seu antigo comandante sabia do casamento? — Em alguns regimentos, mesmo os oficiais não-comissionados precisavam pedir permissão do coronel antes de se casarem. Um coronel teria que ser muito liberal para permitir que um soldado casasse com uma nativa.

— Não, senhor — disse Wells.

Casar sem permissão era uma ofensa. Wells havia se colocado sob risco de chicotadas e uma dispensa desonrosa com a perda da sua pensão.

— O coronel Murphy pode ser mais compreensivo, sargento — disse Jack. — Eu esperaria para ver qual seria a opinião dele antes de se aproximar. Vou perguntar o que ele pensa sobre tais assuntos e depois lhe digo.

A saudação de Wells teria agraciado qualquer RSM na Brigada de Guardas. — Obrigado, senhor.

Outro reflexo atravessou Jack. Ele se lembrou dos pensamentos que o tinham ocupado quando estava em cativeiro. Ele havia considerado um vínculo com a esposa de um enlistado - o que era um dos piores crimes imagináveis para um oficial. Seria o sangue apaixonado do seu pai aparecendo nele? Ele afastou o pensamento. Ele tinha preocupações mais imediatas do que uma ligação romântica abortada.

— Vamos libertar os outros prisioneiros? — disse Jack. — Ranveer, pode me emprestar o seu braço, por favor?

Jack não disse nada quando Myat se aproximou. Ela lhe

tocou levemente no ombro. — Você teve que lutar três batalhas; contra os inimigos do seu país, contra a sua consciência e contra si mesmo. Está ganhando a terceira.

Wells abriu a porta da cabana da prisão. — Oficial presente! Atenção 113º!

Foi o cheiro que primeiro atingiu Jack. Era o cheiro de homens presos durante semanas num espaço confinado sem instalações e sem saneamento. Com Ranveer apoiando-o, ele ficou na porta.

— Fiquem quietos, o sargento Wells e Ranveer Singh vão libertá-los. Vamos sair daqui assim que pudermos.

Não havia muitos deles vivos. Coleman, Thorpe, Armstrong e O'Neill se esgueiraram para fora da cabana, seguidos por cinco marinheiros. Todos os outros haviam morrido de doença ou negligência. O tenente Bertram era o único oficial da Marinha sobrevivente, e ele estava amarelo de febre.

— Alimentem esses homens — ordenou Jack — ficaremos nessa barricada até estarmos aptos a nos mover.

Myat apertou as mãos e deu um aceno mais profundo do que o habitual a Jack. — Os homens cheiram mal, Segundo-Tenente Windrush. Eles precisam se lavar, e você também precisa de roupas para se cobrir. — Ela o olhou de baixo para cima e depois novamente.

Jack se esqueceu de que só usava uma camisa. Ele se moveu desconfortavelmente quando Myat sorriu.

— Os seus homens podem ter ciúmes. — Ela entregou um pedaço de tecido. — Um avental — disse ela. — Quer que eu lhe mostre como amarrá-lo no lugar?

— Não, obrigado — Jack se cobriu apressadamente. — Tenho certeza de que consigo.

Myat enrugou o nariz. — Talvez você devesse se lavar também — sugeriu ela.

— Mais importante do que lavar — Jack mudou de assunto.

— Precisamos de armas. — Ele levantou a voz. — Sargento Wells!

— Senhor! — Wells ficou em atenção e Jack ignorou as piscadelas que ele e Myat trocaram, ou a maneira na qual ela também ficou em atenção de forma sarcástica, mas sem sorrir.

— Procure armas na barricada, sargento. Mosquetes se os encontrar, dhas se não conseguir, ou paus afiados, se for isso que conseguirmos. Quero que cada homem tenha pelo menos algo com que se defender se os birmaneses voltarem.

Myat desviou o olhar. — Ah, você não vai precisar de armas, Segundo-Tenente. Uma prova desse fedor e qualquer dacoit evitará essa barricada. Isso se não morrerem todos de doença antes dos dacoits chegarem.

Wells não resistiu ao ligeiro tique no canto da boca.

— E quando tiver procurado por armas, sargento, organize um banho, pode ser? — Jack deu a Myat um olhar que deveria subjugá-la, mas em vez disso só resultou em um ligeiro estreitamento dos seus olhos enquanto ela lutava para controlar o riso. — Senão, a sua mulher vai me distrair.

— Sim, senhor — disse Wells. — Ela é muito boa nisso, se não se importa que eu diga.

Eu sei, sargento, eu sei.

Caminhar sem o apoio de Ranveer foi doloroso. Jack se forçou a dar um passo, depois outro. Ele fez um cajado e se moveu mais, metro após metro, até que se sentiu confiante em sua capacidade de se mover independentemente. Foram mais dois dias até ele assumir o controle total da barricada.

— Quero levar esses homens para Rangum.

Porque estou contando tanto a um enlistado e uma tradutora nativa? Porque eles salvaram a minha vida, raios!

— A maioria dos homens mal consegue ficar de pé, Segundo-Tenente Windrush — apontou Myat.

— Eu estou bem ciente disso — disse Jack —, mas os

homens de Bo Ailgaliutlo não estarão longe para sempre, e quando voltarem, eles nos prenderão como ratos.

— Buda diz... — Myat começou, mas Jack a interrompeu.

— Buda pode dizer o que ele quiser. Buda nunca esteve no comando de uma unidade de homens fracos em território inimigo. Vamos sair se estiverem em forma, ou não.

Myat curvou a cabeça em menor aquiescência.

— Sargento, mantenha os sentinelas alerta e os force de volta à forma. Vou inspecionar esse lugar.

O interior da barricada era simples, com um grupo disperso de cabanas de vários tamanhos em torno de um espaço aberto. As cabanas estavam desarrumadas, com esteiras manchadas de betel em pisos não varridos, pilares de teca grosseiros subindo para um telhado de palha enfestado de ratos, vermes e nada mais.

— O que procura, Segundo-Tenente Windrush? — Myat o viu bater os calcanhares no chão e bater nas paredes.

— Tudo o que conseguir encontrar — disse Jack.

— A cabana de Bo Ailgaliutlo está longe dos seus homens — disse Myat discretamente. — Se procura o que ele lhe tirou.

— Você busca as mesmas coisas — disse Jack.

— É sua responsabilidade devolvê-los, não minha. — Myat estava sem expressão novamente.

A cabana de Bo Ailgaliutlo era menor e com uma decoração mais ornamentada, uma esplêndida cama de bronze e, estranhamente, Jack pensou, um retrato de uma jovem Rainha Vitória. Dois casacos de uniforme pendurados numa viga. Um pertencia ao Comandante Marshall e o outro era de Jack. Ele o vestiu com alívio.

Agora pareço um soldado outra vez.

Não havia nada de valioso em exposição, por isso Jack mexeu nas paredes, à procura de cavidades escondidas. Ele estava prestes a desistir quando Ranveer entrou na cabana.

— Sahib está à procura de alguma coisa? — Ranveer

parecia tão solene como um servo deveria estar, com olhos que brilhavam.

— Sim, sahib está. Sahib está à procura do que Bo Ailgaliutlo roubou — Jack não escondeu a sua frustração.

— As duas estátuas douradas? — Confie em Ranveer para saber tudo.

— Elas mesmas — disse Jack.

— Sahib gostaria que eu ajudasse? — O rosto de Ranveer era inocente.

— Com certeza, sahib gostaria que você ajudasse — disse Jack.

Ranveer não perdeu tempo. Ele removeu o tapete de correr do chão e bateu com o calcanhar da bota, de um lado da cabana para o outro e disse: — Aqui, sahib. Aqui é oco.

Havia uma fenda na tábua, através da qual Ranveer escorregou os dedos. Quando ele puxou, uma seção do chão se levantou. Por baixo estavam os Budas de Jack, um pequeno saco de moedas europeias e peças de joias orientais.

São os espólios de Bo Ailgaliutlo, ou um pé-de-meia para o futuro?

Atirando as moedas para Ranveer, Jack embolsou os Budas. O peso deles era reconfortante.

Agora tenho esperança outra vez. Agora posso comprar o meu caminho para a respeitabilidade.

— Certo, homens — Jack se dirigiu ao seu grupo reunido de soldados e marinheiros na área plana, fora das cabanas. — Precisamos voltar. Myat conhece a área melhor do que ninguém aqui, e ela me diz que temos uma guarnição em Pegu, um lugar do qual todos temos boas memórias.

Ele esperou que as suas palavras fossem absorvidas. Os homens pareciam cansados, doentes e desgastados. Alguns deles ficaram um pouco empolgados com a menção de Pegu.

— Vamos marchar para nos juntarmos à essa guarnição.

Com sorte, estaremos lá dentro de duas semanas, e então serão camas limpas, comida decente e segurança.

Foi apenas um discurso curto e não tão inspirador quanto o do Comandante Marshall. Não houve aplausos, apenas uma aceitação impassível da situação enquanto os homens se afastavam lentamente.

Jack os observou partir.

— Não vamos marchar para Pegu, Segundo-Tenente Windrush. — A voz era fraca, mas determinada. — Estou assumindo o comando aqui.

CAPÍTULO QUINZE

PROVÍNCIA DE PEGU: NOVEMBRO DE 1852

O tenente Bertram estava na porta da cabana. — Nenhum de nós está apto para marchar. Vamos pela água. Eu sou o seu superior, lembra-se? — O sorriso dele removeu qualquer ferroada das palavras.

— Eu não vou nadar porcaria nenhuma.

Jack ignorou o sussurro de Coleman enquanto acenava para Bertram. — O *Serangipatame* já se foi há muito tempo, tenente. Os birmaneses o queimaram, acredito eu.

— Não estou falando do *Serangipatame*. — Bertram se inclinou para a frente. — Isso é uma barricada militar. Os birmaneses nos atacaram em barcos de guerra, certo?

— Correto — concordou Jack —, mas...

— Tenha paciência, Segundo-Tenente. — Bertram cambaleou, então um dos seus marinheiros avançou para o apoiar. — Os homens dessa guarnição vieram em barcos e partiram em barcos, mas nem todos saíram. Os guardas foram deixados para trás. O barco deles estará aqui em algum lugar.

— Então, vamos encontrá-lo. — Jack encontrou o sorriso de Bertram. — Não gosto de marchar se puder evitar.

— Vocês, *Serangis* — disse Bertram — vasculhem a margem

do rio. Vocês sabem como os birmaneses são bons em esconder armadilhas, então os barcos deles não estarão descobertos.

— Os meus homens vão ajudar — ofereceu Jack, mas Bertram balançou a cabeça.

— Vocês não distinguiriam um barco de guerra de uma morsa — disse ele. — Esse é um trabalho para marinheiros. Você e os seus casacas vermelhas podem saudar uns aos outros ou marchar em atenção, ou fazer algo igualmente militar.

Jack sentiu seu espírito se alegrando. Bertram era o oposto do Comandante Marshall, um homem sob o qual ele podia trabalhar alegremente.

Fraco como estava, Bertram comandava os seus homens com habilidade. Ele os dividiu em grupos para procurar. — Mas cuidado com qualquer uma dessas armadilhas infernais — lembrou ele. — Já perdemos bons homens o suficiente, e não queremos perder mais.

— Eles não vão encontrar nada. — Wells mal havia falado antes de haver um rugido da margem do rio.

— Aqui está, senhor! — gritou um marinheiro de nariz partido —, escondido debaixo destes arbustos ou seja lá o quê. — Ele xingou alto. — Desculpe, senhor, mas está cheio de aranhas e coisas assim. — Ele xingou novamente e pisou com força no chão enquanto Bertram se aproximava mancando.

Eles examinaram o barco de guerra perto da margem, cheio pela metade de água e com a popa coberta com ramos quebrados. Havia um buraco no casco perto da proa, centenas de insetos diferentes corriam ao longo do fundo, e metade dos remos estavam faltando.

— Meu Deus, não podemos entrar nisso — disse Jack.

— Ele é lindo — decidiu Bertram com entusiasmo.

— É um desastre. — Coleman deu sua opinião sincera.

— O teremos em condições de navegar num instante. — Bertram ignorou a insolência. — Segundo-Tenente, pode garantir que não somos perturbados? Atire em qualquer um desses malandros birmaneses que se aproximem.

— Mas apenas os bandidos birmaneses — lembrou Myat, com o rosto grave —, não os peguanos. Estamos do seu lado, lembre-se.

Jack acenou com a mão enquanto verificava as posições em que Wells colocava os seus homens.

Essa espera está me deixando nervoso. Eu estava pronto para marchar.

— Como vamos chamá-lo, rapazes?

Jack levantou as sobrancelhas, mas não disse nada. Ele nunca tinha ouvido um oficial pedir opinião aos seus homens. Ele esperou pela reação deles.

— Podíamos chamá-lo de *Birmânia*, senhor — disse um dos homens.

— Ou *Serangy*, em homenagem ao nosso navio.

— Mabel seria aceitável, senhor? É o nome da minha irmã. — O marinheiro era pequeno e muito magro, com uma expressão ansiosa em olhos enormes.

— O que acham, rapazes? — gritou Bertram. — *Mabel*, *Serangy* ou *Birmânia*?

A resposta veio em um murmúrio de vozes, ao qual Bertram ouviu com um pequeno sorriso no rosto. — *Mabel* então — decidiu ele.

— Obrigado, senhor — sussurrou o marinheiro magro.

Jack limpou o suor da testa, balançou a mão em vão contra os insetos que zumbiam e sentiu a suavidade tranquilizadora dos Budas em seu bolso. — Quando o seu barco estará pronto?

Bertram passou uma mão através do cabelo ruivo e olhou para cima, onde o sol estava desaparecendo atrás das árvores. — Hoje não — disse ele.

Isso significa outra noite aqui, outra noite vulnerável ao ataque dos dacoits.

— Partimos amanhã de manhã cedo — disse Bertram. —

Dê aos homens mais umas horas para recuperarem suas forças. — O sorriso dele era surpreendente depois de tantas semanas em cativeiro.

Como sempre, havia uma névoa no rio e um coro pré-alvorecer de insetos e pássaros invisíveis, enquanto eles subiam apreensivamente para o estreito barco de guerra birmanês. Ao estilo da Marinha, Bertram foi o primeiro a entrar no barco e Jack o último. Ele olhou para as paredes de tronco da barricada.

— Devíamos incendiar tudo isso.

— Tarde demais — Bertram não escondeu o seu prazer em voltar a flutuar. — Vamos rapazes, vamos fazer o *Mabel* se mexer!

Os marinheiros estudaram as remos com intensa curiosidade.

— Assim — Bertram demonstrou como remar. — Ficamos de frente para a proa e empurramos o Mabel pelo rio, até Pegu. Vigiem as margens, homens, e não falem. Se ficarmos calados, as pessoas podem pensar que somos birmaneses.

Jack sentiu mais do que viu a descrença de Myat.

Bertram foi até a proa alta, olhando em frente para a neblina que se movia. Por um momento, Jack pensou que ele se parecia exatamente com um líder, um homem jovem e orgulhoso enfrentando uma ameaça que apenas Deus conhecia, enquanto levava seus homens em frente como Jason ou Odisseu, e então a realidade voltou.

Carregando as armas que conseguiram encontrar, os homens do 113º estavam magros e fracos após os últimos meses, mas também estavam mais unidos. Apesar das dificuldades, ou por causa delas, eles pareciam soldados de verdade.

— A que distância fica Pegu? — perguntou Coleman.

— Rio abaixo sem obstruções são três dias de viagem — respondeu Myat imediatamente.

— Bo Ailgaliutlo colocou obstáculos no rio para parar o *Serangipatame* — lembrou Jack.

— Eu sei — Bertram falou por cima do ombro sem se virar. —, é por isso que estou aqui em cima. Vou vê-los primeiro.

O marinheiro magro xingou ao perder o ritmo e o seu remo causou um grande impacto na água.

— Falem baixo! — ordenou Bertram — Pode haver ouvidos à espreita.

Os marinheiros não eram especialistas nos remos; houveram mais sons altos e palavrões baixos à medida que Mabel se movia errático para baixo do rio coberto de névoa.

— Espero que esse nevoeiro dure o dia todo — disse Jack, e naquele momento, ele começou a levantar.

— Devagar em frente — disse Bertram, e em seguida, emendou sua ordem para — Parem de remar. — Houve uma onda de atividade enquanto os marinheiros tentavam dominar a arte do remo. Eventualmente, Mabel parou desordenadamente e flutuou na corrente, com dois homens remando para mantê-lo parado.

— Olhem em frente — Bertram apontou — O *Serangy*.

— O que restou dele — murmurou um marinheiro, enquanto outro amaldiçoou os birmaneses com uma série de xingamentos imundos. Bertram não ordenou que ele fizesse silêncio.

O *Serangipatame* estava de lado na margem do rio. Sua parte superior e parte do casco foram queimadas completamente, com o restante cor de carvão e torcido pelo calor. Acima do naufrágio e pendurado pelo pescoço estava o esqueleto de um homem, atacado por pássaros e insetos.

— Quem será aquele pobre coitado? — perguntou Coleman.

— O Comandante Marshall — disse Bertram, baixo. — Aquele renegado me disse exatamente o que fizeram com ele.

— O que disse, senhor? — perguntou Thorpe, mas Bertram balançou a cabeça.

— Não foi uma morte rápida — foi tudo o que ele disse.

Os birmaneses haviam mais uma vez colocado estacas no rio para evitar que navios de guerra britânicos passassem, mas como o barco de guerra era mais estreito do que o *Serangipatame*, Bertram conseguiu manobrar entre as varas. Ele se dirigiu até o *Serangipatame*.

— Vamos dar a ele um enterro cristão — disse ele. — Um marinheiro britânico merece mais do que ser enforcado para sempre na Birmânia.

Com a floresta como um pano de fundo e um coro de pássaros substituindo os hinos solenes de uma igreja, eles cavaram uma sepultura irregular e os marinheiros baixaram o esqueleto do seu comandante com tanta reverência quanto eles conseguiram reunir.

— Alguém sabe as palavras? — perguntou Bertram. — Não? Bem, então farei o que puder.

Jack se lembrou do funeral do pai. Ele ouviu Bertram tropeçar em algumas frases que se assemelhavam vagamente ao funeral, e então enviou seus homens em serviço ao redor do barco e do grupo.

— Ele era um homem duro — disse Jack.

— Ele era um bom marinheiro. — Bertram permaneceu leal ao seu superior.

Eles deixaram o comandante Marshall na margem do rio lamacento na província de Pegu com uma cruz grosseira colocada acima do túmulo. Ninguém olhou para trás.

— Miseráveis — disse o marinheiro magro, com cada golpe forte do remo — Malditos birmaneses miseráveis.

Quando Jack olhou para Myat, ela estava sentada perto de Wells, seu rosto impassível. Pela primeira vez, não havia necessidade de ordenar que o 113º ficasse alerta. Eles se posicionaram em torno do barco, abraçaram seus mosquetes e sondaram a floresta que passava, o matagal e os campos.

— O que é aquilo no rio? — Wells apontou para o lado. — Pode ser apenas um animal.

— É um homem — gritou o marinheiro magro. Ele estendeu a mão com o remo enquanto Bertram os guiava naquela direção. — Não — continuou ele —, não é. É uma mulher.

Ela flutuava de rosto para cima com as mãos abertas.

— Devemos enterrá-la, senhor? — perguntou o marinheiro magro.

— Não — Bertram decidiu depois de uma pausa. — Não temos tempo.

— Tivemos tempo com o comandante — lembrou o marinheiro.

— Ele era um de nós — disse Bertram. — Ela é apenas uma birmanesa.

Wells se aproximou para tocar no braço de Myat. Jack desviou o olhar, consciente do ciúme que se torcia dentro dele.

Houve outro corpo mais tarde naquele dia, sem cabeça, e um terceiro sem braços, liberando sangue em meio a um frenesi de peixes se alimentando.

— Bo Ailgaliutlo tem estado ocupado — disse Wells.

Levei os meus homens à derrota. Todas as mortes aqui são culpa minha por falhar na barricada.

— Ele está morto, estão todos mortos. Eu vou acabar com aquele assassino birmanês desgraçado! — Coleman tirou o dha do cinto e beijou a lâmina. — Eu juro!

Eles cheiraram fumaça antes de remarem pela curva, e a aldeia era apenas uma confusão ardente.

— Continue remando — decidiu Bertram. — Não podemos fazer nada aqui.

Havia outras aldeias, queimadas ou desertas, com os campos de arroz desabitados, as cabanas arruinadas, e barcos de pesca presos e afundados na beira do rio.

— É como se Átila, o Huno, tivesse passado por aqui — disse Bertram.

— Não — Jack balançou a cabeça —, só Bo Ailgaliutlo e os seus dacoits. A guerra aqui não é civilizada.

— A guerra é civilizada, Segundo-Tenente Windrush? — perguntou Myat suavemente. — A guerra no Punjab matou milhares, a guerra no Afeganistão viu um exército britânico destruído e todos os seguidores do campo massacrados, e elas eram meras rixas em comparação com a sua grande guerra contra a França.

— Como diabos você sabe disso? — perguntou Jack.

Myat deu um aceno que não escondia o desdém nos seus olhos. — Eu sei, Segundo-Tenente. Sou apenas uma nativa e não um de vocês. — O olhar dela para Bertram era significativo. — Não tenho o direito de conhecer a história europeia ou qualquer outra coisa.

Jack sentiu o seu rosto corar. — Eu não quis dizer... — Ele não completou a frase. *O que eu quis eu dizer, se não isso?*

CAPÍTULO DEZESSEIS

PEGU: NOVEMBRO A DEZEMBRO DE 1852

— Ali está rapazes — Coleman apontou para a planície —, ali está o Templo de Pegu. — Os homens fizeram uma pequena comemoração, marinheiros e homens do mar juntos.

Na luz da noite, a cidade parecia mais exótica do que nunca, com o seu grande templo pontiagudo subindo para o céu escurecido, acima das cabanas que se aglomeravam por todo o lado. O doce som dos sinos passou por eles.

— Há uma bandeira acima do templo — disse Wells — mas não consigo ver qual. — Ele se virou para Myat. — Consegue ver as cores?

— É a bandeira britânica — disse Myat imediatamente, e quando as palavras se espalharam, os homens comemoraram novamente.

— Então tudo o que temos que fazer é marchar como soldados, e estaremos seguros — disse Jack. O 113º encarou para a bandeira da União que balançava sobre a cidade como se a visão sozinha pudesse lhes trazer comida, água limpa e segurança dos insetos e dacoits saqueadores.

— Vamos, rapazes, fiquem espertos! — Wells os alinhou. —

Não faço ideia de que regimentos estão em Pegu, mas sei que não fizeram o que nós fizemos. Limpem os mosquetes, arrumem o que resta dos seus uniformes e marchem em atenção. Vamos entrar em Pegu como soldados, como o melhor regimento do exército.

— Vocês *Mabels* — gritou Bertram gritou —, vamos mostrar a esses casacas vermelhas como os marinheiros marcham.

— Você vai para casa — Wells sussurrou à Myat e tocou seu braço.

Jack olhou para o que restou do seu comando. Pareciam mais velhos, mais fortes, em forma e mais aptos, mesmo que menos espertos. Até Thorpe se parecia com um soldado.

— Conseguimos, rapazes — disse Jack. — Já enfrentamos o pior que a Birmânia pode atirar contra nós e sobrevivemos. Em breve estaremos numa cidade controlada pelos britânicos, com soldados britânicos comandando as muralhas e sem mais preocupações com os dacoits...

— Que barulho é este? — Thorpe foi o primeiro a ouvi-lo.

— É só o vento nas árvores — disse O'Neill —, nada mais.

— São tambores — a voz de Coleman era grave.

— Está ouvindo, Bertram? — chamou Jack ao longo do comprimento do comboio.

— Parem e ouçam — ordenou Bertram, e os homens pararam imediatamente, com os olhos girando para o entorno escuro.

— Tambores — confirmou Jack. Ele não precisou dizer mais nada. Todos os homens sabiam o que aquilo significava.

— Pode ser apenas um festival local — disse Coleman — é quase Natal.

— Os peguanos não celebram o Natal — disse Myat. — Somos budistas, não cristãos.

— Talvez um casamento, então, ou algo assim — continuou Coleman.

Jack balançou a cabeça. — São os dacoits — disse ele. — Mantenham os olhos bem abertos, rapazes.

— Marchem — ordenou Bertram —, marchem rápido ou em marcha dupla ou qualquer que seja a ordem.

O clima havia se alterado completamente à medida que o pequeno comboio seguia em frente. A alegria havia mudado para tensão, da alegria para medo e do alívio para a dúvida.

— Estão ficando mais altos. — A voz de Thorpe era aguda. Ele começou a se mover mais rápido em direção a Pegu. — Jesus, olhem! O lugar está cheio deles!

Ele tem razão, porcaria. Porcaria, porcaria, porcaria!

Jack olhou em volta. Os birmaneses haviam emergido da selva atrás deles, movendo-se com a mesma vitalidade confiante e cautelosa que tinham em todos os encontros anteriores. Dois corpos distintos de soldados birmaneses emergiram da floresta. Os soldados robustos e musculosos carregavam os seus mosquetes longos e dhas cruéis com habilidade e se moviam numa formação disciplinada.

— Esses não são dacoits — disse Jack brevemente —, são soldados birmaneses comuns.

Wells acenou com a cabeça. — Pode ser — disse ele, e pediu a opinião de Myat.

Myat olhou por cima do ombro e avançou um pouco mais rápido.

Ela está assustada. Nunca vi Myat parecer assustada. Por um instante, Jack lutou contra a vontade de mantê-la em segurança.

— Não são dacoits. — A voz de Myat não tinha a calma habitual. — São os dois regimentos favoritos do rei, os Invencíveis e os Invulneráveis.

— Eles são bons? — Jack não precisava perguntar. Ele sabia pela forma como os homens se moviam que eles eram soldados treinados. Ele levantou a voz. — Rápido, rapazes. Estão mesmo atrás de nós.

Os birmaneses se moviam rapidamente, subindo até Pegu enquanto a luz desaparecia atrás do templo.

Não há movimento em Pegu. Temos que avisar à guarnição.

— Wells, O'Neill, disparem contra os birmaneses!

— Eles ainda não nos viram, senhor — advertiu Wells.

— Nem a guarnição os viu — disse Jack. — Temos que acordá-los.

Os birmaneses estavam avançando em fileiras ordenadas, mantendo suas posições como se estivessem em parada. Se os Invencíveis e os Invulneráveis chegassem a Pegu em tal ordem, quaisquer sentinelas inconscientes seriam esmagados. Os birmaneses inundariam as defesas e massacrariam os britânicos em suas barracas.

Wells acenou com a cabeça e cutucou O'Neill. — Você fica com os Invencíveis, e eu fico com os Invulneráveis — disse ele.

— Todos eles? — murmurou O'Neill, mas se ajoelhou e encarou os birmaneses que se aproximavam. Jack esperou com eles. Os birmaneses eram quase invisíveis, formas escuras na escuridão que crescia, com a selva de bambu atrás deles como uma parede preta sólida.

— Não apontem, apenas disparem — disse Jack —, estamos avisando a guarnição mais do que tentando deter os birmaneses.

— Sim, senhor. — O'Neill fez as palavras parecerem um insulto.

Rápido, pelo amor de Deus. Jack olhou por cima do ombro enquanto Bertram dirigia o comboio em direção à Pegu. *Estamos isolados aqui.* Ele tocou sua perna, a ferida estava doendo bastante.

— Pronto, cabo? — Wells soou casual.

— Pronto, sargento. — O'Neill deu um pequeno sorriso, os dentes brancos no escuro. — Dê a ordem.

— Fogo. — Wells foi lacônico.

Ambos os mosquetes dispararam; houve o clarão laranja e a

fumaça saiu acre e branca. A linha birmanesa vacilou ligeiramente. Jack ouviu vozes através do escuro e os tons agudos dos comandos. Um cão ladrou em Pegu, acompanhado por mais uma dúzia.

— Novamente — ordenou ele, embora todos os seus instintos lhe dissessem para fugir para a proteção dos mosquetes da guarnição de Pegu. *Certamente eles devem ter ouvido isso?*

— Sim, senhor — Wells já estava recarregando, ignorando o agora rápido avanço birmanês enquanto equilibrava a tampa da percussão no seu lugar.

— Disparem quando estiverem prontos — disse Jack —, e se retirem o mais rápido que quiserem.

O'Neill disparou primeiro e estava de pé e correndo mesmo enquanto Wells continuava a apontar. Jack esperou até o mosquete explodir e começou a se mexer. Ele ouviu o aumento o barulho birmanês e uma rajada se seguiu, mas ele sabia que no escuro seria realmente necessário um homem sortudo com mosquete para conseguir atingir alguém em movimento. *Jesus*; Jack xingou enquanto caía sobre a sua perna ferida. *Ignorar a dor - a dor é temporária; a honra dura para sempre.*

— Eles estão vindo depressa. — Myat parecia assustada.

— Não falta muito — Wells veio ao seu lado. — Fique perto de mim. A guarnição estará alerta.

Eles estavam. Vozes britânicas soaram na noite. — O que fazer? Quem vem lá? — A luz de uma lanterna balançante os atingiu.

— Amigos! — gritou Bertram — Seguidos por milhares de birmaneses não amigáveis. Nos deixem entrar, por favor.

— Avance, amigo — a voz soou bastante relaxada —, até que eu possa vê-lo. — A luz se moveu ligeiramente, estendendo-se numa ilusão elíptica de segurança rodeada por trevas hostis.

— Vamos lá, homem, os birmaneses estão atrás de nós — começou um dos marinheiros.

Bertram o silenciou. — Fique quieto e faça o que o homem diz.

— Mas os malditos birmaneses...

— Quem está aí? — Uma nova voz de autoridade atravessou o escuro.

— Tenente Bertram do *Serangipatame* — Bertram respondeu imediatamente — com o Segundo-Tenente Windrush do 113º e os sobreviventes de ambos.

— Meu Deus! — Houve um segundo silêncio quebrado apenas pelo som dos birmaneses balançando através da grama atrás deles, e então essa mesma voz ladrou novamente. — Deixem esses homens entrarem imediatamente.

— Há milhares de birmaneses atrás de nós — advertiu Jack.

— Preparem-se! — A voz do oficial se transformou em um grito. — Levem esses homens para dentro, pelo amor de Deus!

— Certo, rapazes, me sigam — disse Bertram.

O primeiro tiro soou atrás deles, seguido por outro. Thorpe hesitou.

— Eles estão atirando nas luzes — disse Jack.

— Vamos! — Um soldado britânico entrou na círculo de luz e acenou para eles — Depressa!

— Sahib! — Ranveer gritou o aviso, girou e disparou tão perto da orelha de Jack que ele vacilou.

Um soldado birmanês caiu com seu dha voando da mão.

— Obrigado — disse Jack.

— Há mais deles — disse Wells brevemente. Ele colocou a baioneta no lugar. — Estão à nossa volta.

— Está na hora de ir, rapazes — gritou Bertram — Fujam!

Exaustos, maltratados, febris e fracos, os sobreviventes coxearam em direção à luz. Parecia a corrida com direção à barricada de Bo Ailgaliutlo, sem a alegria e com sorte sem a vala. Jack sentiu a dor em sua perna ferida aumentar e a respiração queimar em seus pulmões.

— Venham, rapazes — O sotaque de Dublin do soldado era bem-vindo. — E fechem a porta, mantenham a corrente de ar fora.

— Você diz senhor quando fala com um oficial — falou Wells automaticamente.

— Desculpe, senhor, não sabia que era um oficial — O soldado parecia genuinamente chocado.

À medida que mais lanternas apareciam, a luz tremia sobre uma linha de casacas vermelhas e rostos sombrios, com mosquetes nivelados e botas pretas pesadas.

— Qual regimento? — Estava muito escuro para que Jack reconhecesse os rostos.

— Fuzileiros Madras — disse Wells imediatamente — Infantaria da Companhia. — Ele olhou em volta do perímetro de Pegu, onde outra unidade estava se formando. — E aquela é a infantaria nativa de Madras — disse ele. — Não tenho certeza de qual regimento.

— Presente! — Um oficial dos Fuzileiros de Madras gritou as palavras. — Fogo!

A rajada rasgou a noite, seguido por alguns rugidos e uma rajada de retorno mais desordenada dos birmaneses. Enquanto os birmaneses atiravam, Jack viu uma sucessão de rostos e bocas que gritavam, canos de mosquetes brilhando, reflexos das lâminas dos dhas e um avanço de homens determinados. Uma única salva britânica não impediu os Invencíveis e os Invulneráveis. Temporariamente cego pelo brilho dos tiros, Jack esperou até que sua visão noturna retornasse e olhou para a escuridão.

— Fogo! — O oficial dos Fuzileiros gritou novamente, e os seus homens soltaram outra rajada.

— Fogo! — A ordem veio de mais longe, à medida que a infantaria nativa de Madras adicionava o seu fogo à defesa.

Tiros de mosquete virem em retorno, de forma irregular, e depois houve silêncio. O fedor acre da fumaça se espalhava através de Pegu para se dissipar lentamente no ar quente.

— Eles vão voltar — disse alguém, e entrou no círculo de luz da lâmpada. — Major Hill dos Primeiros Fuzileiros de Madras — disse ele —, eu estou no comando da guarnição de Pegu. — Ele estudou Jack por um segundo. — Ouvimos dizer que todos a bordo do *Serangipatame* estavam mortos. Ainda bem que vocês sobreviveram. — Ele olhou para cima enquanto os tiros dispararam da direção do rio. — Estão atacando o piquete do rio.

Jack olhou para os seus homens; esfarrapados, exaustos, magros, eles não haviam esperado por ordens antes de recarregar seus mosquetes enquanto os homens dos Fuzileiros assistiam aqueles refugiados da selva. — Devemos marchar até lá, senhor? Se puder nos fornecer alguns mosquetes, em vez dessas coisas birmanesas, sei que poderíamos cuidar de nós mesmos.

O Major Hill balançou a cabeça. — Não, Windrush. O tenente Brown terá que cuidar disso sozinho essa noite. — Ele acenou aos espantalhos do 113º. — Leve os seus homens para dentro da pagoda, Segundo-Tenente, dê comida a eles e descanse. Parece que vamos estar ocupados aqui. Isso também se aplica a você, Tenente Bertram.

Era um alívio estar entre os soldados britânicos novamente e ouvir vozes britânicas dando comandos e o barulho regular de botas britânicas e de sipaios no chão, enquanto a bandeira cruzada da União balançava serena e orgulhosa na pagoda acima.

— Bem, Windrush — O rosto do major estava cheio de fadiga —, parece que você saiu da frigideira para o fogo. Teria sido melhor se tivesse continuado rio abaixo até Rangum, mas agora é tarde demais. — Ele parou por um momento. — Os birmaneses fecharam o ringue à nossa volta. Pegu está cercada.

CAPÍTULO DEZESSETE

PEGU: NOVEMBRO - DEZEMBRO DE 1852

Pegu não era como Jack se lembrava. A infantaria britânica e dos sipaios patrulhavam entre as cabanas onde peguanos sorridentes entretiveram a ele e aos seus homens com a sua performance improvisada. As tropas de guarnição e o estoque do comissariado enchiam o andar superior da pagoda de três andares e os focinhos negros dos canhões apareciam por trás das paredes construídas às pressas.

Jack recuou e estudou as defesas. Anos de negligência haviam reduzido partes da pagoda ao abandono, com relva prateada e esfarrapada crescendo através do desmoronamento dos tijolos em quase todos os lugares para onde ele olhava. Não era uma barreira impressionante atrás da qual a guarnição descansava.

— Estamos numa posição ruim aqui. — O Major Hill falou com os seus oficiais enquanto estavam parados contra as paredes. — Estamos isolados do principal exército britânico e em desvantagem numérica por uma considerável força birmanesa. Precisamos tomar posição na pagoda.

— Esse lugar é ainda maior do que eu me lembrava — disse Jack.

— A plataforma superior tem quatro lados, cada um com cerca de duzentos e vinte metros. — Hill era um homem que gostava de figuras. — Nós usamos a parede de tijolos para a defesa onde podemos, mas a parede oeste, como você vê, é virtualmente inexistente. Só Deus sabe o que acontecerá se os birmaneses invadirem por lá. O lado nordeste é quase tão ruim quanto.

Eles percorreram a cidade, tomando notas. A guarnição havia parcialmente reparado os edifícios baixos em torno da pagoda e os ocupava como quartéis. A infantaria europeia e nativa trocavam gracejos e respostas espirituosas como se não estivessem em uma cidade cercada nas profundezas do território inimigo.

— Esses são os aposentos do oficial? — Jack apontou para casas mais substanciais que se afastavam ligeiramente das cabanas das tropas.

— São, sim. Esses edifícios eram as casas dos padres budistas mas eles foram todos para outro lugar. Não são perfeitos, mas melhor do que estar lá fora com os mosquitos. — Hill fechou o sorriso e apontou para uma cabana ligeiramente separada das outras. — Aquele é o depósito de armas. Deus sabe que não está cheio o suficiente para aguentar um cerco longo, mas é tudo o que temos.

— O que está por cima? — Jack indicou o nível mais alto da pagoda ao qual mais de trinta degraus ascendiam.

— Nada — disse Hay calmamente. — Exceto o templo.

— Há outros templos. — Jack indicou um grupo de pequenas pagodas perto da face leste. — Isso dará cobertura ao inimigo. — Não podemos derrubá-los?

Hay tremeu ligeiramente. — Meu Deus, não! Isso estaria interferindo com as susceptibilidades religiosas do povo, e não podemos fazer isso.

— Sim, senhor. Mesmo quando significa que os nossos homens correm mais perigo? — Jack pensou nas dificuldades que os seus homens já haviam sofrido. Parecia injusto fazê-los passar por mais.

Os olhos de Hay se alargaram. — Os nossos homens se juntaram ao exército por escolha própria, Windrush. Ninguém os forçou a pegar o xelim da Rainha. Eles sabiam que significava perigo.

Jack acenou com a cabeça; discutir seu ponto com um superior e um oficial mais experiente não lhe faria bem nenhum. — Sim, senhor.

— Aquilo é muito pior. — Hay apontou para as colinas cobertas pela selva que observavam Pegu ao norte e ao leste. — Os birmaneses estarão lá agora, vendo cada movimento que fazemos. Não podemos nos preparar para um contra-ataque sem que nos vejam. Eles têm a vantagem da surpresa e dos números; nós não temos nada. — Ele parou, possivelmente porque percebeu que estava sendo derrotista. — Exceto uma guarnição corajosa, claro.

Jack olhou em volta da pagoda e da cidade que a circundava. Havia muito poucas casacas vermelhas para patrulhar um povoado do tamanho de Pegu. — Quantos homens temos, senhor?

— Incluindo as tropas nativas e europeias, temos quatrocentas e trinta e cinco baionetas para defender um perímetro que requer pelo menos três vezes esse número.

— Trouxemos mais alguns — lembrou Jack cautelosamente.

— Você trouxe um punhado de esqueletos famintos que terão sorte em continuarem de pé, quanto mais resistir ao cerco de um exército birmanês. — Hill se pegou novamente e levantou a voz para incluir o pequeno grupo de oficiais que haviam se reunido à sua volta.

— Basearemos a nossa defesa na pagoda — anunciou ele. — Não podemos defender a cidade inteira com os homens que temos. — De repente, Hill se endireitou e se tornou muito decisivo. — Quero a plataforma superior da pagoda barricada e três das entradas bloqueadas. Isso deixará apenas uma para defendermos. — Ele fez um gesto para os arredores da cidade. — Toda aquela grama alta dá cobertura ao inimigo para que possam rastejar e matar os nossos sentinelas e os peguanos inocentes. Quero toda ela cortada. Todos os nossos peguanos têm dhas e são especialistas nesse tipo de trabalho.

— Sim, senhor. — Um jovem tenente começou a se mexer.

— Espere! — ordenou Hill. — Ainda não acabei. Capturamos três canhões quando invadimos a cidade; quero um montado em cada porta bloqueada, para que eles controlem a entrada, e quero nossos artilheiros da companhia lá permanentemente. — Ele olhou em volta. — Quero um capitão comandando cada face da pagoda. Se o seu vizinho precisa de ajuda, espero que o apoie.

Os oficiais acenaram. Jack ouviu, tomando cada nova ideia enquanto Hill continuou com sua estratégia defensiva.

— Quero patrulhas para ver o que os birmaneses estão fazendo. Estou ciente de que eles estão nos observando; quero que eles vejam que estamos ativos e que esperamos trazer a luta até eles. Não vamos nos sentar aqui e permitir que o inimigo tome a iniciativa. Temos que descobrir tudo sobre essas pessoas, para sabermos como derrotá-las.

— Senhor — disse Jack —, posso dizer uma coisa?

— Por favor, Segundo-Tenente. Somos um pequeno corpo de oficiais e todas as opiniões são valorizadas.

Jack piscou. Após o sufocante comando de Marshall, a abertura de Hill era uma novidade. — Obrigado, senhor; os soldados birmaneses que atacaram ontem à noite eram regulares do *Tatmadaw*.

— Do quê? — perguntou um dos capitães. — Fale inglês, homem, que raios!

— O *Tatmadaw* — disse Hill — é o exército oficial birmanês. Tem certeza, Segundo-Tenente?

— Sim, senhor. Não eram soldados locais. — Jack hesitou. — Eles lutaram como uma força disciplinada. — Por um momento, Jack se perguntou o quanto deveria dizer; ele não tinha desejo de parecer um sabe-tudo na frente desses combatentes profissionais. — As tropas locais lutam sob os seus chefes, numa multidão. Eles são corajosos o suficiente mas mal dispostos, enquanto esses homens tinham ordem e treino. Acredito que eram os regimentos Invencíveis e Invulneráveis.

Hill escondeu qualquer surpresa que possa ter sentido. — Pensei que podiam ter sido eles. Atacaram como profissionais e não apenas como dacoits. — Os olhos dele se estreitaram ligeiramente. — Como sabe disso, Segundo-Tenente? Parece muito jovem para ter tamanho conhecimento do nosso inimigo.

— A nativa que estava conosco é de Pegu — disse Jack. — Ela era a nossa tradutora no *Serangipatame*.

— Podemos confiar nela?

Jack lutou contra o seu ressentimento diante do que era uma pergunta natural. — Implicitamente, senhor. O povo dela não tem amor nenhum pelos birmaneses.

— Bom - ela pode ser útil como intermediária com os peguanos. — Hill fez uma careta. — Muito bem, todos sabem o que fazer. Temos que esperar aqui até que o alívio chegue.

O 113º parecia um pouco melhor depois de uma noite de sono e algumas rações britânicas. Ainda esfarrapados, ainda magros, eles estavam desolados, de olhos fundos e usavam uniformes pouco melhores do que trapos, mas ficavam em atenção quando ordenados e suas armas estavam limpas, oleadas e bem mantidas. Eles eram soldados.

— Pensei que ficaríamos seguros aqui. — Coleman soltou o inevitável resmungo.

— Você é um soldado, Coleman, recebeu o xelim da Rainha. Agora faça por merecê-lo. — Wells deu a resposta igualmente inevitável.

— Estamos estacionados na parede norte da pagoda —

disse Jack —, nos juntaremos aos Fuzileiros lá. — Ele tocou no Buda em seu bolso. — Melhoramos muito a nossa posição; já não somos prisioneiros, e já não estamos sozinhos. Há centenas de tropas da Companhia lutando ao nosso lado.

— E milhares de birmaneses desgraçados à espera de enfiar suas facas em nós — disse Thorpe, com toda a sinceridade. — Olha para eles lá fora!

Thorpe estava certo. A planície ao norte de Pegu estava ocupada com homens. Havia grupos de soldados movendo-se propositadamente de um lado para o outro, e um esquadrão ocasional de cavalaria.

— Homens da Cavalaria Cassey — o Capitão Stephenson entregou os binóculos a Jack — Ouvi dizer que são eficientes no seu próprio terreno.

Jack estudou os cavaleiros. — Nós os encontramos brevemente — disse ele —, mas não tivemos nenhuma oportunidade real de ver como eles eram. — A cavalaria se movia em pequenos grupos, bem disciplinados nos seus pôneis atarracados. — Parecem ser uma equipe muito útil. — Usando camisas vermelhas, calças azuis e turbantes elegantes, eles seguravam suas lanças longas com a familiaridade casual da longa experiência.

— Senhor! — Thorpe apontou para a orla da floresta. — Elefantes enormes, senhor! Com homens montados neles.

Antes que Jack se concentrasse nessa direção, Stephenson havia roubado os binóculos. — Você está certo soldado; aqueles se parecem com os seus chefes nos elefantes, então sem dúvida eles estão planejando algo desagradável para nós. — Ele pôs um pé em cima da parede do parapeito e olhou para baixo. — Quem me dera saber quem eles são.

— A nossa tradutora pode saber, senhor — se voluntariou Jack. — Posso chamá-la, se quiser.

Stephenson manteve sua atenção nos oficiais birmaneses. — Faça isso — disse ele brevemente.

Quando Myat chegou, Stephenson entregou-lhe os binóculos. — O Segundo-Tenente Windrush me disse que você conhece os comandantes birmaneses, veja se consegue identificar algum dos homens nos elefantes.

— Eu conheço dois deles — confirmou Myat, depois de alguns momentos. — O da direita com o casaco vermelho desbotado é Bo Ailgaliutlo. Ele é o chefe dacoit que atacou o General Godwin em Rangum.

Jack sentiu um arrepio atravessá-lo.

Faz sentido. Bo Ailgaliutlo deve ter deixado a sua fortaleza para se juntar a esse ataque a Pegu. Foi por isso que escapamos tão facilmente.

Stephenson fez uma careta. — Conheço esse nome. Ouvi dizer que ele é um renegado, um ex-soldado britânico que se juntou aos birmaneses. Está correto?

Jack acenou com a cabeça. — Acredito que sim, senhor. Também foi ele quem matou o comandante Marshall e muitos dos nossos homens.

Stephenson focou os binóculos em Bo Ailgaliutlo. — Longe demais para o nosso canhão; eu gostaria de me livrar dele. E os outros?

Myat apontou para um homem mais baixo e mais bem vestido que montava um elefante maior. — O do centro é Muong-Kyouk-Loung, um dos seus comandantes mais graduados. Ele não é um chefe dacoit, mas um soldado normal.

— Muong-Kyouk-Loung - o nome dele é conhecido — murmurou Stephenson. — De acordo com a nossa inteligência, ele é um oficial de patente geral com cerca de 11.000 homens sob o seu comando. Se ele está aqui, estão levando o cerco a Pegu muito a sério. — Ele baixou os binóculos e olhou para Myat. — O seu povo são guerreiros formidáveis — disse ele.

— Os birmaneses não são o meu povo. — Embora Myat falasse baixo, havia aço na sua voz. — Eu sou peguana. Eles são invasores de Ava, ao norte.

Stephenson acenou com a cabeça em desculpas. — Sabe quem é o terceiro oficial?

— Aquele é Muong Gyee — disse Myat imediatamente. — Ele é cunhado de Muong-Loung.

— Ah — Stephenson acenou novamente. — Também sei sobre ele. — Ele não hesitou diante da fumaça e da bala de um jingal vinda da borda da floresta. — Eles repararam em nós aqui. É melhor avisar o major.

O Major Hill parecia preocupado quando chegou ao muro. — O próprio Bo Ailgaliutlo? Isso são más notícias. Ele não viria apenas para uma invasão. — Ele apertou os lábios. — O rei de Ava perdeu dois dos seus bens preciosos, a Pagoda Shwedagon em Rangum e essa — ele bateu com o polegar na pagoda —, o que eles chamam de Shoemadoo Praw. Deve magoar o seu orgulho ser invadido pela porta dos fundos — grunhiu ele. — Certo. Quero o piquete de Brown retirado da margem do rio e levado para dentro das defesas; é muito vulnerável lá com os birmaneses em tal força. E me tragam o Tenente Mason. Vou mandá-lo para Rangum com conhecimento da nossa situação. — Ele olhou para Windrush. — Como estão os seus homens, Segundo-Tenente?

— Estão bem o suficiente, senhor.

— Ótimo. Já tenho quarenta homens doentes e a quantidade só aumenta. Se as coisas continuarem como estão, teremos mais homens no hospital do que nas defesas. — Ele sondou o perímetro com os binóculos. — Vejo que os birmaneses hostis nos cercam.

No dia seguinte, a população local começou a entrar em Pegu atrás de proteção. Primeiro, vieram sozinhos e depois em grupos familiares. Logo toda a população das aldeias chegou com homens dirigindo as enormes carroças birmaneses puxadas a bois com as famílias sentadas no topo. Hill os vigiou durante um dia e ordenou a construção de uma barricada perto da pagoda. — Há pessoas demais para acomodar e defender; deixe que eles façam aquilo no que são melhores.

— Até as avós estão chegando, todos à procura de baionetas britânicas para as proteger do Senhor Do Pé Dourado — disse O'Neill.

— É por isso que estamos aqui — disse Jack. — É isso que o exército britânico faz; nós protegemos os fracos dos valentões. — Ele viu os peguanos chegarem em carrinhos guinchando e com esperança nos olhos.

— Senhor! — Um jovem tenente Fuzileiro subiu as escadas e saudou Stephenson. — Os birmaneses estão perseguindo um par de soldados britânicos lá fora! — Havia o som de tiros dispersos, o clamor de gongos e vozes distantes gritando.

Jack olhou através da planície. *Não há um momento de paz?* Os homens usavam as túnicas escarlate dos soldados britânicos. — Infantaria Nativa de Madras — disse Stephenson imediatamente. — Estão muito mal. Traga-os para dentro Windrush, está bem?

Os sipaios cambaleavam enquanto corriam, com o líder acenando as mãos assim que viu o 113º de Jack. Havia um grupo de birmaneses em perseguição, dhas levantados, e enquanto Jack assistia, uma unidade da Cavalaria Cassey trotou saída da franja da selva. O sipaio mais atrás olhou por cima do ombro, gritou algo e correu mais depressa.

— Deem uma salva em direção à cavalaria — ordenou Jack. De repente ele se sentiu muito exposto na planície. A cavalaria aumentou sua velocidade para um galope.

— Formem uma linha, rapazes — Jack manteve a voz calma —, apontem para os cavaleiros. — Cinco mosquetes nivelaram. O'Neill bateu no martelo do mosquete com um polegar calejado. Ele estava mascando tabaco com um ritmo constante. — Fogo — ordenou Jack, e os homens dispararam como um só.

O meu 113º é veterano agora.

Os jatos de fumaça branca jorraram. Um dos cavaleiros caiu.

— Recarregar — ordenou Jack.

O restante da Cavalaria Cassey continuou sem pestanejar; lanças seguras abaixo. Os sipaios estavam correndo como se estivessem em pânico, correndo pela grama, olhando por cima dos ombros.

— Marchem em frente — disse Jack.

Era uma loucura para um pequeno grupo de infantaria se opor a um número maior de cavalaria em campo aberto, mas após as últimas semanas, ele confiava nesses homens e os sipaios precisavam de ajuda. Ele estaria falhando no seu dever se os deixassem para serem abatidos pela Cavalaria Cassey.

Os sipaios cambalearam até eles, desarrumados, descalços - um com sangue escorrendo de um corte no couro cabeludo.

— Esses rapazes parecem acabados, senhor. — O'Neill cuspiu uma boca cheia de sumo de tabaco.

— Parecem mesmo — concordou Jack. — Deem mais uma dúzia de passos e deem à cavalaria uma segunda salva. Isso deve dar tempo aos sipaios para escaparem.

Com ambas as forças se fechando uma sobre a outra, Jack agora podia perceber os detalhes da Cavalaria Cassey; com os suportes altos por trás das selas e a ponta longa na traseira das suas lanças, eles pareciam formidáveis demais para permitir por perto.

— Rapazes, ajoelhem-se e deem-lhes outra salva.

A Cavalaria Cassey estava desconfortavelmente perto. *Esperei muito tempo? Calculei mal?*

— Fogo! — Jack tentou parecer calmo.

Os mosquetes se tornaram mais eficazes à medida que o alcance diminuía. Dois cavaleiros caíram, um se levantando imediatamente e chutando seu cavalo como se o culpasse por ter sido baleado. O corpo do outro homem desapareceu entre a relva alta. Os cavaleiros restantes pararam e hesitaram.

— Outro, senhor? — Wells já estava recarregando. Ele parecia ansioso para continuar a luta.

Acabo com isso ou levo esses homens em segurança? O tempo de disparo pode alterar o equilíbrio entre a segurança e o desastre.

Jack calculou a distância entre a cavalaria e seus homens e decidiu não arriscar. — Não. Recarregar e retirar. Se dispararmos agora e eles atacarem, podem nos alcançar antes de recarregarmos.

— Sim, senhor. — Wells aceitou sua ordem sem hesitação.

Jack olhou por cima do ombro. Os sipaios já estavam a cinquenta metros da retaguarda.

— Retirada lenta — ordenou ele — continuem de frente para o inimigo e se eles se aproximarem muito perto, se apresentem, mas não disparem a menos que eu dê a ordem.

A Cavalaria Cassey seguia à distância, não cobrindo a diferença e não recuando, até que os homens de Jack estavam ao alcance confortável da guarnição de Pegu. — Certo, rapazes, vamos lá.

— Muito bem — disse Stephenson brevemente. — Agora vamos ouvir como esses dois malandros vieram vagando pela floresta birmanesa. — Ele deu um sorriso sombrio. — Primeiro, foi você e metade da Marinha da Companhia e agora um par de sipaios. Não sei o que teremos a seguir, talvez a brigada de guardas, ou o próprio Dalhousie e a sua comitiva.

Aquilo foi perfeito; os meus rapazes agiram como veteranos - são tão bons como qualquer infantaria do exército.

Uma vez que os sipaios haviam sido alimentados e recebidos pelos oficiais do seu próprio regimento, eles contaram a sua história. Parece que eram de um grupo de vinte e dois nativos de infantaria, liderados por um *Jemadar*. Eles haviam vindo pelo rio de Rangum para Pegu, mas os birmaneses haviam emboscado o barco e o capturado após uma batalha feroz. Os sipaios perderam um homem morto e dois feridos, mas esses dois escaparam e fugiram para Pegu para pedir ajuda.

— Meus rapazes dariam conta de si mesmos — disse um capitão da Infantaria Nativa.

— Eles têm um bom nome — concordou Stephenson imediatamente.

— E o resto dos homens a bordo? — perguntou o Major Hill, e um dos oficiais do regimento traduziu a pergunta.

Os sipaios desviaram os olhos ao responderem.

— Ou mortos ou prisioneiros — disse o oficial.

O Major Hill acenou com a cabeça. — Não podemos ter mais homens na posse dos birmaneses. Todos sabemos o tratamento que Windrush e os seus homens tiveram, e a morte do Comandante Marshall será para sempre uma mancha no exército birmanês.

— Aquilo foi Bo Ailgaliutlo — lembrou Jack —, um chefe dacoit e provavelmente um renegado britânico. Não creio que o exército birmanês tenha cometido atrocidades contra nós durante esta campanha.

— Obviamente, você tem mais informações do que nós, Segundo-Tenente. — A voz do Major Hill foi ácida.

Eu deveria ter ficado calado.

— Quero uma patrulha tentando localizar os nossos. — Hill olhou para Jack. — Isso significa você, Windrush. Sei que você passou por maus bocados e está muito cansado, mas você conhece o país melhor do que ninguém. Quero que você pegue um piquete, localize onde estes pobres coitados estão sendo detidos e reporte para que eu possa organizar uma expedição de resgate.

— Sim, senhor — disse Jack. — Devo tentar resgatá-los?

— Use o seu bom senso, Windrush. Você tem uma reputação de impetuosidade, que espero que as suas experiências recentes tenham diminuído. Não tente nada a menos que tenha certeza do sucesso. — Ele deu um olhar simpático. — Está pronto?

— Claro, senhor — Jack fez uma saudação. *Graças a Deus, isso apagará qualquer memória do meu comentário anterior.*

Hill acenou para o nível mais alto da pagoda. — Vá até lá, contacte os capitães e diga a eles o que está acontecendo. Se você não conseguir localizar esses companheiros sipaios, então descubra quantos dos birmaneses são soldados regulares e quantos são apenas dacoits que vão correr quando as coisas ficam sérias. Você pode levar todos os homens que achar melhor; os seus próprios, os Fuzileiros ou a Infantaria Nativa.

— Sim, senhor. — Não há decisão a tomar. Vou levar o meu 113º.

Jack verificou o seu equipamento. Ele tinha um dha birmanês, uma bússola de bolso emprestada, garrafa de água e revolver, e um mapa desenhado aproximado da área, mostrando onde os birmaneses haviam emboscado os sipaios e no qual inserir qualquer coisa que ele descobrisse. Ele espreitou para a escuridão – ele tinha duas horas antes da lua nascente pintar um brilho prateado sobre o campo circundante. Duas horas de escuridão verdadeira para passar pelos sentinelas birmaneses em torno das pequenas pagodas, através da planície e explorar o cinturão da selva de bambu. Depois disso, as árvores deveriam escondê-lo.

— Pronto, Windrush? — perguntou Hill.

— Sim, senhor. — Jack tinha escolhido um pequeno grupo de apenas duas outras fileiras, além de Myat e Ranveer Se ele tivesse problemas, mesmo cinquenta homens não seriam suficientes contra os milhares de Muong-Kyouk-Loung, enquanto eles sem dúvida fariam mais barulho. Ele havia mudado de ideia sobre Myat, mas no final, perguntou se ela viria.

— Eu não gosto de colocar mulheres em perigo — disse ele —, mas as suas habilidades de tradução são inestimáveis para nós, e você conhece o país muito melhor do que qualquer outra pessoa. — Ele hesitou por um momento. — Não a forçarei a vir se não quiser.

Ela olhou para ele, inabalável, sem emoção e tocou o braço de Wells. — Eu vou com o Edmund.

Wells não gostou. — Não me chame assim — sussurrou ele.

Myat sorriu e apertou o seu braço. — É o seu nome — disse ela.

Wells abriu a boca, mas se para protestar contra essa proclamação flagrante de um nome do qual ele aparentemente não gostava ou para tentar persuadir Jack a deixar Myat para trás, Jack nunca soube, porque ele a fechou novamente sem dizer uma palavra.

Ranveer provou ser um homem leal. Jack confiava nele.

— Última verificação, homens. — Jack manteve a voz baixa enquanto lutava contra os nervos. Ele odiava esses últimos momentos antes das coisas acontecerem.

Não é medo, ou não é só medo. É uma mistura de apreensão e nervos. Tenho mais medo de fazer coisas erradas do que de ser morto. Seria pior ficar gravemente ferido e ser deixado aleijado, cego ou terrivelmente deformado. Uma pequena ferida seria bom, uma cicatriz para que os outros vejam que estive em ação pode ajudar as minhas perspectivas de promoção.

— O senhor está bem?

As palavras de Wells trouxeram Jack de volta ao presente. — Estava trabalhando na nossa rota.

Os guardas Fuzileiros se afastaram para deixá-los passar, em seguida, cerraram fileiras novamente, sem nenhuma palavra, mas com expressões que sugeriram que eles estavam felizes por serem deixados para trás. Só restava a escuridão, a relva comprida, a selva de bambu e o inimigo. Não havia gongos soando, nenhum comando saindo das fileiras birmanesas invisíveis. Em vez disso, havia o suave e sinistro barulho da grama, o rugido repentino de um tigre distante, o chamado de um veado e o som incessante dos insetos.

— Nada de heroísmos, rapazes — lembrou Jack. — Estamos aqui para vigiar as posições birmanesas e procurar esses sipaios, nada mais. Voltaremos antes do amanhecer. — Ele os encarou. Apesar das expressões negativas dos oficiais seniores, ele ordenou que eles tirassem suas casacas vermelhas e usassem roupas de cores mais escuras para se fundirem com a selva.

— Os soldados britânicos usam vermelho — desaprovou Capitão Stephenson.

— Quero manter os meus homens vivos — respondeu Jack —, e eles têm mais chances de sobreviver se os birmaneses não os virem.

Stephenson acenou com a cabeça em compreensão relutante. — Boa sorte, Windrush. — Ele havia estendido a mão.

Agora eles estavam mais uma vez fora de Pegu, mas dessa vez na escuridão e sem o conhecimento de olhos amigáveis os vigiando e uma centena de mosquetes britânicos esperando para mandar de volta qualquer possível inimigo birmanês. Agora eles estavam sozinhos com a escuridão, os Tatmadaw e os dacoits de Bo Ailgaliutlo.

Jack deu uma última olhada nos seus homens; ele estava no comando de uma operação onde não havia nenhum oficial superior para pedir conselhos, não havia nenhum Comandante Marshall, nem mesmo um tenente Bertram – apenas ele e quaisquer recursos físicos e mentais que ele poderia juntar.

As correias de couro dos pescoços haviam desaparecido há muito tempo e não faziam falta. Os homens carregavam mosquetes Brown Bess com baionetas e quarenta cartuchos de munição cada, uma garrafa de água e um quilo de pão para emergências. Ranveer também tinha o seu *sabre tulwar*, enquanto Myat recusou qualquer oferta de carregar uma arma.

— Eu sou budista — disse ela. — Eu não mato.

— O inimigo também é budista — lembrou Jack. — Pelo menos leve um dha, por precaução.

— Não — Myat balançou a cabeça com firmeza. — Eu sou budista.

Jack suspirou, tocou seus budas dourados e entrou na escuridão.

Os sentinelas birmaneses entre as pequenas pagodas estavam deitados de costas, fumando e conversando enquanto Jack liderava seu grupo através deles. Ele ignorou o toque esperançoso de Ranveer sobre o seu *sabre tulwar* e seguiu em frente, tenso até que eles se fundiram com a escuridão da planície. Um vento suave balançava a relva à volta deles, escondendo os seus movimentos enquanto se aproximavam da borda da selva. Às vezes, os birmaneses tinham cavalaria patrulhando a planície, mas não naquela noite. O piquete de Jack atravessou a grama alta sem incidentes, e a selva os cumprimentou como um velho inimigo, pegajoso, denso e ecoando com barulhos desconhecidos.

— Esse é o rastro dos elefantes. — Myat assumiu o comando sem nenhum alvoroço.

— Siga-o — disse Jack —, mas tenha cuidado, pode haver sentinelas.

A expressão de Myat não se alterou. — Sim, Segundo-Tenente — disse ela.

Jack se movia lentamente, testando cada passo contra armadilhas escondidas, parando diante de todas as possibilidades de atividade birmanesa. Duas vezes eles pararam diante de um som furtivo para ver um grande animal passar no escuro.

— Veado — disse Myat na primeira vez, e — Tigre — na segunda. Nenhum animal olhou para eles.

Eles seguiram em frente, tensos e com as gargantas secas, enquanto sondavam mais fundo na floresta de bambu. Uma vez ouviram o som de conversa e Jack os levou em um largo desvio em torno de um posto avançado birmanês, e outra vez o cheiro de tabaco os alertou para uma patrulha birmanesa que passava.

Eles ouviram o barulho quando chegaram ao acampamento, o murmúrio baixo de mil homens, de conversa e o som de alguém cantando. Em seguida, houve o piscar de tochas refletindo através das árvores e uma súbita explosão de aplausos.

Jack os ordenou que parassem.

— Desgraçados barulhentos — disse Wells, com o desdém de um soldado profissional. — Podíamos passar por lá com tambores e flautas, e eles não reparariam.

— Não vamos tentar isso hoje — disse Jack. — Vamos dar uma olhada enquanto estamos aqui. — Ele olhou para os outros. — Você fica aqui; Wells e eu vamos sozinhos. Se nos acontecer alguma coisa, O'Neill, fique no comando, leve o resto de volta em segurança e reporte esse acampamento ao Major Hill.

Sem esperar resposta, Jack avançou. Como antes, os sentinelas fumavam ou conversavam juntos, com seus mosquetes encostados às árvores, prestando pouca atenção à guarda do acampamento.

— Senhor? — O'Neill tocou no cabo da baioneta.

Jack abanou a cabeça.

Os birmaneses pareciam bastante estabelecidos no seu acampamento, com uma coleção de cabanas improvisadas e uma série de tochas ardendo na noite. Havia uma luta de boxe acontecendo com os competidores batendo e chutando para o deleite dos espectadores, enquanto outro grupo de homens estava sentado em um grande círculo, fumando e rindo.

— Eles certamente não parecem um exército derrotado — disse Wells. Não havia necessidade de sussurrar com o rugido constante.

— Não, mais como uma ralé inexperiente — disse Jack. —

Quantos estão aqui? — Ele tentou contá-los, mas na luz oscilante das tochas e com tantos corpos em movimento, ele recorreu a suposições. — Cerca de quinhentos?

— Talvez mais, talvez mil, senhor — disse Wells.

— Você pode estar certo — concordou Jack. Ele se retirou novamente, deixando os birmaneses com os seus prazeres e os sentinelas com a sua preguiça.

Myat reconheceu Wells com um breve aceno de cabeça, e então eles estavam se movendo novamente, de pés macios como qualquer dacoit enquanto caminhavam ao longo do rastro dos elefantes.

— É melhor termos cuidado, Segundo-Tenente Windrush. — Myat os parou novamente. — Há um vale à frente, uma grande ravina.

— Lugar perfeito para uma emboscada — murmurou Wells —, devo dar uma olhada, senhor?

Jack acenou com a cabeça. — Vá com cuidado, sargento, não quero responder à sua mulher se o perdermos.

O caminho mergulhava em um desfiladeiro profundo com vegetação densa em ambos os lados e as árvores acima se fundindo. A escuridão era densa, quase tangível, frustrando até a visão noturna de Myat. Jack soltou o revólver do coldre e se agachou ao lado do caminho. Ele ignorou os insetos que faziam um banquete com o suor que escorria pelo seu rosto.

— Tudo limpo — informou Wells.

A lua se levantou à medida que chegavam ao rio, branca e fantasmagórica sobre as frontes onduladas das palmeiras altas e refletindo no movimento lento da água. Um pássaro passou, caçando um inseto da miríade cujo zumbido animava a noite.

Jack consultou o mapa. — Os sipaios foram atacados a cerca de cem metros rio abaixo daqui.

Wells pôs uma mão no ombro de Myat. — Posso assumir a liderança, senhor?

Jack concordou com a cabeça. Ele teria preferido a posição

de maior perigo, mas sabia que Wells possuía muito mais experiência.

O sargento passou a frente sem fazer ruído. Eles seguiram em frente, lentos e silenciosos, mantendo até mesmo a respiração mais baixa enquanto seguiam a margem do rio.

— Em frente! — disse Wells baixinho e gesticulou para que parassem. — Ali.

Não sobrou muito do homem. Os braços e as pernas haviam sido cortados, e a cabeça desaparecido. Apenas seu tronco permaneceu, com a cor mais escura da pele uma indicação de que ele já foi indiano, ao invés de birmanês ou peguano.

— Um dos nossos sipaios, aposto — disse Wells discretamente. — Que lugar para morrer.

Ranveer passou por cima do corpo e tocou no punho da sua espada, sem dizer nada.

— Descanse, soldado. — O'Neill tocou no corpo enquanto passava.

Eles caminharam com as mãos inquietas sobre os gatilhos dos mosquetes e o suor frio escorrendo pela espinha. Jack lutava contra a náusea.

— Sahib. — Ranveer colocou uma mão dura em seu braço e gesticulou à frente. Houve o som de palavras birmanesas, um breve riso agudo e um gemido baixo que Jack não conseguia identificar.

Wells levantou as sobrancelhas numa pergunta não dita. Jack acenou e Wells desapareceu na noite, seus pés sem fazerem barulho na margem suave do rio. Myat o seguiu com os olhos e em seguida recompôs seu rosto, dobrou os braços na frente do corpo e caiu em silêncio total.

— São os nossos rapazes, com certeza. — Wells havia regressado tão silenciosamente que Jack não o tinha ouvido. — Os birmaneses os colocaram no rio ou atados às árvores. — Ele se agachou ao lado de Jack com a boca perto da sua orelha. — Contei uma dúzia de guardas, mas pode haver mais.

— Me mostre — disse Jack.

Os sipaios estavam sendo mantidos a cinquenta metros descendo o rio, com alguns amarrados de costas e até os pescoços no rio, com os birmaneses assistindo com mosquetes, ocasionalmente os insultando ou atirando gravetos ou ramos de árvore contra eles. Os birmaneses haviam prendido outros sipaios às árvores. Jack viu seus olhos abertos no escuro enquanto seus captores passavam por eles com um ocasional soco ou bofetada. Alguém riu.

Eu tenho uma escolha: deixar esses rapazes à mercê dos birmaneses e informar o Major Hill, ou tentar resgatá-los aqui e agora. Se eu disser ao major, ele certamente enviará um comboio para salvar os sipaios, mas alguns podem estar mortos a essa altura. Se eu tentar libertá-los e falhar, os birmaneses podem matá-los e o meu pessoal também. Eu tenho o critério – a decisão é minha.

— O que fazemos, senhor?

Enquanto Wells fazia a pergunta, um dos birmaneses desembainhou seu dha e cortou o sipaio mais próximo. O homem se contorceu e tentou puxar para trás, mas amarrado à árvore, ele não podia escapar enquanto o birmanês espetava a faca em seu braço e lentamente a puxava para baixo. O grito do sipaio ecoou através da selva.

— Nós salvamos esses rapazes antes que sejam todos cortados em pedaços — decidiu Jack. — Vá buscar os outros — Ele segurou a manga de Wells —, mas não a Myat. É melhor que ela fique longe disso.

Somos quatro homens contra doze birmaneses, com mais centenas de inimigos à curta distância. Era imprudente, mas Jack sabia que não podia deixar esses sipaios para que os birmaneses os torturassem até à morte.

Há doze sentinelas birmaneses, mas apenas quatro estão vigiando os prisioneiros. Jack verificou as probabilidades. *Três estão fumando, dois dormindo, dois conversando e um desapareceu.*

— Senhor — O sussurro de Wells soou através da escuridão prateada da selva. — Ordens?

Jack tocou nos seus budas para dar sorte. A sensação da sua solidez dourada era reconfortante. — Quero esses sentinelas descartados discretamente — disse ele. *Descartados, que eufemismo feio - estou falando de homicídio furtivo.*

— Senhor? — perguntou Wells. — Quais devo matar? — O som do desembainhar da sua baioneta era tão sinistro quanto qualquer coisa que Jack alguma vez já tinha ouvido.

— Você e o O'Neill ficam com os três que estão dormindo e os dois que estão fumando. Tentem fazer o mínimo de barulho possível.

O sorriso de Wells não tinha alegria. Ele empurrou O'Neill e desapareceu sem nenhum som.

O sipaio torturado gritou novamente.

— Isso deixa o resto para nós, Ranveer — disse Jack calmamente. — Está pronto? — Era a mesma pergunta que Hill havia lhe feito.

— Sim, sahib — disse Ranveer. Ele desembainhou o seu *sabre tulwar* e beijou a lâmina num gesto que Jack achou melodramático, mas estranhamente tranquilizador.

Os dois birmaneses conversando ficaram surpresos demais para resistir. Ranveer cortou a cabeça do homem enquanto Jack matou a sua vítima com uma baioneta enfiada no pescoço.

Não é assustador como é fácil matar um homem? Num minuto estava vivo e no outro estava morto.

Restavam cinco, dos quais três estavam assistindo o quarto cortar o prisioneiro sipaio que gritava.

Ranveer não se escondeu nas sombras. Ele caminhou calmamente para a frente e empurrou seu sabre tulwar contra a garganta do primeiro dos vigias, e então deu um golpe por trás no segundo. O homem olhou espantado para os seus intestinos enquanto eles se derramavam no chão. Ele gritou uma vez antes de Ranveer passar o sabre tulwar na parte de trás do seu pescoço.

Jack não era tão eficiente. Seu homem se virou quando Jack estava no ato de empurrar a baioneta, então a ponta falhou e bateu no rosto do homem em vez disso. Quando o birmanês gritou e colocou ambas as mãos no rosto, Jack deu um pontapé forte na virilha do homem que o fez dobrar e bateu as botas pesadas na sua cabeça até que ele ficou quieto.

Os últimos birmaneses se viraram enquanto ele estava no ato de cortar a garganta do sipaio. Ele gritou por ajuda um segundo antes de O'Neill espetar uma baioneta no seu peito.

— E isso é para você, seu assassino desgraçado!

— Libertem esses homens — Jack amaldiçoou a sua falta de jeito — e fujam o mais depressa possível. — Ele cortou as amarras dos sipaios mais próximos. O homem torturado caiu no chão. — Ele está morto. Não podemos fazer nada por ele.

Jack percebeu que estava tremendo. *Acabei de ordenar a morte de onze homens.* Ele tocou os budas novamente, tirando força da sua presença.

Os dezessete sipaios restantes falavam entusiasmados enquanto os homens de Jack cortavam as cordas que os prendiam, todos agradecendo aos seus salvadores.

— Calem-se — disse Jack —, ou os birmaneses vão nos ouvir! — Ele amaldiçoou a si mesmo por não ter nenhum dom para línguas enquanto Wells e O'Neill ladravam para eles em uma mistura de inglês, gaélico e, Jack adivinhou, meia dúzia de línguas indianas.

— Tente você, Ranveer — convidou Jack.

Num minuto, os sipaios caíram em silêncio.

— Segundo-Tenente Windrush — Myat apareceu de trás de um grupo de pés de bambu. — Soldados birmaneses estão vindo na nossa direção.

— Obrigado Myat — disse Jack. — Vocês sipaios, peguem

um mosquete e algumas munições. Depressa! — Jack imitou as ações e empurrou os homens enquanto Ranveer gritava com eles.

— Senhor — Wells espreitou em direção à selva. — Consigo ouvi-los agora.

Os gongos estavam batendo à distância e Jack imaginou os longos comboios de soldados birmaneses que caminhavam ao longo de caminhos pouco visíveis.

— De volta por onde viemos — ordenou Jack. — Wells, você e Myat lideram, eu fico com a retaguarda. Ranveer e O'Neill, ajudem os sipaios. Alguns estão muito fracos depois da provação que passaram. — Ele olhou para a linha de sipaios, alguns estavam empurrando os outros na pressa para se livrarem dos birmaneses, e outros estavam cambaleando com colegas os ajudando. Um naik – o equivalente a um cabo sipaio - se afastou; ele segurou seu mosquete capturado e bateu em atenção em frente à Jack.

— Apresentando ao serviço, sahib!

— Muito bem, naik. — Jack retribuiu a saudação. — Ajude os seus colegas. — Ele forçou um sorriso. — Vejo que fala inglês?

— Um pouco, sahib! — O sorriso do naik brilhava no escuro.

— Muito bem, naik. Agora cuidado com os birmaneses e vamos embora daqui.

Eles se retiraram mais depressa do que tinham vindo; menos preocupados em fazer barulho e mais em se distanciar dos birmaneses. Após apenas alguns momentos, ouviram gritos vindos de atrás deles.

— Eles descobriram que os sipaios foram libertados — adivinhou Wells.

— E que os seus homens estão todos mortos — acrescentou Jack.

— Ah, eles virão atrás de nós agora. — O'Neill se virou. Havia um toque estranho na sua risada. — Venham, rapazes!

— Continue andando — Jack o empurrou para a frente. Ele deu dois passos e ofegou quando a ferida na sua coxa se abriu.

— Sahib? — O naik hesitou até que Jack o empurrou.

— Cuide dos seus homens, raios, eles precisam de você.

Ele podia sentir o sangue escorrendo por dentro da calça, enfraquecendo-o a cada passo. O duro treinamento da escola pública inglesa o ensinou a ignorar a dor e as dificuldades. Ele continuou, engolindo os xingamentos. A ravina estava logo à frente.

Ele não ouviu nada; foi um instinto que o fez girar, e algo atraiu o seu olhar para um padrão entre a vegetação. Havia algo errado, algo não natural. Ele percebeu que estava olhando diretamente para o jovem birmanês tatuado que havia visto antes. E então ele desapareceu.

Os dacoits de Bo Ailgaliutlo estão perto.

Apesar de estar alerta, a explosão dos mosquetes ainda o apanhou de surpresa. Ele ouviu o som de um tiro passando por perto e viu o brilho do cano através da folhagem à frente.

— Emboscada! — Wells disparou enquanto gritava.

Por um segundo, Jack hesitou. *Ficar quieto ou fugir?*

Se ficarmos quietos, os números contra nós só aumentarão. — Fixem as baionetas e continuem em frente! — gritou ele. — Ataquem! — Ele empurrou o sipaio mais próximo para a frente. — Vamos, homem, mexa-se!

O naik gritou alto e avançou enquanto O'Neill dava o seu riso agudo e enervante e liderava o ataque. Wells hesitou, se aproximou por trás dele e agarrou Myat. — Vamos! — Jack se manteve na retaguarda, encorajando os mais fracos dos sipaios com fortes empurrões enquanto disparava seu revólver contra a vegetação de ambos os lados da ravina. Ele escorregou, bateu na perna ferida e xingou.

O luar desapareceu enquanto a escuridão mais profunda da

ravina se fechava, quebrada apenas pelos clarões dos mosquetes dos dois lados. — Continuem andando! — Jack sabia que o que passaram havia desorientado os sipaios, mas se ele permitisse que vacilassem, eles seriam mortos na melhor das hipóteses e capturados para mais maus-tratos na pior delas. Ele se sentia cruel ao empurrá-los, mas a alternativa era muito pior.

— Continuem! Não parem! — Ele viu um pesadelo de árvores e vegetação rasteira, do fogo de mosquetes e dentes brilhando em rostos birmaneses, de dhas balançando e baionetas espetando, de um sipaio deslizando para baixo enquanto um birmanês o atingia com o seu sabre, do naik atingindo um soldado birmanês com a coronha do seu mosquete. Ele disparou seu revólver, viu o rosto de um homem se dissolver em um mingau de cérebro, sangue e osso, disparou novamente quando outro soldado birmanês apontou um longo mosquete, viu o homem cair e seguiu em frente.

— Continuem correndo, passem por eles! — Agarrando um sipaio pelo colarinho, ele o puxou para cima e acertou um pontapé no seu traseiro. — Ande!

— Senhor! — Wells estava à frente, lutando com um soldado birmanês. — Senhor! — O birmanês saltou para o ar e chutou, enviando Wells de costas. Jack avançou para ajudar, mas Wells apontou freneticamente para trás dele — Myat, senhor!

Myat estava no chão, lutando para se levantar enquanto um birmanês a esfaqueava com o seu dha. Jack nivelou o revólver, hesitou e voltou a baixá-lo. Mesmo a essa distância, ele não tinha certeza se conseguia atingir o homem no escuro sem pôr Myat em perigo.

— Myat! — Jack sabia que não era mais responsável por Myat do que por qualquer um dos seus homens, mas todos os seus instintos e treinamento lhe diziam para tomar conta de uma mulher. Um par de sipaios passou correndo; o naik gritou enquanto se atirava contra um birmanês e Wells virou olhos desesperados para ele enquanto seu adversário chutava o mosquete das suas mãos.

— Senhor, por favor!

Myat tentou fugir. O soldado birmanês agarrou seu cabelo e a arrastou para dentro da vegetação. Ele estava sorrindo, segurando seu dha na mão esquerda, desfrutando do seu momento de triunfo.

Jack avançou, xingando tão fluentemente quanto qualquer soldado, quando um segundo birmanês correu na sua direção. Ele disparou sem mirar e o homem desapareceu. Myat gritava, dando pontapés enquanto o homem a arrastava. O seu cabelo havia se soltado do seu habitual coque apertado, e as suas coxas apareciam através das rendas longas do seu longyi.

— Senhor! — Wells parecia frenético.

Jack cambaleou quando uma raiz pegou seu tornozelo, se recuperou, e apontou a pistola. O birmanês estava empenhado demais em capturar sua presa para prestar a atenção. Jack viu o pânico nos olhos de Myat e ouviu seu grito incoerente.

O homem riu e puxou novamente o seu cabelo. Só quando Jack pressionou o cano da pistola contra o seu peito é que sua expressão mudou, e então Jack apertou o gatilho. Ele não ouviu o barulho quando a bala atingiu o corpo do birmanês. A força do tiro empurrou o homem para trás. Enquanto Myat gritava ao lado dele, Jack disparou, outra vez, e então novamente, enviando mais duas balas para dentro do homem que sofria no chão antes do martelo do seu revólver bater em uma câmara vazia.

— Sahib! — Ranveer pôs uma mão na sua manga. — Sahib, temos que ir!

Jack descobriu que estava ofegante. Respirando fundo enquanto sua sanidade retornava, ele acenou com a cabeça. — Myat... — Ela estava deitada, atordoada, sua boca aberta. Seu *longyi* estava em trapos, no alto das coxas, e o cabelo uma confusão à volta do rosto. Ela nunca havia parecido tão atraente.

— Myat! — Wells estava sangrando acima do olho e da boca. Ele levantou sua esposa pelo braço esquerdo. — Vamos! — Ele olhou para Jack. — Obrigado, senhor. — Por um segundo, seus olhos se encontraram, e Jack viu gratidão genuína.

— Sahib. — Ranveer limpou o sangue da lâmina do sabre tulwar.

Jack olhou em volta. Um dos sipaios sangrava no chão juntamente com meia dúzia de birmaneses. — Continuem — ordenou ele.

Wells apoiou Myat pelos primeiros doze passos, e então ela o afastou e disse algo em birmanês, sua voz aguda.

O'Neill havia parado os sipaios a cinquenta metros da ravina. — Graças a Deus que está aqui, senhor. Eu estava ficando preocupado, e esses rapazes estão um pouco chateados.

— Não me admira depois do que passaram — Jack tentou contar os homens; eles eram figuras sombrias no escuro, aguardando, e alguns estavam conversando. Ele levantou ligeiramente a voz. — Naik!

O naik apareceu, dentes brancos em um sorriso largo. — Apresentando-me ao serviço, sahib.

— Mantenha esses homens calados, pode ser?

Ranveer repetiu a ordem em Urdu, e o naik a transmitiu. O barulho cessou imediatamente.

— Eu liderarei a partir daqui — decidiu Jack. — Wells, cuide da Myat, ela precisa de você. O'Neill, mantenha os homens juntos, e Naik, quero que seja a guarda traseira. — Ele ouviu Ranveer falar com o naik enquanto empurrava seus homens para onde ele queria que eles ficassem. — Certo, mexam-se. — Ele conduziu o caminho, descuidados do barulho que faziam. Ele precisava colocar a maior distância possível entre seus homens e os birmaneses. Bo Ailgaliutlo não era homem para desistir depois de uma única derrota.

Em vez de passar pelo acampamento birmanês, Jack mergulhou direto na floresta, cortando com seu dha e esperando que o barulho afugentasse cobras venenosas e insetos.

— Fiquem juntos — lembrou ele. A cada cinquenta passos, ele parava para verificar sua bússola e garantir que os seus homens estavam juntos.

— Senhor — Wells caminhou até a frente — Desculpe, senhor, mas posso perguntar uma coisa?

Jack acenou com a cabeça. — Prossiga, sargento.

— Vamos voltar para Pegu, senhor? Ou tem outro destino em mente?

— Pegu — disse Jack.

Wells hesitou. — É naquela direção. — Ele apontou para um ângulo à direita da linha de marcha deles.

Jack olhou para a sua bússola e xingou quando viu a agulha girar loucamente. — Está quebrada, você tem certeza?

— É o que a Myat diz, senhor.

Jack grunhiu. — A Myat está bem?

— Sim, estou, Segundo-Tenente Windrush. — Pela primeira vez, Jack notou fios de prata no seu cabelo. Com o rosto machucado e o seu *longyi* rasgado, ela parecia mais determinada do que nunca.

— Então lidere o caminho, Myat.

À noite na selva, uma direção parecia a mesma para Jack, então ele seguiu Myat com uma fé cega. Em poucos minutos ela havia encontrado uma trilha animal que permitia mais movimento, e meia hora depois, ele suspirou com alívio quando eles emergiram na planície aberta. As luzes das lanternas de Pegu brilhavam em boas-vindas tranquilizadoras.

— Coloque os seus homens em ordem — disse Jack ao naik. Ele olhou para os quatrocentos metros da planície. —

Mantenham-se juntos, pode haver patrulhas de cavalaria por aqui. Se formos separados, siga em direção às luzes e grite quando estiver perto de Pegu. — Ele olhou por cima do ombro. — Vá em frente, sargento, e não pare por ninguém.

Exceto pela Myat, claro, você vai parar por ela. Tal como eu faria, raios!

A planície apresentou problemas diferentes da selva. Não havia o confinamento sufocante e o medo da emboscada, mas também não havia a certeza de que eles poderiam deslizar para dentro da vegetação e se esconder. Em vez disso havia um sentimento de exposição à cavalaria e à vulnerabilidade do espaço se o inimigo os visse.

Uma vez que todos os outros passaram, Jack seguiu, tomando a posição de maior perigo. Nenhum oficial deve colocar um soldado numa situação mais perigosa do que a sua. Isso também significava que ele podia esconder seu coxear. Apenas um quarto de quilômetro de planície para atravessar e eles estariam seguros; era um sucesso para o 113º.

As mãos haviam se fechado à volta da sua garganta e boca antes que ele percebesse que alguém estava atrás dele, e Jack se sentiu sendo arrastado de volta para a floresta.

CAPÍTULO DEZOITO

PEGU, DEZEMBRO 1852

Meu Deus, o que está acontecendo?

Jack chutou com o pé direito e tentou balançar os braços numa vã tentativa de quebrar o estrangulamento. O homem que o segurava era forte demais. Jack viu o espaço aberto da planície desaparecer quando foi puxado para o borrão escuro da floresta. Ele pensou no seu revólver, mas quando tentou alcançá-lo, o seu atacante o jogou no chão e o chutou fortemente nas costelas.

Havia três birmaneses sem camisa à sua volta. Um deles tocava a borda do seu dha e sorria.

Isso é a morte?

A visão chegou até Jack. Ele estava parado em um portão antigo na base ocidental das Montanhas Malvern. Era o crepúsculo, com aquele tom rosa pálido e macio assentando sobre a gloriosa manta dos campos e pomares que se estendiam através de Herefordshire até as colinas azuis de Wales. As encostas do acampamento britânico estavam à sua esquerda, enquanto um par de corujas trocavam chamados baixos no ar suave. Era o seu país, a sua Inglaterra. Era onde ele pertencia.

Ainda não estou morto, por Deus!

Jack relaxou por um momento, permitindo que os birmaneses pensassem que ele estava petrificado demais para se mover, e então agarrou seu revólver. Abrir o pequeno botão que segurava o coldre levou apenas um segundo, mas essa fração de tempo permitiu que o primeiro birmanês saltasse e pisasse no seu pulso. Jack piscou contra a dor ardente.

Não, não desista! A dor é temporária; a morte é eterna. Buda diz que o sofrimento é a essência da vida.

Rugindo, Jack trocou de mãos e sacou a pistola com a esquerda.

Meu Deus, eu a carreguei depois da emboscada na ravina?

Jack puxou o gatilho. O martelo levantou e caiu com um clique doentio. Câmara vazia! Ele tentou de novo, o revólver se voltou contra o seu pulso e o tiro disparou. O birmanês mais próximo se afastou quando a bala o atingiu no estômago. Ele olhou para baixo com espanto quando o sangue começou a derramar e, em seguida, cobriu a ferida com a mão enquanto deslizava para o chão.

Quando Jack disparou novamente, o segundo birmanês se abaixou; a bala passou pelo seu turbante para se perder em algum lugar na atrás na vegetação. Jack xingou e apontou para o mesmo homem, mesmo quando o terceiro se atirava contra ele.

Ele sentiu uma satisfação selvagem quando sua bala atingiu o birmanês no braço, fazendo-o girar, mas então o terceiro homem estava sobre ele. Jack tentou apontar, mas o ladrão lhe tirou o revólver. Ele deu um soco, falhou e sentiu algo duro contra a mandíbula. A força era repugnante. O segundo golpe o apanhou no estômago e ele se dobrou, engasgando.

O revólver estava a dois metros de distância, caído debaixo de um galho e dentro da sua esfera de visão. *Eu consigo fazer isso?*

A dor no estômago era intensa. Ele ficou parado para que

ela aumentasse à medida que ele avançasse, e então mais duas figuras ficaram à vista.

Uma era o rapaz birmanês tatuado. A outra levantou casualmente o revólver e empurrou Jack com o pé.

— Ah, então é você, Segundo-Tenente Windrush — disse Bo Ailgaliutlo. — Me perguntei quem seria imprudente o suficiente para salvar os nossos sipaios. Eu devia saber que seria o jovem e selvagem Windrush.

Jack tentou se livrar das mãos birmanesas, pensando rapidamente. *Esse homem foi um oficial britânico: ele vai entender a noção de honra e verdade.* — Você devia se render — disse ele. — Se fizer isso e der voluntariamente informações que nos ajudem, o Major Hill irá assegurar um julgamento justo. Ele é um bom homem, e eu também falarei a seu favor.

Bo Ailgaliutlo observou Jack. — É uma oferta interessante, Segundo-Tenente Windrush. Jack, não é? Não se importa que eu chame você de Jack? É um nome incomum para um Windrush; eles são geralmente William, Adam ou George. — Ele recuou. — Eu conheço a sua família, entende. Você está sugerindo que eu desista da minha posição aqui para voluntariamente me tornar um prisioneiro dos britânicos, na melhor das hipóteses para sofrer anos na prisão, na pior das hipóteses para balançar numa corda. — Ele balançou a cabeça. — Claro, as suas palavras me salvariam, pois o General Godwin escutaria com grande atenção aos Windrushes – até mesmo um humilde Segundo-Tenente. — A risada de Bo Ailgaliutlo ecoou através das árvores. — Da última vez eu iria mantê-lo como refém, caso os britânicos fossem vitoriosos, mas agora vi a lentidão com a qual o General Godwin se move, não tenho medo de ser apanhado.

Jack encolheu os ombros. — Então me mate.

Não dê a esse renegado a satisfação de ver que estou com medo.

— Nós vamos, mas não se apresse para morrer, Segundo-Tenente; a morte vai esperar por você. — Ele falou alto e os birmaneses começaram a arrastar Jack de volta para o rio. — Pode ser que a receba de braços abertos depois que os meus homens acabarem com você.

O jovem tatuado assistiu dois dacoits robustos arrastarem Jack pelos pés e o empurrarem para a beira do rio, onde Bo Ailgaliutlo tinha o seu acampamento, uma clareira rudimentar onde o rio batia contra as proas dos barcos de guerra arrastados até a margem.

— Lar doce lar, não é, Jack? — Bo Ailgaliutlo olhou mais de perto para ele. — Como está a perna? Ainda está dolorida? — Os seus olhos eram brilhantes.

Jack percebeu que a noite estava diminuindo quando ele pôde ver através do rio até a margem distante. Resquícios da névoa matinal assentavam na água ondulada, girando em torno de ramos flutuantes que fluíam até Rangum e a liberdade.

Bo Ailgaliutlo deu outra ordem, e os birmaneses começaram a tirar o casaco de Jack. O homem que enfiou uma mão no seu bolso soltou um grito de triunfo e tirou um dos budas, e os seus companheiros se aglomeraram em volta. Por um segundo, Jack ficou sozinho. Ele rolou e saltou, empurrou um birmanês surpreso, agarrou seu dha e cambaleou em direção ao rio.

Ele não tinha nenhum plano e nenhuma ideia; só esperava colocar alguma distância entre si e os dacoits. Ele ouviu Bo Ailgaliutlo gritar algo, olhou para trás e viu meia dúzia de dacoits correndo atrás dele, gritando e brandindo dhas.

Jack sentiu o peso do buda em seu bolso. Esse era o seu tesouro; pagaria o próximo passo em sua carreira; faria dele um tenente. Ele já havia perdido metade, precisava do buda restante. Ele tropeçou e cambaleou quando a sua perna falhou. A lama era quente e confortável debaixo do seu rosto.

Não! Mexa-se, Jack!

Jack se levantou e cambaleou, praguejando, com lágrimas e suor ardendo em seus olhos.

Os dacoits estavam se aproximando, gritando, chamando por ele. Bo Ailgaliutlo estava na liderança, correndo com uma expressão próxima ao ódio enquanto avançava, segurando o revólver de Jack na mão.

O jovem tatuado estava no seu caminho, sorrindo, segurando um dha curvado. Jack desviou da margem do rio e mergulhou na selva. Ele praguejou quando seu casaco ficou preso nos espinhos e ramos da vegetação. Ele o puxou, olhou para trás, checou que o buda restante estava seguro, soltou o casaco e xingou novamente. O buda batia contra a sua coxa a cada passo. Qual era o seu plano? Para onde fugiria?

Se eu ficar na selva, eles irão me apanhar. Os birmaneses são mais rápidos e mais acostumados a esse tipo de terreno. Aquele rapaz está entre mim e o rio. Tenho que encontrar um lugar para me esconder.

Não havia lugar nenhum. Havia apenas a selva ou o próprio rio, escuro e lamacento e provavelmente repleto de peixes carnívoros.

Jack voltou a xingar alto. Ele precisava fazer os dacoits diminuírem o ritmo para poder se esconder no que restava da escuridão. Uma vez que o amanhecer realmente chegasse, ele seria muito visível. Ele precisava de alguns momentos.

Só há uma solução.

Praguejando, infeliz, mas ciente de que não tinha escolha, Jack tirou o buda restante do bolso e se virou. Havia um único feixe de sol filtrando através das árvores e ele segurou a estátua para que a luz acertasse o ouro e refletisse nos rostos dos birmaneses que avançavam rapidamente.

Bo Ailgaliutlo gritou o que era possivelmente um aviso, mas quando Jack atirou o buda sobre suas cabeças e no arbusto, cerca de metade dos dacoits mergulharam atrás dele. Três hesitaram e, em seguida, seguiram seus companheiros, o que deixou apenas Bo Ailgaliutlo e o jovem para perseguir Jack.

Posso lutar com um homem, por mais experiente que seja. Posso lutar com ele. Tenho uma chance.

Jack deixou cair o casaco, se virou e fugiu, ofegando diante da dor na perna. Ele ouviu os passos de Bo Ailgaliutlo atrás si, se virou e tentou diminuir o bater do seu coração. Bo Ailgaliutlo parou abruptamente e levantou o revólver, mas antes que ele apertasse o gatilho, Jack havia se abaixado e corrido.

Um instante antes de entrar em contato, ele baixou o ombro e encontrou Bo Ailgaliutlo com um forte golpe. Ele sabia que o renegado devia ser muito mais velho do que ele, mas ele era músculo sólido e osso, então o choque do contacto abalou ambos os homens.

Bo Ailgaliutlo grunhiu e bateu com a coronha do revólver no pescoço de Jack. Jack piscou, mas se manteve firme, enquanto a arma batia de novo e de novo. Ele trancou as mãos nas costas de Bo Ailgaliutlo e tentou levantá-lo, praguejando. Ambos estavam rosnando agora, grunhindo com o esforço.

De repente Jack levantou a cabeça, pegando Bo Ailgaliutlo debaixo do queixo, fazendo-o cambalear para trás. Jack continuou, prendendo a perna direita à volta da esquerda de Bo Ailgaliutlo e o atirando para trás. O renegado se agarrou à Jack e eles caíram juntos, rolando na lama da margem do rio.

Jack agarrou a mão de Bo Ailgaliutlo e tentou arrancar seus dedos da coronha do revólver. — Seu desgraçado! — grunhiu Bo Ailgaliutlo — Vou acabar com você! — O renegado pôs a cabeça para a frente e mordeu o braço de Jack até que ele xingou, mas não o largou.

— Essa é uma linguagem imprópria para um cavalheiro inglês — grunhiu Jack —, e você já foi um cavalheiro, não foi? — Ele sentiu os dentes do renegado rangerem no seu braço, sentiu sua carne se rasgar e o sangue quente escorrer. — Você pode voltar a ser inglês. Se confessar o seu passado e se entregar ao general.

Ele levantou a cabeça novamente, tentando o mesmo truque de antes, mas dessa vez Bo Ailgaliutlo moveu o queixo para o lado. Em vez disso, Jack empurrou o joelho para cima, esperando encontrar a virilha do renegado.

— É assim que os cavalheiros lutam agora? — Bo Ailgaliutlo abriu a boca para provocar. — No meu tempo, lutávamos com punhos.

— Então se levante e lute como um cavalheiro — convidou Jack —, e não como um dacoit birmanês. — Ele arrancou o braço para longe de Bo Ailgaliutlo, fechou a mão em punho e atingiu o rosto do renegado, várias vezes. Ele sentiu um osso partir, mas Bo Ailgaliutlo era teimoso.

Jack se libertou do seu aperto tão repentinamente que Bo Ailgaliutlo caiu para a frente. O seu controle sobre o revólver afrouxou, e Jack levantou a bota e desceu sobre a sua canela. Era um truque antigo, mas eficaz, e quando o renegado xingou alto e levantou a perna, Jack lhe acertou um soco na garganta, agarrou o revólver e recuou.

O que eu faço agora? Matar um homem a sangue frio? Perder tempo o amarrando? Não, por Deus, imagine a glória se eu o trouxer de volta comigo. Faria o meu nome e traria promoção instantânea. Eu perdi os meus budas, mas isso é ainda melhor.

— Agora, seu traidor, você vem comigo!

A boca de Bo Ailgaliutlo se abriu. Ele olhou para a floresta. — Os meus homens estarão aqui em breve.

— A sua ralé está lutando por bugigangas. — A única palavra de desprezo de Jack diminuiu o valor dos budas que lhe trariam ascensão.

Bo Ailgaliutlo olhou diretamente para Jack. — Então me mate, Jack Windrush, mas não pode me fazer prisioneiro dos britânicos. — O sorriso dele foi repentino. — Mas você também não vai me matar, não é? Você é um cavalheiro inglês, não pode cometer um assassinato a sangue frio.

Jack gesticulou com o revólver. — Mexa-se, Bo!

— Você devia estar no regimento Real, Jack Windrush, não no 113º. — Os olhos de Bo Ailgaliutlo brilharam com uma expressão tão familiar que Jack fez uma pausa. — Porque você está no 113º, Segundo-Tenente Jack Windrush da Mansão Wychwood? Os Windrushes sempre ganham comissões no regimento Real. O que você fez para perder esses favores?

— Cale-se! — gritou Jack. Ele conseguia ouvir os dacoits se aproximarem. *O plano de Bo Ailgaliutlo é me manter ocupado até os seus homens chegarem?* Ele espetou o cano do revólver contra o renegado. — Vá andando em direção a Pegu, ou por Deus, eu não lhe darei uma morte limpa. Eu lhe dou um tiro no estômago e o deixo morrendo centímetro por centímetro!

— Se eu gritar agora — Bo Ailgaliutlo baixou a voz —, ou se você disparar um único tiro, os meus homens chegariam em minutos. Eles o achariam e a sua morte demoraria dias. — Lá estava aquele olhar outra vez, aquele brilho diabólico nos olhos que Jack conhecia tão bem.

— Mas pense, Jack — disse Bo Ailgaliutlo —, pergunte-se por que eu não o matei quando o tive como prisioneiro. Eu disse que mantive você vivo como minha barganha, caso os britânicos fossem vitoriosos, mas você sabia que isso era mentira. Eu não podia matar você, assim como você não pode me entregar nas mãos do Major Hill.

— Por que diabos não?

— Você ainda não sabe? O sangue chama ao sangue; eu sou um Windrush, assim como você — Bo Ailgaliutlo estendeu uma mão. — Como vai? Se você é filho do Will, então eu sou o seu tio George.

Meu Deus do céu. A mente de Jack voltou para a Mansão Wychwood e os retratos no corredor. Ele se lembrou de puxar tentativamente a cortina que escondia o tio George, o homem com os olhos diabólicos; o homem que havia desafiado as convenções para se juntar ao exército da Companhia das Índias Orientais e que supostamente havia morrido no oriente.

— O seu retrato está coberto — Foi tudo o que ele conseguiu dizer. Ele não apertou a mão oferecida.

— Estou surpreso de que esteja lá — disse George —, o que eles dizem sobre mim?

— Que você casou com uma nativa e se afogou no mar — disse Jack. Ele manteve o revólver apontado para o estômago do tio. Havia um novo som ao longe, uma batida latejante que não pertencia a essa floresta.

— Ambos errados — disse George. — Eu vivi com algumas mulheres, mas nunca me casei com elas; deve haver uma dúzia de pequenos bastardos Windrush correndo em algum lugar do oriente. Um dos meus filhos está por aqui, exibindo suas tatuagens como um livro de fotografias. Eu também não me perdi no mar. Suponho que foi uma mentira conveniente para esconder a verdade. O seu pai sabia que eu me juntei ao rei de Ava, é claro...

— Não quero saber sobre o seu passado sórdido — mentiu Jack. A menção dos bastardos Windrush o magoou. — Vamos para Pegu. — Ele mencionou mais uma vez usando a pistola.

— Sim, Segundo-Tenente Windrush. — O brilho diabólico nos seus olhos era mais forte do que nunca. — Vamos contar tudo ao Major Hill, como o traidor Bo Ailgaliutlo é um Windrush e o seu tio. — Ele levantou as sobrancelhas. — Você não havia pensado nisso, não é? Imagine o que isso fará à sua carreira e à reputação da sua família.

Jack fez uma pausa.

Ele tem razão. Se o exército souber que Bo Ailgaliutlo, o renegado, é um Windrush, nunca mais avançarei e o meu nome sofrerá.

— Escolha difícil, não é? — George estava sorrindo novamente. — É melhor decidir depressa. Os meus homens devem estar chegando. Vamos lá, Jack, o que vai fazer agora? Matar o seu tio ou entregá-lo ao carrasco e destruir a sua carreira e o nome da família? Ou fugir agora e não contar a ninguém. Se você partir agora, eu vou segurar os meus homens

- isso é uma promessa, e você sabe que nós, Windrushes, somos cavalheiros ingleses honrados.

Enquanto falava, George se atirou para a frente e agarrou a pistola. Instintivamente Jack apertou o gatilho, mas onde a bala foi parar, ele não sabia. George estava por cima, com a mão na garganta de Jack.

— Mas, é claro, eu descartei todas aquelas besteiras sobre cavalheiros há anos. — Ele levantou a pistola e o soltou. — Vá em liberdade, Jack. Corra, rapaz.

Jack viu o borrão de movimento à sua esquerda, mas não pôde fazer nada enquanto Wells empurrava sua baioneta diretamente contra o lado de George e torcia a lâmina para aumentar a ferida. Os olhos de George se abriram, ainda com o maldito olhar diabólico, e depois ele endureceu, e o sangue jorrou da sua boca. Wells levantou a bota e empurrou o ainda contorcido renegado da sua lâmina.

— E isso é ele morto e acabado — disse ele. — Um traidor a menos. — Ele cuspiu o seu desprezo no corpo contorcido. — Mas gostaria de tê-lo visto enforcado.

Por um momento, Jack só conseguia olhar para o cadáver. Ele havia encontrado e perdido um tio no espaço de cinco minutos. Ele estava entorpecido, inseguro do que deveria pensar.

— Senhor — disse Wells —, é melhor irmos andando. Os birmaneses estão perto.

— Como você chegou aqui? — Jack encontrou sua língua. — Ordenei que levasse os homens em segurança para Pegu!

— Todos de volta em segurança, senhor. — O'Neill emergiu da sombra de uma árvore. Ele fez uma saudação que não ajudou em nada para acalmar a impertinência do seu sorriso. — E o sargento pediu permissão ao Major Hill para vir procurá-lo.

— Vocês são um par de idiotas — disse Jack.

— Sim, senhor, e nós também — Coleman, Armstrong e

Thorpe adicionaram-se à lista —, e Ranveer também está aqui, senhor.

Antes que Jack pudesse pensar em uma resposta adequada, houveram tiros de meia dúzia de mosquetes.

— De volta a Pegu, rapazes — ordenou Jack —, os dacoits voltaram.

Wells abriu caminho para a floresta, mas logo se abaixou. — Há mais deles por aqui, senhor. É melhor tentar ao longo da margem do rio.

Gongos birmaneses estavam soando agora, somando-se ao barulho que Jack tinha ouvido há alguns momentos atrás. Ele viu meia dúzia de dacoits emergindo do abrigo de um grupo de pés de bambu, a fumaça e a chama dos mosquetes e o barulho de uma bala passando próxima a ele.

— Eles também estão daquele lado.

O que fazer agora? Há duas opções: saltar para o rio ou lutar.

— Formem um quadrado, rapazes — ordenou Jack.

Se eles não tivessem vindo atrás de mim, estariam seguros em Pegu; agora morrerão todos juntos na beira do rio. A maldição do 113º.

Eles se abaixaram atrás de qualquer cobertura que encontraram. Jack se enterrou na lama atrás de um tronco podre de árvore e tentou ignorar as formigas que o rodeavam. Há alguns meses atrás ele teria recuado das suas picadas, mas agora elas não importavam. Seus homens estavam em um semicírculo com o rio atrás deles e os birmaneses atirando a cada movimento.

— Felizmente, esses rapazes birmaneses não têm boa pontaria. — O'Neill piscou quando uma bala levantou o quepe da sua cabeça.

— É o calor — Coleman recarregou enquanto falava. — Apodrece o cérebro.

— Você vai ficar bem então, Coley, você já não tinha um. — Wells apontou e disparou. — Peguei o sacana!

Ranveer riu em voz alta. — Vocês ingleses brincam sempre quando estão prestes a morrer?

— Quem está prestes a morrer, Ranveer? Estamos ganhando! — disse O'Neill. — Em momentos, eles sairão com a bandeira branca e se renderão, pode apostar.

O otimismo de O'Neill parecia injustificado à medida que o som dos gongos se intensificava, e o número de birmaneses aumentava. O volume de fogo era tão intenso que se tornou difícil para os homens do 113º levantarem as cabeças. Jack observou com alguma curiosidade enquanto um pequeno comboio de formigas começou a explorar seu braço, com a intenção de proteger seu território.

— Aí vêm eles! — Wells teve que gritar acima do aumento do ruído dos tambores e daquele estranho som pulsante.

Os birmaneses emergiram depressa, uma sólida muralha de homens carregando dhas e mosquetes.

— Aqui vamos nós, rapazes! — disse Jack. — Fogo!

Os seis tiros pareceram uma resposta patética ao enorme ataque. Dois dos atacantes caíram, o resto continuou em frente.

— Recarregar — disse Jack.

Eu não tenho medo agora. Vou morrer e não tenho medo. Estou morrendo com homens que considero como amigos e iguais. Esses homens do 113º são tão bons quanto os soldados de qualquer regimento, incluindo o maldito regimento Real.

Os birmaneses estavam a trinta metros de distância... a vinte... quinze; os seus rostos contorcidos de ódio, os seus dhas erguidos.

— 113º! — gritou Jack — 113º! Fogo!

Os mosquetes ladraram, derrubando dois dos atacantes.

— Fixar baionetas!

O som das baionetas foi perdido na massa infernal dos gongos e das hordas gritantes dos dacoits. Jack se levantou e passou para a frente dos seus homens. Ele não tinha munições, então segurou o revólver pelo cano.

A salva de mosquetes veio por trás deles e atingiu uma dúzia de dacoits, jogando-os de costas. Ela foi seguida por uma ordem alta de "Recarregar" e depois "Fogo!".

Jack olhou por cima do ombro. Um barco a vapor estava subindo ao longo do rio, com um grupo de soldados da Companhia disparando contra os birmaneses. Enquanto Jack observava, os homens a estibordo dispararam novamente, fumaça branca densa escondendo-os por um momento e clareando a tempo dos homens a bombordo se apresentarem e soltarem outra salva.

— De onde eles vieram? — perguntou Wells.

— É o comboio de socorro — adivinhou Jack. — Lembra-se que o Major Hill mandou os barcos embora?

Ele olhou para cima quando um grupo de Fuzileiros de Madras trotou para a margem do rio. — Ouvimos os disparos — disse um jovem tenente — e adivinhamos que vocês poderiam precisar de alguma ajuda.

— Você acertou — disse Jack. Ele não tinha certeza se fazia continência ou não.

O tenente parecia igualmente inseguro, por isso apertaram as mãos. — Agora, podem nos indicar o caminho para Pegu? Sei que está em algum lugar por aqui.

— Só me permita um momento — disse Jack —, há algo que devo recuperar primeiro.

CAPÍTULO DEZENOVE

PEGU, JANEIRO DE 1853

— Ouviu as notícias? — perguntou o sargento Wells. — Dalhousie anexou toda a província de Pegu à Birmânia. A guerra acabou, exceto para afastar o que resta do *Tatmadaw*. — Ele olhou para a grande pagoda. — Agora isso é território britânico.

— Você acha que o regimento será necessário? — Só Myat podia fazer o ato de fumar um charuto parecer tão elegante que o coração de Jack bateu forte enquanto a observava.

Meu Deus, ela é linda.

— Não, Myat. — Ele tentou manter a voz neutra. — O regimento está sendo enviado de volta para Moulmein. Não nos envolveremos no processo de limpeza.

Myat bateu no braço de Wells. — Ótimo. Então Edmund e eu ficaremos em Pegu. — Ela removeu o charuto, examinou a ponta brilhante e o devolveu à boca.

— O que quer dizer? Você virá conosco para Moulmein e mais tarde, talvez, para Inglaterra.

Wells balançou a cabeça. — Desculpe senhor, o meu tempo acabou. Sabe como me transferi para o 113º ao invés de levar

Myat para Inglaterra? Bem, decidimos ficar em Pegu agora que está sob controle britânico.

Jack olhou para Myat em vez de para Wells. As palavras vieram automaticamente. — Não quero perder você — disse ele. Ele fechou os olhos por um segundo e enfiou a mão no bolso da túnica. — Aqui, Myat. Eles estão melhores com você do que comigo. — Retirando os dois budas dourados que havia recuperado dos cadáveres dos dacoits na margem do rio, ele os entregou. Ele deixou seus dedos ficarem nos de Myat por uma pequena fração de segundo.

— Você não os quer mais? — perguntou Myat.

— Não, não quero.

O que mudou? Os meus homens vieram por mim. Os homens ao lado dos quais eu lutei, os homens do meu regimento, o 113º, não o regimento da família que me descartou.

Myat colocou os budas de lado. — Você tinha três batalhas para vencer, Segundo-Tenente Windrush. Você teve que derrotar os inimigos do seu país, os inimigos dentro da sua família e o inimigo dentro de si mesmo. — Quando os olhos de Myat encontraram os dele, Jack percebeu que ela entendia o que ele sentia por ela. — Não conseguiria derrotar os dois primeiros até derrotar o terceiro. — Ela levantou um dos budas. — Agora você entende o que é mais importante na sua vida, Segundo-Tenente Windrush.

Você é importante na minha vida, Myat, mas é inatingível.

Myat olhou para Wells. — Preciso fazer uma coisa, Edmund.

— O que é, Myat?

— Isso — Myat se levantou e deu em Jack um longo beijo na boca. Ela tinha gosto de tabaco aromático. — Isso é por ter salvado a minha vida — disse ela, e até então Jack não havia visto o Tenente Lindsay observando a cena com um olhar de surpresa.

Caro leitor,

Esperamos que você tenha gostado de ler *Windrush - Birmânia.* Reserve um momento para deixar uma crítica, mesmo que curta. A sua opinião é importante para nós.

Atenciosamente,

Malcolm Archibald e Next Chapter Team

SOBRE O AUTOR

Nascido e criado em Edimburgo, a capital da Escócia, cresci com um pai e outros parentes masculinos imbuídos da vida militar, uma avó jacobita que colecionava livros e geria os seus próprios negócios e um avô da mística ilha de Arran. Com tantas influências geográficas e emocionais, era natural que eu escrevesse.

Windrush - Birmânia
ISBN: 978-4-82414-214-6

Publicado por
Next Chapter
2-5-6 SANNO
SANNO BRIDGE
143-0023 Ota-Ku, Tokyo
+818035793528

4 abril 2022